「……어머나? 폴라, 기묘한 손님을 데리고 왔네?」

갑자기 들려온 목소리에 깜짝 놀라 주변을 돌아보았다. 목소리가 들린 곳은 창문 앞의 소파로 그곳에는 소녀 한 명이 걸터앉아 있었다.

이세계는 스마트폰과 함께.2

파티를 수놓는
화려한 여성들──.

코코노에
야에

동방의 나라 이센에서
무사수행을 위해 떠돌고 있는
사무라이 아가씨. 진지하며
수행도 열심히 한다. 그리고
대식가.

린제
실레스카

마을에서 자매가 모두 속아
넘어갈 뻔한 순간에 토야가
구해 주었다. 소극적이지만
때때로 심지가 강한 면을 보여
준다. 쌍둥이 여동생.

유미나 에르네아
벨파스트

벨파스트 왕국의 왕녀.
공주님답게 정중하고
예의바르지만 행동은 대담하다.
토야의 약혼자로서
모험에도 동행 중.

에르제
실레스카

양손에 곤틀릿을 장비하고
싸우는 모험자. 말보다 행동,
말보다 손이 먼저 나가는 타입.
쌍둥이 언니.

이세계는 스마트폰과 함께. ②

후유하라 파토라 illustration ■ 우사츠카 에이지

영상출판
미디어㈜

표지 · 본문 일러스트
우사츠카 에이지

소환된 지 며칠, 겨우 쓰담쓰담 지옥에서 벗어나 평범하게(?) 생활할 수 있게 된 코하쿠가 마을로 나가 보고 싶다기에 같이 나가기로 했다.

숙소 밖으로 나가 큰길을 걸었다. 일단 시장 쪽으로 가 볼까. 다양한 사람들이 있으니까.

시장에는 판매대나 돗자리에 이것저것 늘어놓고 물건을 파는 사람들이 있었다. 음식에서부터 잡화, 의류에서부터 골동품까지, 다양한 물건을 판다. 나는 뭔가 쓸 만한 물건이 없나 구경하면서 북적이는 사람들 틈을 걸어 나갔다.

'꽤 번화하군요.'

'어쨌든 이 마을의 중심이니까. 싸게 물건을 사고 싶은 사람들은 모두 이곳으로 와.'

코하쿠와 나는 다른 사람들에게 들리지 않게 대화를 나누었다. 소환수와 소환자인 우리는 마음속으로 의사소통이 가능하다. 이건 꽤 도움이 되는 능력이다. 거리 한가운데에서 호랑이와 대화를 나누면 미친 사람 취급을 받을 테니까.

겉모습이 새끼이긴 하지만 코하쿠는 호랑이다. 역시 눈에 띌 수밖에 없다. 하지만 다들 멀찍이서 '진귀한 걸 봤다.' 정도의 태도로 바라볼 뿐, 과잉 반응을 보이지는 않았다. 가~끔 애들이나 여자들이 머리를 쓰다듬으러 다가오는 정도다.

　다른 사람들이 있는 곳에서는 새끼 호랑이인 척을 하기로 했기 때문에 코하쿠가 "카릉카릉." 하고 우는데, 그러면 여자들은 더 좋아하며 머리를 쓰다듬었다. 코하쿠는 자신이 그런 취급을 받는 데 진절머리가 난 듯했다. 우리 여자 동료들에게서 겨우 해방되었는데 또 이런 고생을……

　그건 그렇고 사람 진짜 많네……. 서로 떨어지지 않게 조심해야겠어. 아, 근데 코하쿠와는 텔레파시로 언제든 대화를 나눌 수 있으니, 떨어져도 금방 찾을 수 있으려나?

　그래도 북적이는 사람들 틈을 누비며 나를 졸졸 쫓아오는 모습이 상당히 고생스러워 보였다. 혹시 발에 차이기라도 하면 불쌍하다는 생각이 들어 나는 코하쿠를 들어 올려 팔에 안았다. 처음에는 괜찮다고 하던 코하쿠도 곧 얌전해졌다.

　계속 걷고 있는데, 안겨 있던 코하쿠가 갑자기 고개를 들더니 사람들로 북적이는 오른쪽으로 고개를 돌렸다.

　'음? 주인님. 저곳에 계신 분은 야에 님이 아니신지?'

　'어?'

　갑작스러운 그 텔레파시에 코하쿠의 시선을 따라가 보니, 사람들 통행에 방해가 되지 않는 길가에 야에가 웅크리고 앉아 있었다. 야에 앞에는 흐느껴 우는 네 살 정도의 여자아이가 있었는데, 야에는 아무래도 그 여자아이를 열심히 어르고 있는 듯했다.

"야에, 뭐 해?"

"토야 님? 코하쿠도 같이 있었습니까?"

야에는 우리의 얼굴을 보자마자 어딘가 모르게 다행이라는 듯한 표정을 지었다. 뭐지? 야에가 이런 표정을 짓다니 의외인걸?

"……이 아이는?"

"아무래도 길을 잃은 아이인 듯합니다."

미아구나. 이렇게 복잡하니 이상한 일도 아니지. 나는 주변을 돌아보며 그렇게 생각했다. 이래서는 부모님을 찾는 것도 정말 큰일이다.

"저어, 이름이 뭐야?"

"훌쩍, 흐아앙…… 엄마……."

에구. 아무래도 이름을 말할 수 있을 만한 상태가 아닌 듯하다. 울음을 그치기 전에는 뭘 물어보기가 힘들 것 같네.

"조금 전부터 소인도 이름이 뭔지, 어디서 왔는지에 관해서 물어보았지만, 전혀 대답을 해 주지 않고 있습니다."

야에가 난처한 표정을 지으며 한숨을 내쉬었다. 흠, 뭐라도 정보를 알아야 하는데.

나는 안고 있던 코하쿠를 여자아이 앞으로 내밀었다. 여자아이는 순간 깜짝 놀라더니 또 얼굴을 일그러뜨리며 울음을 터뜨리려 했다. 나는 마음속으로 코하쿠에게 명령했다.

〈네 이름은 뭐지?〉

코하쿠가 여자아이에게 말을 걸었다. 당장에라도 울음을 터뜨릴 것 같았던 여자아이는 눈을 깜빡이며 눈앞의 말하는 새끼 호랑이를 쳐다봤다. 눈을 깜빡거리기만 할 뿐, 어리둥절한 표정이다.

〈네 이름은?〉

'……림…….'

〈그렇군, 림이라고 하는구나?〉

코하쿠의 그 질문에 여자아이는 작게 고개를 끄덕였다. 좋아, 코하쿠로 유인하기 성공. 새끼 호랑이가 말을 하면 놀라는 게 당연하지. 자, 살짝 조사를 해 볼까.

"【서치 : 림의 가족】."

무속성 마법 【서치】를 발동시켰다. 반경 50미터 이내에 찾는 대상이 있으면 발견할 수 있다. ……그런데 반응이 없네. 근처에 없는 건가?

"왜 그러십니까?"

"없네. 적어도 반경 50미터 이내에는 없어."

음~, 어쩌지? 여자아이랑 같이 【서치】를 발동시키면서 걸을까? 【서치】는 검색 범위가 좁다는 게 문제다.

어……? 잠깐만. 나는 그냥 봐서는 누가 '림의 가족'인지 알아낼 수가 없다. 어쩌면 이 방법으로는 찾아낼 수 없는 게 당연한 건지도 모른다. 발견할 수 없는 걸까, 아니면 그냥 없는 걸까. 그런 판단을 내릴 수 없다는 것도 이 마법의 문제다. 어떤 기준으로 판단하면 좋을지 알 수가 없다.

독은 검색할 수 있었는데. 나는 그게 독이라는 걸 알 수 없었겠지만, 핥으면 죽어 가며 독이라는 걸 알 수 있었을 테니 검색이 가능했던 건가? 바닐라 때도 냄새를 맡으면 바닐라라고 알 수 있었기 때문에 검색이 가능했다…… 그런 걸까?

확실히 사람이라면 정작 본인이 맞더라도 "아니에요."라고 거짓말을 하면 진짜인지 아닌지 알 수가 없다.

조금 더 정보를 입수해 볼까.

〈여기에는 언제 왔지?〉

"……엄마."

〈네 엄마…… 어머니는 어떤 옷을 입고 있었지?〉

"어…… 어…… 녹색 옷."

코하쿠가 질문을 하게 하여 림에게서 림의 엄마에 대한 정보를 잇달아 알아냈다. 긴 갈색 머리카락, 녹색 옷, 은색 팔찌, 파란 눈, 살이 찌지 않았다. 좋아, 일단 머릿속에 모습이 떠오른다. 이 조건에 들어맞는 사람이 있다면 외모를 보고 '림의 엄마'일지도 모른다고 판단할 수 있다. 한 번 더.

"【서치 : 림의 엄마】."

……반응이 없다. 안 되는 건가.

"어떠셨습니까?"

야에의 물음에 고개를 옆으로 저었다. 역시 검색 범위가 좁은 게 문제야. 스마트폰의 지도 어플리케이션 범위만큼 검색 범위가 넓으면 좋을 텐데. 누가 【서치】 어플리케이션 같은 걸 개발해 주지 않으려나?

………………잠깐만.

지도 어플리케이션과 【서치】. 어쩌면…… 시도해 볼까. 나는 스마트폰을 꺼냈다.

"【인챈트 : 서치】."

【서치】 마법을 스마트폰의 '지도 어플리케이션'에 【인챈트】 했다. 내 손끝에서 나온 빛이 스마트폰 화면으로 사라져 갔다. 자, 과연 될까?

지도 어플리케이션을 실행시켜 자신 주변의 지도를 띄웠다. 시장을 넘어 리플렛 전체를 검색 화면 범위로 지정하고 「림의 엄마」라고 입력하자, 화면 위에 핀이 하나 꽂혔다.

"좋아! 성공!"

내가 갑자기 소리를 지르자 코하쿠를 껴안고 있던 림이 또다시 깜짝 놀랐지만 울음을 터뜨리려는 기색은 없었다.

나는 일어서 림의 머리를 가볍게 쓰다듬었다.

"엄마가 있는 데로 갈까?"

"엄마~!"

"림!"

몇 시간 만에 다시 만난 모녀가 서로 얼싸안는 광경을 보니 뭐라고 말로 표현하기 힘든 안도감이 느껴졌다. 림의 엄마가 있었던 곳은 마을 경비대의 대기소. 파출소 같은 곳이었다. 처음부터 "미아예요."라고 하며 이리로 데려오면 끝날 문제였다. 그래도 뭐, 뜻밖의 수확이 있었으니 상관없으려나.

　나와 야에는 고개를 숙이는 어머니와 손을 흔드는 림에게 인사를 하고 그곳을 떠났다.

　"야에, 잠깐 시험해 보고 싶은 게 있는데 괜찮을까?"

　"음? 상관은 없습니다만……?"

　그대로 야에를 데리고 아에루 씨가 일하는 카페 '파렌트'에 들어가 주문을 한 뒤, 야에에게 이것저것 질문을 했다.

　질문의 내용은 야에의 집에 대한 것이었다. 겉모양에서부터 방의 구조, 도장의 인테리어까지 자세하게 질문했다. 개를 키우고 있다는 것, 마당에 벚나무가 있다는 것, 기둥에 오빠와 서로 키를 비교하며 표시를 해 났다는 것 등도 알게 되었다.

　대략 필요한 정보를 다 물어본 뒤, 나는 지도 어플리케이션에 「야에의 집」이라고 적어 검색을 해 보았다. 그러자 대륙의 동쪽, 이셴의 일부에 핀이 꽂혔다.

　확대를 해 본다. 이셴의 오에도. 그 동쪽의…… 하시바, 인가.

　"야에의 집은 오에도의 하시바라는 곳이야? 근처에 신사도 있네?"

　"그렇습니다만…… 어떻게 그리 자세히 알고 계신 거지요?"

　깜짝 놀라 나를 바라보는 야에. 좋아, 아무래도 성공인 듯하다. 이 서치 어플리케이션이 있으면 전 세계 어디에서든지 물건을 찾아낼 수 있다. 꽤 쓸만하겠어.

　지금까지 사람이나 동물은 지도에 표시되지 않았지만, 이제는 가능해진 것이다. 검색할 대상을 자세히 알지 못하면 찾을 수 없지만.

내가 야에에게 그런 점들을 설명해 주었더니, 시험 삼아 오빠를 검색해 달라는 부탁을 받았다. 야에에게 오빠의 특징에 대해 물으니 얼굴에 흉터가 있다고 가르쳐 주었는데, 덕분에 검색하기가 쉬웠다.

"도장에 있어. 작게 움직이는 걸 보니 시합 중인가?"

"오라버니답습니다."

내가 건네준 스마트폰을 바라보면서 야에가 미소 지었다.

"오라버니는 평소엔 차분하고 조용하지만, 검에 푹 빠져 있어 검과 관련된 일이라면 사족을 못 씁니다. 정말로 검을 좋아해서 식사를 잊어버릴 정도이지요."

즐겁게 오빠에 관해 이야기해 주는 야에. 흐뭇한 눈빛으로 화면 안에서 움직이는 핀 표시를 바라보았다.

"야에는 오빠를 아주 좋아하는구나."

"……그렇지요. 강하고 다정하고 사람도 좋은 오라버니를 소인은 아주 좋아합니다."

보면 알 수 있다. 야에가 오빠를 얼마나 소중하게 생각하는지를.

"그러고 보니 토야 님은 어딘가 모르게 오라버니를 닮았습니다. 차분하고 온화한 면이라든가, 착한 점이라든가."

"야에가 아주 좋아하는 오빠랑 닮았다니 영광인걸?"

쓴웃음을 지으면서 유리잔의 물을 마셨다. 나는 야에네 오빠처럼 검을 잘 다루지는 못하는데. 성격이 닮았다는 거겠지.

"그렇습니다. 아주 좋아하는……."

야에가 그렇게 중얼거리다가 말을 멈췄다. 고개를 든 나와 눈이 마주치자 얼굴을 새빨갛게 물들이며 갑자기 허둥대기 시작했다.

"아, 아닙니다?! 소인은 토야 님과 오라버니가 닮았다는 말을 하는 것일 뿐, 아주 좋아한다는 점이 닮았다든가 그런 건 아니고, 물론 싫어하는 것도 아닙니다만, 그러니까, ……오라버니는 가족, 그래, 가족입니다! 가족처럼 좋아한다…… 좋아한다?! 그, 그러니까 아닙니다?!"

엄청난 기세로 말을 이어가는 야에. 왜 이렇게 허둥대는지 알 수가 없다. 오빠를 좋아하는 건 좋은 일이라고 생각하는데.

"오래 기다리셨습니다~."

그때 많은 음식(대부분 야에가 주문했다)이 나오자, 야에는 새빨개진 얼굴로 나오는 시선을 마주치지 않은 채 아무 말 없이 와구와구 음식을 먹기 시작했다. 여전히 참 잘 먹는다…….

오빠가 좋다고 말한 게 쑥스러워서 그런 걸지도 모르겠다. 음, 브라더 콤플렉스 의혹은 그냥 가슴에만 담아 두자.

야에와 숙소 '은월'에 돌아온 뒤, 자신의 방에서 조금 시험을 해 보기로 했다.

어플리케이션에 마법을 부여할 수가 있었다. 그러니 다른 어플리케이션에도 마법을 부여할 수 있을지도 모른다.

예를 들어 멀리 떨어진 장소에 오감을 날려 보낼 수 있는 무속성 마법 【롱센스】. 이걸 카메라 어플리케이션에 부여하면.

"【인챈트 : 롱센스】."

일단 해 봤다. 그러자 내 시야에 비친 광경이 카메라 어플리케이션 화면에도 비쳤다. 【롱센스】를 사용하는 감각으로 시야를 확장했다. 방의 벽을 뚫고 두 칸 옆의 린제의 방을 들여다보았다. 린제는 없다. 어디 나간 듯하다. 그러고 보니 에르제와 쇼핑을 간다고 했었지?

스마트폰의 화면을 보니 역시나 린제의 방이 비치고 있었다. 이상한 느낌이다. 머릿속의 시야가 위쪽과 아래쪽 화면에 나뉘어 표시되었다. 실제 눈으로 보는 광경과 【롱센스】로 보는 광경.

이 상태로 스마트폰의 셔터를 누르면……. 찍혔다. 성공이다. 사진으로 찍은 린제의 방이 보인다.

이것으로 초장거리 촬영도 가능해진 것이다. 게다가 밀폐된 방 안에도 들어가서 사진을 찍을 수 있다. 아마 이걸 이용하면 동영상도 촬영할 수 있겠지. 아마도.

그때 문을 여는 소리가 들려 고개를 들어 보니 방 안에 린제가 있었다. 아, 돌아왔구나. 에르제도 돌아왔을까.

그런 생각을 하는 사이에 린제가 겉옷을 벗고 블라우스의 단추를 풀기 시작했다. 눈부실 듯한 흰 피부가 내 시야로 쏟아져 들어왔다. 우아악?!

안 되지! 별생각이 없었는데, 생각해 보니 이건 명명백백한 엿보기잖아! 서둘러 【롱센스】를 해제했다.

위험했어……. 조금만 더 유지했으면 다 봤을 뻔…… 어어?
……아깝다고 해야 하는…… 건가?

아냐! 아냐아냐!! 만약 들키면 신뢰를 잃는다. 그건 절대 안 된
다! 한 번 잃은 신뢰를 되찾는 건 정말 어려운 일이니까. 내 판단
은 틀리지 않았다! ……틀리지 않았을 텐데. 아니지, 계속 봤어
도 들키진 않았을 거라 생각하는데……. 생각하는데…… 큭.

"……토야 씨. 들어가도 될까요?"

"네, 네에?! 무, 무슨 일이시죠?!"

마구 고민하기 시작했을 때, 문을 두드리는 소리와 조금 전까지
바라보고 있던 소녀의 목소리가 내 귀를 울렸다. 다급히 스마트
폰을 안주머니에 숨겼다. 그러자 문을 열고 옷을 갈아입은 린제
가 고개를 들이밀었다.

"……? 왜 그러세요?"

"아냐?! 아무것도! 그, 그보다 무슨 일이야?"

말이 헛 나갔다. 제발 진정 좀 해!

"……오늘 골동품 가게에서 이걸 사왔는데, 요…….."

린제가 두루마리 같은 걸 내밀었다. 나무로 된 막대기에 양피지
같은 게 말려져 있다. 안을 보니 이해할 수 없는 문자가 가득했다.

"이게 뭐야?"

"아마 마법 두루마리일 거예요. 단지, 적혀 있는 문자가 고대
마법 언어라 조금밖에 읽지 못해서…….."

아, 그래서 나한테 왔구나. 나는 바로 테이블 위에 올려 두었던

유리잔과 지갑에서 꺼낸 은화를 들고 【모델링】을 사용해 안경을 만들었다. 그리고 완성된 안경에 【인챈트】로 【리딩】을 부여하자 번역 안경이 완성되었다.

샤를로트 씨 때는 고대 정령 언어, 이번엔 고대 마법 언어. 둘이 명칭이 다른데, 언어가 어떻게 다른지는 전혀 모르겠다.

완성된 안경을 린제에게 건네주었다. 린제가 안경을 쓰니 문학 소녀 같아 무척 잘 어울렸다. 이런 모습의 린제도 예쁜걸.

안경을 쓴 린제는 펼친 마법 두루마리를 바라보았다.

"……! 굉장, 하네요. 이야기는 들어서 알고 있었지만, 정말 술술 읽혀요."

린제가 두루마리를 눈으로 좇으며 깜짝 놀랐다는 듯이 그렇게 말했다.

"뭐라고 적혀 있어?"

"고대 마법이 하나 적혀 있어요. 물 속성 마법인가 봐요……. 【버블봄】…… 공격 계열의 마법일까요?"

린제가 그렇게 중얼거리며 두루마리를 계속 읽어 나갔다. 아무래도 도움이 되는 모양이었다. 방을 들여다봐 죄책감이 들었는데, 조금이나마 죄를 갚은 듯한 느낌이 들었다.

린제는 바로 시험해 보겠다고 말했지만, 지금은 많이 늦었으니 내일 해 보자고 말하며 오늘은 그냥 돌려보냈다.

린제가 방을 나간 뒤 곧장 스마트폰에 저장된 린제의 방 사진을 지웠다. 증거인멸은 꼭 해 두어야 한다. 변태 치한이라고 불리고 싶진 않으니까.

근데 좀 그렇긴 하다……. 【어포트】로 절도, 【롱센스】로 엿보기, 【게이트】로 무단침입. 카메라 어플리케이션과 【롱센스】로 도촬……. 점점 범죄 스킬이 늘어나는 것 같아서…….

나는 의심받을 짓은 최대한 삼가자고 마음속으로 다짐했다.

다음 날. 린제와 함께 동쪽 숲으로 갔다. 동쪽 숲은 한 번 와 본 적이 있어 【게이트】 마법으로 바로 올 수 있는 데다, 숲 안에 탁 트인 장소가 있어 마법 연습을 하기에는 딱 좋은 곳이다. 물론 화재의 우려가 있으니 불 속성 마법은 쓸 수 없지만.

숲 안을 가로지르자 탁 트인 장소가 나왔다. 린제가 바로 어제 그 두루마리를 꺼내 번역 안경을 끼고 몇 번인가 찬찬히 읽더니, 은색 지팡이를 들고 마력을 모으기 시작했다.

"【물이여 오너라, 충격의 물거품, 버블봄】."

린제가 들고 있던 은색 지팡이 주변에 작은 물 덩어리가 모여들었지만, 금방 사방으로 튀며 지면에 떨어졌다. 아마 실패겠지.

린제는 다시 한 번 지팡이를 들고 마력을 모았다.

"【물이여 오너라, 충격의 물거품, 버블봄】."

또 지팡이 주변에 물 덩어리가 생겼지만 조금 전과 똑같이 사방으로 튀며 지면에 떨어졌다. 또 실패인가. 그야 고대 마법이니, 쉽게 몸에 익힐 수는 없겠지.

린제는 두루마리를 다시 한 번 본 다음 또 지팡이를 들었다. 그리고 또 실패.

그 뒤로 몇 번인가 발동을 시키려고 했지만, 전부 지팡이에서 조금 떨어지자마자 작게 사방으로 튀면서 지면에 떨어지고 말았다. 실패의 연속.

열 번을 넘게 했을 즈음, 린제가 흐늘흐늘 비틀거리며 땅에 무릎을 대더니 쓰러지고 말았다. 나는 서둘러 달려가 린제를 안아 올렸다.

"린제?! 괜찮아?!"

"……괘, 괜찮아요…… 그냥 마력이, 다 돼서……. 잠시 안정을, 취하면…… 회복될 거예요……."

멍한 눈빛으로 린제가 힘없이 대답했다. 이게 마력을 다 썼을 때의 상태인가. 앗, 이대로 놔둘 수는 없다.

"……아? 토, 토야, 씨……?!"

의식이 몽롱한 린제를 옆으로 안아 올려【게이트】를 열었다. 품 안의 린제는 어디 아픈지 꼼짝도 안 한 채 얼굴을 붉혔지만, 나로 선 잠시 참아 주길 바랄 수밖에 없었다.

'은월'의 뒤뜰에 도착해 안으로 들어간 뒤, 계단을 올라 린제의 방문을 열었다. 그리고 방의 구석에 놓여 있는 침대에 린제를 뉘였다. 아직 얼굴이 빨간데 괜찮을까. 이마에 손을 대고 열을 쟀다.

"……하, 하으응……!"

"열은 없네. 기다려, 바로 에르제를 불러올 테니까."

옆방에 있던 에르제를 불러 린제의 장비를 벗겨 달라고 했다. 내가 몸을 만지며 벗겨 줄 수는 없으니까.

일단 에르제에게 맡기고 나는 린제의 방 밖으로 나갔다. 마력이 다할 때까지 연습을 하다니, 성실하다고 할까 노력가라고 할까. 샤를로트 씨도 그렇고, 마법사는 착실한 성격을 지닌 사람이 많은 걸까. 우직하다고도 할 수 있을 테지만.

다음 날. 린제는 완벽하게 기운을 회복했다. 마력이 떨어진 경우 안정을 취하며 푹 쉬면 하루 정도 만에 회복되는 듯하다.

"……어제는, 저, 정말 민폐를 끼쳐서, 죄송합니다!"

어제 있었던 일을 린제가 황송하다는 듯이 사과했다. 근데 딱히 사과할 만한 일은 하지 않았잖아?

오늘도 또 동쪽 숲에 가서 어제와 마찬가지로 마법 연습을 했다.

린제는 실패하면 다시 하고, 실패하면 다시 하기를 반복했다. 나는 그 모습을 가만히 바라보다가 린제가 아홉 번째 실패했을 때 연습을 중단시켰다. 더 이상 계속하면 어제처럼 쓰러질 테니까.

"린제, 잠깐 쉬자."

"……네."

차가운 차가 들어 있는 물통을 린제에게 건넸다.

"감은 좀 잡혀?"

"……아뇨, 전혀요. 마법을 발동시킬 수 있는가 없는가는 그 마법에 관한 지식, 이 있는가 없는가에 크게 좌우되거든요. 그래서 그런지 역시 본 적도 없는 마법을 발동시키기는 어렵, 네요……."

아, 어떤 마법인지 본 적이 없으니 확실한 그림을 머릿속에 그릴 수 없다는 말이구나.

그 뒤로 한 시간 정도 휴식을 취했지만 마력은 그다지 회복되지 않았나 보다. 두 번 정도 실패한 린제는 비틀거리기 시작했고, 그날은 그만 연습을 중단했다.

그 다음 날도, 또 다음 날도 린제는 연습을 계속했다. 매일 마력이 아슬아슬하게 거의 다 떨어질 때까지. 한 시간 정도면 린제의 마력이 모두 떨어져서 그 뒤로는 계속 휴식을 취할 수밖에 없었는데, 솔직히 말해 그다지 효율이 좋다고는 할 수 없었다.

"린제는 정말 노력을 많이 하는구나. 몇 번이나 실패했는데 포기하려고 하지 않으니 말이야."

"……저는, 별로 재능이 없어서…… 똑같은 걸 몇 번이고 계속 반복해야…… 겨우 마법을 배울 수, 있어요. 지금까지도 마찬가지였고요. 그러니, 별로 대단한 건 아니에요."

린제는 그렇게 말하더니 웃었다. 이 아이는, 심지가 굳구나. 끈기는 곧 힘. 포기하지 않는 것이 무엇보다도 자신을 성장시키는 데 중요하다는 점을 잘 알고 있다.

하지만 역시 효율이 나쁘다. 좀 더 많이 연습할 수 있다면 좋을 텐데……. 으~음……. 샤를로트 씨한테 상의해 볼까. 이 나라에서 제일가는 마법사인 듯하니까.

마력이 다 떨어지기 전에 연습을 중지하고 린제를 숙소로 바래다준 뒤, 나는 유미나와 함께 【게이트】를 통과해 성에 있는 샤를로트 씨를 방문하기로 했다. 유미나가 없으면 성안을 걸어 다니기도 힘들다……. 난 엄청나게 수상해 보이니까…….

샤를로트 씨는 성안의 연구탑에 있었지만, 눈 밑에 다크서클이 내려와 있었다. 요즘 들어 거의 잠을 못 잔 모양이었다. 그래도 내 얘기를 듣고 해결책을 제시해 주긴 했다. 나중에 샤를로트 씨의 연구에 협력해 주기로 약속을 해야 했지만…….

다음 날, 또 린제와 함께 동쪽 숲으로 갔다. 오늘도 같은 연습을 반복하고 실패하기를 거듭했다. 이윽고 계속했다가는 마력이 다할 듯하자, 린제가 스스로 연습을 중지했다. 지금이 내가 나설 차례다.

"린제, 이쪽으로 와 줘."

"어? ……무슨 일이시죠?"

나는 눈앞으로 다가온 린제의 양손을 꼭 쥐었다.

"후, 후앙?! 뭐, 뭘 하슈려고요?!"

"마음을 편히 가져."

"펴, 편히요?!"

"아~ ……힘을 좀 빼 줬으면 해."

당황하는 린제를 달랜 뒤, 마력을 모아 샤를로트 씨에게 그 존재와 효과에 대해 배운 무속성 마법을 발동시켰다. 내 양손에서 흐릿하게 빛이 반짝였다.

"【트랜스퍼】."

"어?!"

내 손에서 흐릿한 빛이 린제에게 옮겨 가자, 그 빛을 받은 린제가 깜짝 놀랐다. 아무래도 성공한 듯하다.

"마력이…… 회복되고 있어요. 이럴 수가…… 순식간에?"

무속성 마법 【트랜스퍼】. 다른 사람에게 자신의 마력을 이전해 주는 마법이다. 이 무속성 마법은 쓸 수 있는 사람이 몇몇 있는데, 샤를로트 씨에게 마법을 가르쳐 준 스승님도 이 마법의 사용자인 모양이었다.

쓰러질 때까지 마법을 사용하면 마력을 회복시켜 주고, 또 쓰러지기 일보 직전까지 마법을 사용하면 마력을 회복시켜 주는 식으로 수행을 시켰다고 한다. 그 사람, 정말 악마다.

하지만 나도 똑같은 일을 린제에게 하려고 하는 중이다. 샤를로트의 스승님처럼 강제는 아니지만.

지금 처음으로 눈치챈 건데, 린제가 완전히 회복할 만큼의 마력을 건네주었지만, 그래도 코하쿠의 존재를 유지하는 데 사용하는 마력의 양보다 적었다. 즉 자연 회복 범위 내라는 거다. 린제의 마력은 결코 낮은 수준이 아니라고 하는데, 그럼 내 마력은 대체 얼마나 크다는 거야……?

아무튼, 이걸로 린제는 마력이 다 떨어질 염려 없이 마법 연습을 할 수 있게 되었다.

"【물이여 오너라, 충격의 물거품, 버블봄】."

그 뒤로 린제는 몇 시간이나 쉬지 않고 마법 연습을 계속했다. 엄청난 집중력이다. 하지만 이대로 가면 마력은 괜찮을지 몰라도 체력이 버티질 못한다.

일단 휴식을 취하게 했다.

"역시 어려, 워요……. 아무리 노력해도 이 마법의 윤곽을 파악할 수가 없어서……."

"그렇구나……."

역시 고대 마법이라는 건 어려운 듯하다. 사용하는 녀석이 거의 없는 마법이니 샘플이 없으니까 당연하다면 당연하다. 스스로 전체적인 그림을 그릴 수 없는 거니 어떻게 할 도리가 없는 걸까.

"……하다못해 버블봄이라는 말의 의미를 알면 조금은……."

"……………………웅?"

린제의 말을 듣고 얼빠진 소리를 내고 말았다. 어? 무슨 말이지?

"버블봄의 의미?"

"음? 네. 마법의 고유명에는, 의미가 있다고 해요. 예를 들면 '파이어스톰' 의 '파이어' 는 불을……."

"아니아니아니아니, 그게 아니라."

어? 영어…… 같은 건 번역이 안 된 채로 전달되는 건가? 아니면 의미랑은 관계없이 직접 전해지는 거?

린제에게 두루마리를 빌린 뒤, 【리딩】을 사용해 읽어 보았다. ……우리 나라 글자로 「버블봄」이라고 읽을 수 있다. 아, 이제 알겠다…….

【파이어볼】이라고 글자는 읽을 수 있지만 의미까지는 알 수 없다는 거구나. 【파이어볼】, 【파이어애로우】, 【파이어스톰】 등에서 「파이어」가 불을 의미하는 단어라는 정도는 아는 듯하지만.

어? 그럼 다들 의미도 모르고 마법명을 외쳤단 말이야? 이상하네……. 잘 이해가 안 간다. 다른 사람들도 영어 단어를 사용했었던 것 같은데? 아이스=얼음이라고 알았었잖아. 하느님, 번역 기능이 이상하거든요.

……버블과 봄만으로는 뭔가 이상한 걸까. 둘 다 일본에서는 일상적으로 사용하는 말이 아니니…….

"왜 그러시죠?"

"아, 아냐…… '버블'이라는 건 거품, '봄'이라는 건 폭탄을 의미해."

"폭탄?"

"아~, 폭발하는 물건, 이라고 하면 되려나? 린제가 사용하는 【익스플로전】 마법 같은 거야."

내가 설명하자 린제는 잠시 아무 말 없이 생각을 한 뒤 고개를 들더니, 다시 지팡이를 들고 마법을 발동시키기 시작했다.

"【물이여 오너라, 충격의 물거품, 버블봄】."

지팡이 주변에 하나의 물 덩어리…… 아니, 비눗방울 같은 공이 나타나 둥둥 떠다니기 시작했다.

공의 크기는 직경 20센티미터 정도. 린제의 의지로 이동시킬 수 있는 듯, 잠시 공중을 자유롭게 떠돌았는데, 이윽고 린제가 그 공을 한 나무와 충돌시켰다.

순간, 어마어마한 충격음이 울리더니, 물 덩어리와 부딪친 나무가 산산조각 나며 날아갔다.

우리는 그 광경을 멍하니 바라보았다. 잠시 시간이 지난 뒤, 린제가 먼저 작게 중얼거렸다.

"……성공했어……."

이게 고대 마법 【버블봄】인가. 정말 엄청난 위력이야…….

린제는 곧장 다시 한 번 【버블봄】 마법을 사용했다. 이번엔 대여섯 개의 공이 동시에 나타나 바로 앞쪽에 있는 숲을 향해 일직선으로 날아갔다. 공이 나무에 닿자마자 폭발이 연속적으로 일어났고, 단숨에 나무들이 옆으로 쓰러져 갔다.

정말 무시무시한 위력이다……. 린제가 나를 향해 달려와 고개를 숙였다.

"토야 씨 덕분에 완성할 수 있었어요. 감사합니다."

"아냐, 린제의 노력이 결실을 맺은 거지. 나는 살짝 도와준 것뿐이잖아."

새삼스럽게 인사를 받으니 역시 쑥스럽다. 게다가 몇 번이고 계속해서 포기하지 않고 도전한 린제가 더 대단하다. 할 수 있는 것부터 하나씩, 착실히 성장해 가는 노력가. 그게 이 아이의 본 모습이다.

린제의 새로운 일면을 볼 수 있어 좋았다. 그런 생각을 하면서 '은월'로 가는 【게이트】를 열었다.

"으~음…… 어쩌지……."

에르제가 심각한 표정으로 고민을 하고 있었다. 식당 테이블 앞에 앉은 에르제의 눈앞에는 둔탁한 금속광이 나는 애용 곤틀릿. 하지만 그 곤틀릿은 주먹 부분이 파손되어 있었다.

어제 싸웠던 마물 탓이다. 몸이 돌로 되어 있는 마물, 가고일.

정확하게는 도적들 중 한 명이 어둠 속성의 마법을 사용해 소환한 녀석이었다.

돌로 만들어진 악마의 모습을 한 가고일 다수에게 둘러싸여 우리는 고전했다. 그도 그럴 게 너무 단단해서 검으로는 아무런 효과가 없었다. 마법도 별 효과가 없었고, 활도 통하지 않았다. 유일하게 제대로 된 대미지를 줄 수 있었던 사람이 타격 계열의 공격을 하는 에르제였다.

린제도 도중부터 【익스플로전】이나 【버블봄】 같은 폭발 계열로 가고일을 파괴했고, 그 틈을 노린 내가 【패럴라이즈】로 술사를 마비시킨 덕분에 큰 문제 없이 일을 마무리 지을 수는 있었다. 잡은 도적과 마법사는 왕국 기사단에게 넘겼다.

그렇게 길드의 의뢰는 완료했지만, 에르제가 애용하는 곤틀릿은 이 모양이 되어 버렸다.

"새것을 살 수밖에 없는 건가……."

"그렇게 하지? 내가 【모델링】으로 고칠 수는 있겠지만, 아마

열화된 금속까지는 고치지 못할 테니 금방 망가질 거야."

"이게 지금까지 가장 손에 잘 맞는 거였는데 말야~."

에르제가 아쉽다는 듯이 그렇게 말했다. 애착이 있는 물건이 망가지면 마음 아픈 게 당연하다.

"어떻게 할 거야? '무기점 웅팔'로 새것을 사러 갈까?"

"벌써 갔다 왔어. 같은 타입의 곤틀릿은 닷새 후에 들어온대."

꽤 시간이 걸리네. 한데 뭉뚱그려 곤틀릿이라고 부르긴 하지만, 전신 갑옷 곤틀릿과는 달리 처음부터 서로 치고받는 걸 목적으로 만든 중장갑 곤틀릿은 애초에 수요가 적다.

에르제처럼 주먹과 체술을 무기로 사용해 싸우는 사람들, 이쪽 세계에서는 '무투사'라고 불리는데, 그런 사람들이 이 나라에서는 소수파라는 모양이다. 반대로 아인의 왕국, 미스미드에는 꽤 많다고 한다. 수인들은 신체 능력이 뛰어나다고 하니, 대충 이해가 간다.

"토야, 왕도에 데려가 줘. 도저히 닷새씩이나 기다릴 수 없을 것 같아!"

성급하네. 그야 어렵지 않지만. 린제와는 달리 에르제는 일단 생각한 걸 바로 실행해야 속이 풀리는 성격이다. 돌다리도 두드려 보고 건너는 린제와 돌다리가 부서지기 전에 빨리 건너려는 에르제. 그런 느낌이라고 할까.

"왕도에서 사려면 '베르크트'가 좋겠지……? 그러고 보니 '강력(剛力) 팔 보호구'라고 해서 마법이 부여된 곤틀릿이 있었어."

"'강력 팔 보호구'."

"분명히…… 근력을 증가시키는 마법이 부여되어 있다고 했었는데."

"그게 뭐야? 좀 신경 쓰이는걸?!"

에르제가 눈을 반짝이며 벌떡 일어서더니, 손을 잡고 나를 뒤뜰로 끌고 갔다.

"좋아, 가자! 당장 가자! 자, 출발!"

"벌써?! 돈은 있어?!"

"조금 전에 길드에서 빼내 왔으니 괜찮아!"

정말로 생각이 떠오르면 바로 실행하는구나! 나는 끌려가면서 이 아이는 조금 더 침착해야 한다고, 마음속으로만 생각했다.

"어서 오세요, '베르크트'를 찾아 주셔서 감사합니다."

전에 내가 이 가게를 찾았을 때 맞이해 주었던 누나가 또 우리를 맞이해 주었다. 하지만 이전과는 달리 신분증을 제시해 달라는 소리를 하지 않았다. 나를 기억하고 있는 걸까. 그렇다면 정말 대단한걸?

옆에 있던 에르제도 내 일행이라고 생각했는지, 딱히 신분증을 제시해 달라는 소리는 하지 않았다. 그런데 정작 본인은 생각 이상으로 고급스러운 곳이라 그런지 두리번거리며 가게 안을 둘러보았다. 입을 오므려 줬으면 좋겠는데…….

"그런데 오늘은 뭘 찾으시나요?"

"어~, 이전에 여기서 봤던 '강력 팔 보호구'를 찾는데요. 아직 있나요?"

"죄송합니다. 그 상품은 이미 판매가 되었네요…….'"

에구, 아쉬워라. 옆에 있던 에르제도 뭐어~ 하고 아쉬운 소릴 했다. 마법 부여 방어구나 내 코트처럼 특별한 사정이 있지 않은 이상 안 팔리고 남아 있을 리가 없으려나?

"팔 보호구를 찾고 계신가요?"

"네. 전투 타격용 곤틀릿을 찾고 있어요."

그걸로 상대를 때리는 거니 무기 종류에 들어갈지도 모르지만, 일단 방어구에 속하니 방어구 가게인 이곳에 놓여 있어도 이상하지 않다. 아니, 당연히 있어야 한다.

"타격용 곤틀릿 말씀이군요. 마법 효과가 부여된 물건이 몇 점인가 있습니다."

"마법 효과가 부여된 게 있다고요? 그거 좀 보여 줄래요?"

"알겠습니다. 그럼 이쪽으로 오시죠."

누나는 그렇게 말하며 우리를 안쪽 코너로 데리고 갔다. 내 코트가 놓여 있던 곳이다.

점원 누나는 그곳에 진열되어 있던 곤틀릿 두 개를 들고 카운터에 늘어놓았다.

하나는 메탈릭그린색으로, 흐르는 듯한 유선형 모양이 아름다운 곤틀릿.

또 하나는 금색과 붉은색으로, 날카로운 모양의 곤틀릿이었다.

"이쪽은 날아오는 활을 비껴가게 하는 바람 속성 마법이 부여되어 있습니다. 아쉽게도 원거리 마법 공격을 비껴가게 하는 효과는 없지만, 높은 마법 방어력을 겸비한 제품입니다."

점원이 메탈릭그린 곤틀릿을 들고 설명했다. 물리적인 원거리 공격을 비껴가게 하다니. 마법 공격까지 비껴가게 하지는 못하는 듯하지만, 마법 방어력이 높으니 맞아도 대미지는 크지 않으려나?

"그리고 이쪽은 마법을 축적하여 일격의 파괴력을 높여 주는 효과가 부여되어 있습니다. 마력을 축적하는 데 다소 시간이 걸리기는 하지만요. 동시에 강화 마법도 부여되어 있기 때문에 곤틀릿 자체가 파괴되는 일은 없습니다."

이번엔 금색과 붉은색이 칠해진 곤틀릿을 들고 점원이 설명을 해 주었다. 조금 전의 메탈릭그린과는 반대로 공격 능력이 부여되어 있구나. 게임에서처럼 '게이지를 모아' 공격할 수 있다는 건가?

방어를 선택할까, 공격을 선택할까, 이다. 어려운 문제야. 나라면 방어를 단단히 하고 적을 쓰러뜨리는 게 좋으니 메탈릭그린을 선택하겠지만, 에르제는 공격을 중시하니 금색과 붉은색이 칠해져 있는 쪽을 고를 것 같다.

"양쪽 다 살게요."

"뭐?!"

곤틀릿 두 개를 비교하며 보고 있던 나는 그 말을 듣고 깜짝 놀라 절로 에르제를 바라보았다.

"둘 다 사게?"

"둘 다 괜찮아 보이니까, 오른쪽과 왼쪽에 하나씩 각각 장비하면 되잖아."

"남은 한 세트는?"

"물론 나중을 위해 보관해 둘 거야. 이번처럼 부서질지도 모르니까."

타격용으로 쓴다면 확실히 그럴 수도 있겠지. 하지만 그렇게 하면 주로 사용하는 손에 반대쪽 장비를 끼우게 되는 건데, 그래도 괜찮냐고 물으니, 에르제는 상관없다고 한다.

애초에 좌우 중 한쪽만 사용해 싸우는 경우는 거의 없다고. 복싱에서 말하는 스위치히터라는 건가.

"알겠습니다. 끼워 보시고 어색한 점이 있다면 말씀해 주십시오. 조정해 드리겠습니다."

"응, 괜찮네요."

에르제는 양팔에 곤틀릿을 순서대로 끼우고 감촉을 확인해 보면서 그렇게 말했다.

"이 녹색 쪽은 금화 열네 닢, 금색과 붉은색으로 칠해진 쪽은 금화 열일곱 닢입니다."

합계 금화 서른한 닢. 310만 엔인가. 정말 비싸다……. 아니, 마법이 부여되어 있는데 이 정도이니 싼 걸까……? 매번 금전 감각이 마구 흐트러진다.

"…………토야."

"왜?"

"……금화 한 닢만 빌려줘. 가진 돈이 모자라."

"확인 좀 해 둬……."

나는 지갑에서 금화 하나를 꺼내 에르제에게 주었다.

점원이 백금화 세 닢과 금화 한 닢을 받아 계산을 끝냈다. 그리고 봉투에 곤틀릿 두 세트를 담아 주었는데, 부피가 커서 내가 들게 되었다. 남자가 짐을 드는 건 어느 세계나 변함이 없구나…….

"감사합니다. 다음에 또 들러 주시길 기다리고 있겠습니다."

점원의 인사를 받으며 '베르크트' 밖으로 나갔다.

"역시 왕도야~. 좋은 물건이 많은걸? 그만큼 비싸긴 하지만."

옆에서 걷는 에르제는 매우 기분이 좋은 듯했다. 원하는 물건을 손에 넣었으니 조금 정도는 들뜨는 것도 당연하려나?

근데 곤틀릿 네 개는 역시나 무겁다……. 얼른 뒷골목에 들어가 【게이트】를 만들어 숙소로 돌아가자.

"에르제, 저기 있는 뒷골목에서──."

옆에 있는 에르제에게 말을 걸려고 했는데, 그곳에는 아무도 없었다.

"어?"

두리번거려 보니, 에르제는 저 뒤편의 가게 앞에 서 있었다. 창문 너머의 무언가를 가만히 바라보는데, 뭘 보는 거지?

나는 뒤로 돌아가 에르제의 등 뒤에서 그것을 확인해 보았다. 아아, 이건가.

흰 프릴이 달린 검은 상의. 가슴 부근에는 커다란 리본타이. 그리고 레이스가 달린 검은 3단 프릴 미니스커트.

이른바 고스로리(Gothic Lolita) 의상과 비슷하지만, 약간 다른 분위기다.

창문 너머에서 그 옷을 가만히 계속 바라보는 에르제.

"……사고 싶어?"

"어? 하으응?! 토, 토야?!"

말을 건 나에게서 뒷걸음질을 치며 에르제가 새빨간 얼굴로 외쳤다. 이 반응은 뭐지?

"아, 저기, 이, 이건 말이지! 그래, 린제! 린제한테 어울릴 것 같아서! 그 애, 이런 옷을 좋아할 것처럼 보이잖아? 나랑은 달리 말야!"

에르제가 엄청난 기세로 그렇게 말했다. 와, 여동생을 많이 생각하는 언니네.

"근데 린제한테 어울린다면 에르제한테도 어울릴 것 같은데?"

"앗……!"

에르제가 얼굴을 붉힌 채 입을 뻐끔거렸다. 그러니까 이 반응은 대체 뭘까? 상당히 수상하거든.

"무슨 소리야. 나랑 린제는 도저히 비교가 안 되잖아……."

"그런가? 둘 다 예쁘기도 하고, 쌍둥이니까 큰 차이는 없다고 생각하는데."

"예, 예뻐……?! 윽, 무, 무슨 소리야!"

퍼억! 하고 에르제의 주먹이 옆구리를 파고들었다. 으으윽! 엄청 아파!

"앗…… 그러니까…… 에르제도 이 옷을 입으면 어울릴 것 같아서……."

옆구리를 눌러 통증을 참으면서 에르제에게 설명했다. 어? 진땀이 나오기 시작하는데?

"나한테 어울릴 리가 없잖아……."

"그렇지 않아!"

"굳이 신경 써 줄 거 없어. 나에 대해서는 내가 가장 잘 아니까."

"아니, 그러니까……."

왜 이렇게 부정하는 거지? 내 말을 못 믿는 건가? 아주 잘 어울릴 게 분명한데. 아, 엄청 열 받네.

"나는 저런 옷이 어울리는 타입이 아니잖아……."

"아, 진짜! 입어 보면 되잖아! 한번 시착해 보자!"

"어?! 야……! 토야?!"

나는 끈질기게 거절하는 에르제의 손을 잡아끌며 가게 안으로 들어갔다. 점원 누나한테 전시되어 있는 옷을 꺼내 달라고 한 뒤, 에르제를 탈의실 안에 밀어 넣었다.

"야! 뭐 하는 거야?!"

"됐으니까, 어서 들어가서 한번 입어 봐."

나는 탈의실 커튼을 닫고 가게 구석으로 이동했다. 그리고 그곳에 놓여 있던 벨트나 액세서리를 보며 시간을 때웠다. 잠시 뒤, 탈의실의 커튼이 조심스럽게 열렸다.

"우와~."

그곳에는 평소와는 다른 에르제가 있었다.

고스로리풍의 옷이 긴 은발을 지닌 에르제와 아주 잘 어울렸다. 것 봐. 내 말이 맞잖아. 이렇게 잘 어울리는 여자애는 좀처럼 찾기 어려울걸?

"봐, 안 어울리지? 그러니까 내가 말했잖아……."

"뭐어?! 대체 무슨 소리야?!"

자신이 없다는 듯이 고개를 숙이는 에르제를 보고 나는 어이가 없어 그렇게 소리쳤다. 대체 어디를 어떻게 보면 그런 결론이 나오는 걸까. 얘가 아직도 인정을 못 하는 건가?!

"무지막지하게 잘 어울리잖아. 그쵸, 누나?!"

"네, 아주 잘 어울리세요. 손님, 아주 예뻐요!"

점원 누나와 같이 입을 맞춰 에르제를 칭찬했다. 탈의실 안에도 거울이 있을 텐데, 얘는 자기 모습도 안 본 건가?

"그, 그래……?"

에르제가 뺨을 붉히며 스커트를 집더니 그 자리에서 빙글 한 바퀴 돌았다. 응, 역시 잘 어울린다. 예뻐.

좋아. 나는 점원에게 말했다.

"누나, 이 옷 사도 되죠?"

"어?"

깜짝 놀라는 에르제를 무시하고 점원에게 돈을 지불했다. 은화세 닢이라. 꽤 값이 나가네…….

"저, 저기, 토야?! 나는 살 생각 없어!!"

"아냐. 내가 사는 거야. 에르제한테 선물할게."

이렇게 잘 어울리는데 이대로 안 사고 갈 순 없지. 다른 애들한테도 보여 주고 싶고. 종이봉투를 받아 에르제에게 건네주었다. 원래 입고 있던 옷을 넣기 위해서다.

가게를 나오자, 쑥스러워 고개를 숙이고 있던 에르제가 고개를 들고 고맙다고 인사했다.

"고마워⋯⋯."

"좋아. 얼른 가서 다른 애들한테 보여 주자!"

"뭐?! 야. 잠깐만, 그건 좀 부끄러운데⋯⋯."

옷을 차려입은 에르제를 데리고 나는 달리기 시작했다.

새 옷을 입은 에르제를 보자, 모두가 잘 어울린다며 칭찬해 주었다. 당연한 결과다. 역시 내 생각이 맞았다. 어때?

단지 그 옷을 내가 사 주었다는 걸 알자 어째서인지 다들 복잡한 표정을 지었고, 결국 내가 다른 애들의 옷까지 전부 사 줘야 하는 처지가 되고 말았다.

⋯⋯대체 왜 이렇게 된 거지?

그러던 어느 날.

"아버지에게서 온 편지예요. 이걸 읽었으면 왕궁으로 와 달라고 하시네요?"

조금 전 '은월'에 속달로 도착한 편지. 그것을 보자마자 유미나가 나에게 그렇게 말했다. 불길한 예감이 들지만 무시할 수도 없으니.

"갑자기 왜?"

"전의 그 사건을 해결해 준 감사의 표시로 토야 오빠에게 작위를 내려 주신대요."

"""작위?!"""

에르제를 비롯한 여자애들이 깜짝 놀라 소리쳤다. 아~, 역시나. 그러고 보니 그런 얘기도 했었지.

일단 한 나라의 공주인 유미나의 결혼 상대이니, 그에 어울리는 신분일 필요가 있다. 약혼자(임시)인 나에 대해 아직 공식적으로 발표할 생각은 없는 듯하지만, 그 전에 어떻게 해서든 구색을 맞춰 두고 싶다. 그런 얘기인가.

"거절해도 돼?"

"거절해도 되지만, 그때에는 공식적인 자리에서 확실히 그 이유를 밝힌 다음 거절하라고 하시네요."

"""거절?!"""

또다시 깜짝 놀라 소리치는 세 사람. 너희 좀 시끄럽거든?!

"결혼이야 어쨌든 작위까지 거절할 필요는 없잖아! 아깝게!!"

에르제가 아주 솔직한 의견을 피력했다. 근데 말야, 작위를 받는다는 건 귀족이 된다는 거잖아? 나한테는 안 어울려.

"귀족이 된다, 는 것은, 국가를 위해 봉사한다는, 것. 의무와 책임을 지니고 영지를 다스려야 해요."

무릎 위에 올려놓은 코하쿠를 쓰다듬으면서 린제가 나지막이 말했다. 응, 역시 귀찮을 것 같아. 거절하자.

"그런데, 뭐라고 말해 거절할 생각이십니까?"

"으~음, 나는 모험자 생활을 하는 게 적성에 맞으니까는 어때?"

스스로 생각해도 거짓말 같지만, 그 외에는 떠오르는 변명이 없었다. 부모님의 원수를 찾고 있다는 것도 좋지 않을까 생각했지만, 그건 그거대로 사태가 번거로워질 것 같았다.

"그 정도면 될 거라 생각해요. 아버지도 억지로 권하지는 않으실 테니까요."

"그럼 그걸로 갈까?"

그리고 에르제와 여자아이들도 왕국에 와 줬으면 한다는 듯했다. 작위 수여식에 참가하라는 게 아니라 단순히 딸이 신세를 지고 있으니 인사를 하고 싶어서라고 한다. 처음에는 황송하다며 셋 다 거절했지만, 임금님과 친해지면 여러모로 편리한 건 사실이기 때문에 마지막에는 결국 모두 가 보기로 했다.

"코하쿠는 어떻게 할 거야? 여기서 기다리고 있을래?"

〈저 말씀입니까? 주인님이 그렇게 말씀하신다면 이곳에서…….〉

""""안 돼.""""

와우, 모든 여자애들이 모두 안 된다는 판정을 내렸다.

"코하쿠를 놔두고 갈 순 없어."

"가여, 워요."

"이 아이도 동료가 아닙니까?"

"코하쿠는 제가 돌볼 테니 같이 가게 해 주세요, 토야 오빠."

코하쿠의 이 엄청난 인기. 우으으, 부럽다. 하지만 나도 저 폭신폭신한 감촉에는 당해낼 수 없다고 인정하고 있기 때문에, 그냥 데리고 가기로 했다.

바로 【게이트】를 열어 왕궁에 있는 유미나의 방으로 갔다.

유미나의 방이긴 한데, 침실이나 개인적인 휴식 공간이 있는 곳은 아니고, 손님을 맞이하기 위한 여러 방 중 하나다. 유미나와 【게이트】를 사용할 때 이 방을 통과해도 좋다는 허락을 폐하에게 미리 받아 두었다.

방 밖으로 나온 우리를 경비 기사들이 미심쩍은 얼굴로 바라보았지만, 제일 앞에 있는 유미나를 보자마자 태도를 바로잡았다.

잠시 걸은 뒤 유미나가 복도 안쪽에 있는 방문을 여니, 국왕 폐하와 레온 장군, 그리고 미스미드 대사인 오리가 씨가 차를 마시고 있는 모습이 보였다.

"아버지!"

"오오, 유미나구나."

유미나의 모습을 본 임금님이 의자에서 일어나 자신에게로 달려온 딸을 꼭 껴안았다.

"건강해 보여 다행이구나."

"토야 오빠 곁에 있는데 힘이 없을 리가 없잖아요."

제발 좀. 그런 말은 부끄럽다니까……. 유미나의 말에 혼자 얼굴을 붉히고 있는데, 임금님이 말을 걸었다.

"오랜만이군, 토야."

"안녕하세요."

"뒤에 있는 분들은 동료들인가? 너무 긴장하지 않아도 되니, 고개를 들어 주게."

국왕 폐하의 목소리를 듣고 뒤를 돌아보니, 세 사람은 모두 무릎을 꿇고 고개를 숙인 상태였다. 스우를 만났을 때랑 똑같은 반응이구나. 유미나와 만났을 땐 그렇게 안 했으면서. 물론 그때는 내가 유미나를 데리고 와서, 어안이 벙벙했기 때문이려나……?

"토야 씨."

어느새 오리가 씨가 옆에 와 있었다. 오늘도 여우 귀와 꼬리가 눈부시다. 코하쿠와 오리가 씨 중 누가 더 폭신폭신하고 기분이 좋을까. 그런 실례되는 생각이 뇌리를 스쳤다.

"지난번엔 정말 감사합니다. 토야 씨는 국왕 폐하의 은인인 동시에, 저희 미스미드 왕국의 은인이기도 해요. 언젠가 우리 나라에 오시게 되면 국가적으로 환영해 드리겠습니다."

오리가 씨가 깊숙이 머리를 숙였다. 저기요, 국가적으로 그럴 필요는 없어요. 눈에 띄고 싶지 않거든요.

"아루마는 잘 있나요?"

"네, 잘 있답니다. 오늘 토야 씨가 오시는 걸 알았다면 여기에 데리고 왔을 텐데요."

아쉽다는 듯이 웃던 오리가 씨의 표정이 순간적으로 굳었다. 무슨 일인가 싶어 시선을 따라가 보니, 그곳에는 우리의 뒤를 따라온 코하쿠가 있었다.

"……토야 씨, 저 아이는 뭐죠?"

"아, 제가 키우는 새끼 호랑이로, 코하쿠라고 해요. 코하쿠, 인사해야지."

〈카릉.〉

미리 얘기해 둔 대로 코하쿠는 새끼 호랑이인 척했다. 말을 할 줄 아는 호랑이라니, 들켰다간 점점 더 사태가 번거로워지니까.

그런 코하쿠를 바라보면서 오리가 씨는 수상쩍다는 듯이 고개를 갸웃했다.

"왜 그러세요?"

"아, 아뇨. 우리 미스미드 왕국에서는 흰 호랑이를 신의 사자라고 칭하며 신성하게 생각하거든요. 흰 호랑이는 신수(神獸) '백제'의 일족이라고도 하니까요."

아…… 일족이 아니라 당사자입니다만……. 그러고 보니 유미나도 짐승의 왕이라고 했었지……? 코하쿠를 데리고 미스미드 왕국에 가도 괜찮으려나?

그때 갑자기 등에 강한 충격이 느껴졌다. 장군이었다. 이 사람은 사람을 때리지 않으면 대화도 못 하는 건가?

"토야, 오랜만이군! 설마 공주님의 남편이 될 줄은 예상도 못했어! 자네는 꽤 장래가 유망한 것 같은데, 어떤가! 내가 단련시켜 줄까?"

"아직 남편은 아니거든요. 사양하겠습니다."

이 사람에게 훈련을 받았다간 강해지기 전에 몸이 망가질 것 같다. 인사 대신에 팡팡 사람을 때리는 사람이니까. 나쁜 사람은 아니지만……. 어?

장군의 허리에 적동색 곤틀릿이 걸려 있었다. 투박하고 세련되지 못한 그것은 마치 역전의 용사 같은 분위기를 자아냈다.

"장군, 그건……."

"응? 아, 조금 뒤에 군부에서 훈련이 있어 말이지. 나는 무투사니 곤틀릿 정도는…… 응? '화염권 레온'의 이름을 모르는 건가?"

공교롭게도 모르겠네요. 전혀 들어 본 적이 없다. 그런데 아무런 반응을 보이지 않는 나와는 달리 과잉 반응을 보이는 사람이 옆에 있었다.

"저, 저는 잘 알아요! 화염을 두른 주먹으로 멜리시아 산맥을 근거로 삼고 활동하는 대도적단을 홀로 괴멸시킨 그 사람! 화염권 사용자! 그 외에도 스톤 골렘과의 사투 등 이것저것!"

"오! 잘 아는군! 자네도 무투사인가. 여자가 무투사라니 참 별나구만!"

흥분한 에르제의 허리에 걸린 좌우 비대칭 곤틀릿─왼쪽의 유선형 곤틀릿, 오른쪽의 날카로운 곤틀릿─을 보고 장군이 기쁘다는 듯이 웃었다.

"어떤가? 자네, 조금 뒤에 시작되는 훈련에 참가해 보지 않겠나?"

"참가해도 되나요?"

얼굴 한가득 미소를 지으며 고개를 끄덕이는 에르제. 같은 무투사로서 무언가 배울 수 있다는 게 기쁜 거겠지. 그런 에르제와 장군을 바라보던 나에게 임금님이 말을 걸었다.

"그런데 토야, 작위 수여에 관해서인데……."

"아~, 호의는 매우 기쁩니다만……."

임금님께는 미안하지만 거절했다. 현재로선 귀족 같은 게 될 생각이 없으니까.

"그렇게 말할 줄 알았지. 하나, 국왕의 목숨을 구해준 은인에게 아무런 보답을 하지 않는 것도 이미지상 좋지 않아서 말이네. 일단 '작위를 수여하려 했다.'는 증거를 형태만이라도 남기고 싶어서 그런 것이야. 물론 정말로 받아들여 준다면 그것보다 좋은 것 없지만 말이지."

국왕이라 그런지 체면이니, 남의 이목이니 신경 쓸 게 많은 듯하다. 그런 폐하를 보고 조금 동정하고 있는데, 갑자기 파앙! 하고 문이 열리더니 누군가가 방으로 뛰어 들어왔다.

"이곳에 토야 씨가 오셨다는 얘기를 들었습니다만!"

누군가 했더니, 샤를로트 씨였다. 이전과 외모가 너무 달라서 순간 누군지 알아보지 못했다. 비취색 머리카락은 퍼석퍼석해졌고, 눈 밑에는 이전보다 더 크게 다크서클이 내려온 모습이다. 빠른 걸음으로 성큼성큼 다가오는데, 내가 준 안경 너머로 보이는 눈이 붉게 충혈되어 있었다. 무서워! 이거 뭐야, 엄청 무섭잖아!

샤를로트 씨는 놓치지 않겠다는 듯이 한 손으로는 내 코트를 잡고, 다른 한 손으로는 은화가 든 유리잔을 몇 개인가 내 앞으로 내밀었다.

"저어! 이 안경! 두 개 더 만들어 주실 수 있을까요?! 얼마 전에 【트랜스퍼】를 제가 알려 드렸죠?! 그렇죠?!"

"네?! 그건 정말 큰 도움이 됐어요! 근데, 왜요?!"

엄청난 기세로 달려드는 샤를로트 씨를 보고 오싹한 감정을 느끼면서도 나는 의문스러운 점을 물어보았다.

"왜?! 해석이 너무 느려서 그렇죠! 혼자서 하기에는 한계가 있어요! 무리! 혼자서는 더 이상 무리! 아무리 해석하고 또 해석해도 끝이 없어요! 양이 얼마나 많은 줄 알아요?! 대체 얼마나 많은지 알기나 하나고요?!"

왜 두 번이나 말해요?! 화를 낼 사람은 샤를로트 씨가 아닐 텐데요. 그러고 보니 샤를로트 씨, 얼마 전에 저한테 그 일을 시키려고 했었죠?!

아무튼 거절하기도 무서웠기 때문에 나는 순순히 유리잔과 은화를 받아든 뒤, 【모델링】과 【인챈트】를 발동시켜 번역 안경을 세 개 더 만들었다.

"감사합니다!"

더 이상 볼일은 없다는 듯이 안경을 뺏어 왔을 때와 똑같은 속도로 방을 빠져나가려고 하는 샤를로트 씨.

"일단 관리를 철저히 하거라, 샤를로트. 만약 제국에 유출이라도 되면 일이 귀찮게 되니 말이다."

"알겠습니다!"

샤를로트 씨는 폐하에게 힘차게 대답하면서 바람처럼 떠나갔다. 대체 뭐야…….

"정말 샤를로트도 못 말리는구나. 저 도구를 손에 넣은 뒤로 계속 연구실에만 틀어박혀 있으니. 저러다 정말 몸이라도 상하면 어쩌려고 그러는지 모르겠군. 이래서는 토야에게 【리커버리】를 써 달라고 부탁하게 되겠구먼."

아무래도 나도 모르게 방구석 폐인을 한 명 만들어 낸 것 같다. 한번 열중하면 정말로 주변이 보이지 않게 되는 사람이구나.

"방금…… 그 사람은 궁정 마술사인 샤를로트 님?"

린제가 문 쪽을 바라보면서 작게 중얼거렸다. 그 마음은 잘 안다. 도저히 왕국 최고의 마법사처럼은 보이지 않으니까.

"마법 이야기를 나눠보고 싶었, 는데…… 아쉬워요."

"그건 그만두게. 지금 샤를로트 님에게 말을 걸었다간, 한나절 동안 고대 정령 마법에 대해 이야기를 들어야 하는 데다, 실험에도 같이 참가해야 하니까. 진정될 때까지 기다리는 게 좋아."

장군이 고개를 저었다. 확실히 저런 상태로는 이야기가 통할 것 같지 않다.

"자, 나중에 거행될 수여식 준비를 해야겠군. 토야는 입을 옷을 골라두게."

짝짝 하고 임금님이 손뼉을 치자 안쪽 문에서 메이드 두 사람이 나타났다. 으으음, 귀찮네.

"린제랑 야에는 어떻게 할 거야? 여기서 기다릴래?"

"저는 언니의 훈련을 견학하러 갈게요."

"소인도 그렇게 하겠습니다."

좋아. 유미나 이외에는 훈련하러 가는구나. 코하쿠는 유미나가 맡아 준다니 얼른 옷을 골라 둘까.

나는 옷을 갈아입기 위해 메이드의 안내를 받아 안쪽 방으로 걸어갔다.

————집을 하사받았다.

나도 잘 모르는 새에 집 한 채를 하사받았다. 누구한테? 물론 폐하한테서다.

작위 수여식 당일, 알현까지는 대본대로 순조롭게 진행됐는데.

"짐의 생명의 은인인 그대에게 작위를 수여하노라."

"황송합니다. 하지만 저는 모험자로 활동하는 게 적성에 더 맞는 듯합니다."

"그런가. 그렇다면 억지로 권하지는 않겠네."

여기까지는 딱 예정대로였다.

"하나, 이대로 돌려보내는 것은 생명의 은인에 대한 예의가 아니지 않겠는가. 그래서 사례금과 모험의 거점이 되는 저택을 준비했네. 작위 대신 받아 주게."

"네?"

국왕 폐하께서 그렇게 말씀하시자, 은 쟁반을 든 노신사가 나에게 다가오더니 금이 들어간 자루와 집을 비롯한 여러 가지가 적힌 목록을 건네주었다. 임금님의 말에 정신이 팔려 있었기 때문에 나는 그만 그것을 그대로 받고 말았다.

자루의 묵직한 무게에 제정신을 차렸지만 이미 신사는 은 쟁반을 가지고 떠나 버려, 돌려줄 타이밍을 놓쳤을 때,

"지난번엔 정말 큰 활약을 해 주었노라. 계속해서 활약해 주기를 기대하네."

그렇게 마무리가 지어졌다.

"서구, 파라란 거리 2A……. 외주구(外周區)에서도 부유층이 사는 구역이네요."

목록을 보면서 유미나가 중얼거렸다.

왕도는 성을 중심으로 내주구(內周區)와 외주구로 나뉜다. 내주구에는 왕족과 귀족, 대상인 등이 살고, 강 너머의 바깥쪽에는 외주구가 있다.

외주구에는 다양한 사람들이 사는데, 이곳은 또 동구(東區), 남구(南區), 서구(西區)로 나뉜다(왕도 아레피스의 북쪽에는 팔레트 호수가 있기 때문에 북구는 없다). 그곳의 서구, 부유층이 많이 사는 구역. 그곳의 저택 한 채를 임금님에게 하사받은 것이다.

"어떻게 할래?"

오늘도 장군에게 허락을 받고 훈련에 참가한 뒤, 수돗가에서 땀을 씻고 온 에르제가 흥미진진하게 물었지만, 나로서는 이런 걸 받아 봐야 그저 부담스럽기만 하다.

"역시 되돌려 주면 안 될까?"

"한번 하사받은 것을 되돌려 주는 건, 굉장히 실례되는 행동, 이에요. 상대의 체면을 짓밟는 행동, 이니까요."

그야 그렇겠지. 받아놓고 '역시 마음에 안 드니 되돌려 드리겠습니다.'라고 말하는 것이나 마찬가지니까. 린제의 말대로 그냥 받을 수밖에 없는 건가.

성의 훈련장 한쪽 구석에 있는 풀숲에 뒹굴 드러누웠다. 끝없이 맑고 푸른 하늘에 구름이 흘러가고 있었다. 처음으로 이쪽 세계에 왔을 때도 이런 하늘이었지?

"집 말고 돈까지 받아 버렸으니……. 그런 거금을 어쩌면 좋지?"

"얼마나 받으셨습니까?"

누워 있는 나를 들여다보는 야에.

"……왕금화 스무 닢……."

"""왕금화 스무 닢?!"""

에르제, 린제, 야에의 깜짝 놀라는 목소리가 멋지게 겹쳐서 들려왔다. 아, 놀라는 게 당연하겠지.

왕금화는 백금화보다 더 가치가 높은 화폐로, 왕금화 한 닢＝백금화 열 닢이라고 한다. 너무 단위가 커서 일반적인 시장에서는 사용되지 않는 화폐라는 듯하지만.

원래 있던 세계의 기준으로 말하면 왕금화 한 닢＝약 1천만 엔. 즉, 전부 합치면 2억 엔이다. 임금님의 목숨은 2억 엔, 플러스 집. 싼 건지 비싼 건지 감이 잘 안 잡힌다. 게다가 이 돈은 모두 임금님의 용돈이라든가 뭐라든가. 대체 어떻게 번 돈인지는 굳이 물어보지 않았지만.

혹시 이거 약혼 예물 겸 주는 돈은 아니겠지……? 이걸 받았으니 유미나와의 결혼은 더 이상 거절하지 못한다든가……. 근데 이런 돈은 신랑 측이 신부 측한테 주는 거 아닌가? 아니지. 데릴사위로 들어가는 거면 이게 맞을지도……. 악, 뭐가 뭔지 모르겠다.

일단 계속 가지고 있기 무서워 돈은 공작님에게 맡겨뒀지만.

"집도 받았겠다, 이제 은거하며 편하게 살아도 되지 않아?"

"그건 그거대로 잉여 인간 같은 느낌이 들어서……."

나는 상반신을 일으킨 뒤, 한탄을 섞으며 대답했다. 돈이 있으니 일하지 않는다. 그건 뭔가 잘못됐다는 생각이 들었다. 물론 돈은 많으면 많을수록 좋지만.

"일단 보러 가 볼까요? 여기에서 30분이면 도착해요."

유미나의 제안을 거절할 이유가 없었기 때문에 다 같이 그 집을 구경하러 가 보기로 했다.

"어? ……여기야?"

나는 무심코 그렇게 중얼거리고 말았다.

외주구의 서구. 그 저택은 전망이 좋은 고지대에 세워져 있었다. 흰 벽에 붉은 지붕. 산뜻해 보이는 3층짜리 양옥집이다. 그건 좋다. 디자인에도 전혀 불만이 없고, 장소도 주택가에서 조금 떨어져 있는 게 한적해서 마음에 든다. 하지만…….

"이거, 너무 크잖아……."

물론 오르트린데 공작의 집이나 소드레크 자작의 집에 비하면 작긴 하다. 하지만 그래도 호화 저택이라고 해도 손색이 없을 만큼 크다.

하사받은 열쇠로 문을 열고 부지 안으로 들어가 보았다. 잔디를 심은 넓은 정원과 다양한 꽃이 흐드러지게 피어 있는 화단, 그리고 분수가 있는 작은 연못이 보였다. 정원 너머에는 별채와 마구간까지 있었다.

양쪽으로 열리는 문을 열고 현관홀 안으로 들어가 보니, 새빨간 양탄자와 2층으로 이어지는 계단이 우리를 맞아 주었다.

"꽤 좋은 집이네요. 마음에 들었어요."

우리 가운데 유일하게 이런 환경에 익숙한 유미나가 코하쿠를 안고 홀 안을 아무렇지도 않게 걸어 나갔다. 나는 그 뒤를 따르다가 무심코 솔직한 감상을 토로하고 말았다.

"이렇게 집이 크다니, 청소하는 것만 해도 큰일이겠어……. 다섯 명이 살기에는 너무 넓지 않아?"

"""뭐?"""

에르제와 린제, 그리고 야에가 깜짝 놀란 표정으로 이쪽을 바라보았다. 어? 왜?

"저어…… 토야 님? 다섯 명이라니, 혹시 소인들도 여기서 살아도 된다는 말씀입니까?"

"응? 혹시라니 무슨 소리야? 당연하잖아?"

갑자기 무슨 소린지. 이렇게 방이 많으니 당연히 활용해야지. 그런 생각을 하고 있는 나에게 에르제가 머뭇거리며 말했다.

"근데 이 집은 폐하께서 하사해 주신 거잖아. 유미나랑 같이 살라고 내려 주신 집이 아닐까?"

아~, 그런 얘기구나. 이 집은 유미나를 위한 폐하의 지원사격이었던 건가. 참 성가신 물건을 받은 거네.

유미나를 싫어하는 건 아니지만 아직 결혼 상대로는 보이지 않는데 말야. 굳이 따지자면 여동생 같은 느낌이라고 할까.

그런 나에게 린제가 고개를 숙인 채 작게 말했다.

"……좋아하는 사람과 같이 살기 위한 집이라면, 저희가 살기는 좀, 그렇지 않을까 해요……."

"좋아하는 사람이라니. 나는 네 사람을 똑같이 좋아하고, 가족처럼 생각하고 있어. 그러니까 다 같이 이곳에서 살아도 아무런 문제도……."

어? 린제의 얼굴이 빨간데 무슨 일이지? 앗, 에르제랑 야에도 빨갛네?

"나, 난 2층 좀 보고 올게!"

"……저, 저도, 다, 다락방 쪽을 보고 올게요……!"

"소소, 소인도 부엌, 이, 신경 쓰이니 보고 오겠습니다!"

여자아이들이 순식간에 사방으로 흩어지며 도망가 버렸다. 어째서?

"아~, 네 사람을 똑같이 좋아하고, 가족처럼, 이라. 그럼 일보 전진이라고 할 수 있을까요?"

그 모습을 보고 있던 유미나가 미소를 지으며 말했다.

"저는 토야 오빠의 신부가 되어 인생을 함께 걸어가고 싶어요. 하지만 독점할 생각은 없으니, 이것도 나름 괜찮을 것 같네요. 잠깐 다른 분들과 얘기 좀 하고 올게요. 토야 오빠는 거실에서 기다려 주세요."

응? 뭐야? 대체 무슨 소리야? 나와 코하쿠를 내버려 둔 채 유미나가 계단 위로 올라갔다.

뭔진 잘 모르겠지만…… 일단 유미나의 말대로 거실을 향해 갔다.

도중에 욕실이라든가, 응접실, 식량창고, 와인셀러 등도 보였지만, 그야말로 아무것도 없이 텅 비어 있었다. 선반조차도 없다.

그리고 1층 안쪽에 있는 문을 열어 보니, 그곳이 거실이었다. 거실이 넓네…… 당연한 거지만. 난로와 커튼 정도밖에 없어서 그런가 유독 넓어 보인다. 가구도 이것저것 사야겠지? 폐하는 그걸 예상하고 돈을 주신 건가?

한쪽 벽에 난 창문을 통해서는 테라스 너머로 넓은 정원과 고지대 아래로 보이는 서구를 내려다볼 수 있었다.

창문에서 테라스를 지나 정원으로 나가 보니, 기분 좋은 바람이 불어왔다.

〈좋은 정원이군요. 이곳에서 낮잠을 자면 아주 기분이 좋을 듯합니다.〉

코하쿠가 잔디 위에서 뒹굴며 말했다.

"마음에 들었어?"

〈네, 아주 마음에 듭니다.〉

코하쿠도 이렇게 말을 하니, 이곳에 살아도 나쁘지 않을 것 같다. 이것저것 준비해야 할 게 엄청나게 많긴 하지만.

"토야 오빠."

부르는 소리에 뒤를 돌아보니, 유미나와 함께 여자애들이 서 있었다. 그런데 어째서인지 세 사람은 시선을 이리저리 돌리기만 할 뿐 나를 보려고 하지 않았다. 왜지? 아직 조금 얼굴이 빨간데…….

"저, 저기, 토야……. 정말 우리도 여기서 살아도 돼?"

"응? 물론이지."

"……나중에 나가라고 한다거나, 그런 건, 아니, 죠?"

"그런 말을 할 리가 없잖아."

"유미나 님과, 그러니까…… 똑같이 대해 주실 겁니까?"

"당연하지."

이제 와서 무슨 소린지. 이 세계에 가족은 없다. 하지만 나는 모두를 내 가족이나 마찬가지라 생각하고 있다. 그건 당연하다.

……근데 왜 다들 꼼지락거리는 거지? 물론 이런 집에 살려고 하니 주눅이 드는 건 사실이지만, 하사받은 이상 내 집이니까 너무 어렵게 생각할 필요 없는데 말이야.

아, 그건가. 집세를 내지 않으면 얹혀사는 것 같아서 미안하다든가? 그런 건 신경 쓸 필요도 없는데.

"그럼 여러분 모두 여기서 사는 걸로 하죠. 서두를 필요는 없으니, 조금 전의 이야기는 마음이 정해지면 다시 하기로 해요."

"그래."

"네."

"알겠습니다."

유미나의 말을 들은 세 사람이 여전히 얼굴을 붉힌 채로 대답했다. 마음이 정해지면? 대체 무슨 얘기지?

"조금 전의 이야기라니…… 그게 뭐야?"

""""비밀.""""

또 합창입니까. 그렇습니까. 어? 혹시 이 집에서 가장 발언권이

약한 사람은 나인가?

"그럼 각자 자기 방을 정할까요?"

"난 2층 모퉁이 쪽 방이 좋아~."

"저, 저는 3층 안쪽의 서재 옆이 좋아요."

"소인은 1층 정원 바로 앞쪽 방이 좋습니다."

시끌벅적하게 이야기를 시작한 여자아이들. 음, 뭔가 소외감이 든다. 방이야 굉장히 많으니 얼마든지 마음에 드는 방을 골라도 괜찮지만. 근데 모두 방을 하나씩 골라도 아직 남네.

"으~음. 이 집을 우리 다섯이서 잘 관리할 수 있을지 그게 좀 불안해……."

"못 하겠죠."

"너무 태연한 말투다……."

유미나가 태연하게 대답했다. 확실히 청소만 해도 난리가 아닐 것 같으니까. 길드 일도 해야 하는데, 정원도 관리해야 하니.

"그러니 사람을 고용하죠. 몇몇 마음에 둔 사람도 있으니까요."

유미나가 그렇다면 맡겨 둘까. 확실히 사람이 필요하기도 하고, 왕궁의 연줄을 이용하면 좋은 사람을 발견할 수 있을 것 같기도 하니까.

자, 그럼. 이사 준비를 해 보자. 물론 【게이트】를 이용해 이쪽으로 물건을 가져오기만 하면 그만이지만. 그리고 가구라든가 이것저것 필요하겠지? 이 집엔 아무것도 없으니까.

그 외에도 리플렛에서 신세를 진 사람들에게 인사를 해 둬야지.

고용인 모집 등, 여러 사정을 고려해 3일 후에 이사를 하기로 했다. 아무래도 바빠질 것 같다.

　우리가 왕도로 이사하기로 한 날이 되었다. '은월' 의 미카 누나나 도란 씨, '파렌트' 의 아에루 씨, '패션 킹 자낙' 의 자낙 씨, '무기점 웅팔' 의 바랄 씨, 그 외에도 신세를 진 분들에게 작별 인사를 하고 리플렛 마을을 떠났다.

　처음으로 이쪽 세계에 와서 살았던 마을. 추억도 많다. 오려고 하면 언제든지 【게이트】를 이용해 올 수 있지만, 그래도 감개무량한 건 어쩔 수 없었다.

　도란 씨는 이 마을을 일본 장기의 마을로 만들겠다고 했었지? 임금님도 푹 빠진 듯하니, 의외로 그 목적을 이룰 수 있을지도 모른다.

　자낙 씨에게는 이별 선물로 다양한 옷의 디자인을 프린트한 종이를 주었다. 얼마 안 있어 간호사 옷이라든가 세일러복이 나올지도 모른다. ……내가 추천한 거 아니거든. 자낙 씨가 혹해서 선택한 거야.

　'파렌트' 의 아에루 씨에게는 【모델링】을 이용해, 과자 레시피와 과자를 만들 때 편리한 도구를 만들어 주었다. 아이스 스쿱, 동그라미 · 하트 · 별 모양 틀, 토르테 커터 등이다. 신작이 만들어지면 또 먹으러 가야지.

마찬가지로 미카 누나에게는 구멍 뚫린 부엌칼, 필러, 과즙짜개, 강판, 그리고 다양한 요리 레시피를 건네주었다. 이걸로 '은월'의 식사는 더욱 파괴력이 넘치게 되겠지.

사람들과 헤어져 왕도에 돌아와 보니 집 앞에 세워 놓은 마차에서 집 안으로 가구를 옮기고 있었다. 가구 반입을 지시하던 유미나가 정원에 나타난 나를 보자마자 빠른 발걸음으로 달려왔다.

"토야 오빠, 마침 잘됐어요. 이 집의 집사로 고용하고 싶은 사람이 왔는데, 만나 주시겠어요?"

"응? 지금?"

내가 깜짝 놀라고 있는데, 저택 테라스에서 온몸을 검은 예복으로 두른 노인이 걸어왔다. 어? 저 흰 머리카락과 흰 수염, 어디서 본 적이 있는 듯한…… 아, 이 집을 하사받았을 때 돈과 목록을 가져왔던 사람이야.

"처음 뵙겠…… 아니지요. 두 번째 뵙는 거군요. 라임이라고 합니다. 잘 부탁드립니다."

깊게 고개를 숙이는 라임 씨. 나이는 60대 후반 정도일까. 그런데 그 나이치고는 행동이 아주 활기차 보였다.

"할아범은 오랫동안 아버지를 모시던 분이니, 집사로서는 부족함이 없을 거예요."

"뭐?!"

그럼 폐하를 모시던 사람이라는 거야? 이렇게 어마어마한 사람을 데리고 오다니!

"왜 또 그런 분이 우리 집 같은 곳에……."

"실은 이번에 아들에게 자리를 물려주었는데, 마침 공주님께서 저에게 이쪽으로 오지 않겠냐고 제안을 해 주셨습니다. 남은 인생 동안 동생의 생명의 은인을 섬기는 것도 나쁘지 않을 것 같아 저는 그 제안을 받아들이기로 했습니다."

"……동생?"

"레임이라고 합니다. 오르트린데 공작 전하를 모시고 있지요."

"아! 스우네의 그 레임 씨!"

아~, 누군가랑 닮았다는 생각이 들었는데, 그게 레임 씨였구나. 임금님의 형제를 형제가 모시고 있었다니. 집사 형제다.

"어떤가요? 고용해도 될까요?"

"물론 나는 아무 불만이 없지만……. 정말 괜찮으시겠어요? 더 대우가 좋은 곳이 있지 않을지……."

"아닙니다. 저는 이쪽에서 일하고 싶습니다. 부디 잘 부탁드립니다."

다시 고개를 숙이는 라임 씨. 거절할 이유가 없었기 때문에 집안 관리나 고용인의 감독을 부탁하기로 했다. 이 집안의 관리 업무를 모두 맡긴 것이다.

"그래서 말입니다만, 주인어른."

"주인어른이라고 하지 마요!!"

"아니요. 고용된 이상, 주종 관계에 확실히 선을 그어 두어야 합니다. 그래서 말입니다만, 주인어른. 몇 명인가 고용하고 싶은 인재가 있는데 만나 보시겠습니까?"

어떻게 해서든 주인어른이란 호칭을 그만두게 하려고 했지만 소용없었다. 완고하게 양보할 생각을 하지 않는다. 이 사람은 그야말로 집사의 프로다.

아무튼 그 사람들을 데리고 온다면서 라임 씨는 빠른 걸음으로 저택 밖으로 나가 버렸다. 행동이 빨라…….

"좋은 집사를 발견했네?"

에르제가 짐을 들고 저택 안으로 들어왔고, 린제와 야에도 뒤따라 들어왔다. 유미나는 가구 옮기는 일을 지시하기 시작했다.

나도 내 방에다 짐을 내려놓은 뒤 가구 옮기는 일을 도와주기로 했다.

일단 내 방은 2층에서 가장 넓은 곳이었는데, 붙박이 침대와 옷장 이외에는 아직 아무것도 없었다. 침대는 있지만 이불은 없다. 장롱과 책상, 의자, 그리고 책장이 오늘 들여올 것들이다. 물론 이불도.

어? 이제야 깨달았는데 의자와 장롱이라면 내가 【모델링】으로 만들 수 있었던 거 아닌가? 굳이 비싼 값을 치르지 않아도…….
아니지, 그렇게 되면 다른 애들 것까지 모두 만들게 됐을지도 모른다. 그것만은 사양하고 싶다. 귀찮으니까. 결과가 좋으면 모든 게 좋은 거라고 생각하자.

자, 짐 옮기는 걸 도와주러 가 볼까. 죄다 무거운 가구라 다들 난처해하고 있겠지. 우리는 남자가 나밖에 없으니까. 가끔은 듬직한 모습도 보여줘야 해.

그렇게 생각했는데 에르제가 【부스트】를 사용해 무거운 가구를 아주 가볍게 옮기고 있었다. 어? 굳이 내가 필요 없는 건가……?

큭, 질 수 없다. 이렇게 된 이상 남자의 오기를 보여 주겠어! 나도 마찬가지로 그 기세를 몰아 【부스트】를 사용해 가구를 옮기기 시작했다.

가구를 다 옮긴 뒤, 잠시 쉴 겸 테라스에 모여 차를 마시기로 했다.

일단 각자의 방과 거실, 부엌, 응접실 등 중요한 곳에는 모두 가구를 갖춰 놓았다. 이제는 가지고 있던 옷이나 책 등을 정리하기만 하면 된다.

에르제와 【부스트】를 사용해 경쟁하듯이 가구를 옮겼지만, 승자는 에르제였다. 신체 능력을 몇 배나 강하게 해 주는 무속성 마법 【부스트】지만, 같은 마법을 쓰는 이상 결국 원래 신체 능력이 강한 사람이 유리하다.

여자보다 체력이 약하다니, 참 한심하다……. 좀 더 단련을 해 볼까……. 내일부터 저택 바깥에서 러닝을 하자.

잠깐만. 신체 능력에서는 에르제에 못 미치고, 마법 지식과 숙련도에서는 린제에게 못 미치고, 검술은 야에에 못 미치고, 궁술과 예의범절은 유미나에게 못 미치고…… 으악, 울적해진다.

"겨우 사람 사는 집다워졌어."

"아직 이것저것 세세하게 살 게 많기는 합니다만……."

"……그건 서서히 갖춰 놓도록 해요."

"그래요, 오늘은 여기까지 하죠."

확실히 아직 자잘하게 갖춰 놓아야 할 게 많다. 식기라든가 세탁 용품이라든가 일상 잡화 같은 것들이다. 그 외에도 욕실의 욕탕이라든가…… 아, 청소 도구도 있어야 하나? 양동이라든가 걸레라든가. 한 개인가 두 개밖에 안 가져왔으니까. 쓰레기통 같은 것도 없지? 사서 갖춰 놔야 할 게 꽤 많네.

다른 여자애들과 뭐가 필요한지 이야기를 나누고 리스트를 작성해 갔다. 나중에 한꺼번에 사러 가자. 그렇게 여자애들과 의견을 나누고 있는데, 라임 씨가 남녀 몇 명을 데리고 나타났다.

"주인어른, 이쪽이 조금 전에 말씀드렸던 사람들입니다. 신분도 확실한 자들이니 부디 고용해 주시지 않겠습니까?"

역시 주인어른이라는 말이 뭔가 어색하다……. 호칭을 어떻게든 바꾸게 할 수는 없는 걸까. 주인어른이라고 하니 엄청 늙어 버린 것 같은 기분이란 말이야. 최소한 10년은 지나야 어울리는 호칭이 될 거라 생각하는데…….

"메이드 길드에서 나온 라피스라고 합니다. 잘 부탁드립니다."

"마찬가지로 메이드 길드에서 나온 세실이라고 합니다~. 잘 부탁해요~."

전통파 메이드복을 입은 두 사람이 내 앞에서 머리를 숙였다. 검은 머리에 보브커트를 한 모습으로 진지해 보이는 분위기의 라피스 씨, 밝은 갈색 머리에 미소가 귀여운 세실 씨. 둘 다 스물 전후 정도일까. 두 사람 모두 메이드복을 입었고, 머리에는 당연히 헤어드레스의 일종인 메이드 머리띠.

그건 그렇고 메이드 길드가 있다니……. 아무래도 메이드에 의한 도난이나 범죄도 있기 때문에, 엄격한 신분 조사와 교육을 마친 길드 공인 메이드가 선호된다는 듯하다.

두 사람은 라임의 지시를 받아 집의 청소나 관리를 담당할 거라고 한다.

"정원사인 훌리오입니다. 이쪽은 저의 아내인 크레아입니다."

"조리사인 크레아라고 합니다."

그다음으로 인사를 해 온 사람은 20대 후반의 부부였다.

수수하고 착해 보이는 금발의 청년과 역시 착해 보이는 붉은 머리의 여성. 부부가 닮았네. 둘 다 느긋해 보이기도 하고.

훌리오 씨는 라임 씨 친구의 아들이라고. 꽃의 손질에서부터 가정 채소밭 관리까지, 정원의 관리 업무를 도맡는다. 아내인 크레아 씨는 우리의 식사를 만들어 주는 전속 요리사다.

지금까지는 왕도의 한 귀족 가문 요리사의 제자로서 수행을 쌓아왔다고 한다. 이번에 미카 누나에게 주었던 레시피 모음을 한번 보여 줘 볼까.

"토마스입니다. 전 왕국 중보병입니다."

"해크입니다. 전 왕국 경보병입니다."

오오, 중보병과 경보병. 체형도 문자 그대로네. 모두 50대 정도이려나. 두 사람 모두 최근에 왕국 기사단을 은퇴했는데, 라임 씨가 이쪽에 오지 않겠냐고 제안을 했다는 듯하다. 저택의 문지기와 경비를 교대로 맡아 준다고 한다. 밤에도 경비를 서 준다니 교대제인 걸까.

그럼 둘이선 좀 힘들지 않을까? 한두 명 더 고용해야 할 것 같은데. 음, 그건 라임 씨에게 맡기자.

그건 그렇고 토마스와 해크…… 톰과 허클베리가 연상되네. 어릴 때는 장난꾸러기였을 게 틀림없다.

딱히 불만은 없었기 때문에 고용은 라임 씨의 말을 따르기로 했다.

"토마스와 해크는 왕도에 자택이 있으니 출퇴근을 하게 됩니다. 다른 네 사람과 저는 이곳에서 같이 묵게 될 텐데 괜찮으시겠습니까?"

나는 라임 씨의 제의를 받아들였다. 방도 많이 남아 있으니 아무런 문제가 없다.

홀리오 씨와 크레아 씨는 부부이니 방이 하나면 충분하다고 하길래, 그렇다면 별채에서 지내는 게 어떠냐고 제안했다. 말이 별채지 내가 원래 있던 세계 기준으로는 그냥 단독 주택이다. 부부끼리는 둘이서 알콩달콩 보내 주었으면 한다.

각자에게 돈을 주어 필요한 것을 사서 갖춰 놓아 달라고 부탁했다. 그와는 별도로 라피스 씨와 크레아 씨에게는 돈을 더 주어, 라피스 씨에게는 조금 전에 리스트를 만들어 둔 잡화를, 크레아 씨에게는 음식이나 조리 용구를 사 달라고 부탁했다.

다른 사람들은 모두 곧장 물건을 사러 갔지만, 라임 씨는 저택을 점검하겠다며 저택 안으로 들어갔다. 여기서 일을 하게 된 이상 세세한 부분까지 자신이 직접 확인을 해 두고 싶다고 한다. 정말 존경스럽다.

"이렇게 하나하나 결정되어 가는구나."

아직 집에 적응도 못했는데 고용인이 일곱 명이나 늘었다. 비용을 다 충당할 수 있으려나. 임금님이 준 돈이 있으니 당분간은 괜찮겠지만.

음, 신경 써 봐야 소용없다.

"할아범에게 맡겨두면 아무 문제 없어요. 괜히 아버지가 어릴 때부터 곁에 두신 게 아니니까요."

"설마 임금님을 섬기던 사람을 고용하게 될 줄은 몰랐어."

"그만큼 토야 오빠를 괜찮다고 생각했단 거예요."

당연하다는 듯한 표정으로 홍차를 마시는 유미나. 그게 또 부담스럽단 말이지…….

"……하지만 저희만으로는 관리할 수 없으니…… 유능한 집사님이 와 주셔서 정말 다행이라고, 생각해요."

테이블 위의 쿠키를 무릎 위에 누워 있는 코하쿠에게 주면서 린제가 작게 말했다. 그건 그렇다. 이제부터 이것저것 신세를 많이 지겠지.

응? 문 쪽에서 마차가 멈추는 소리가 들렸다. 메이드 두 사람이 돌아온 건가? 짐이 많아서 마차를 빌린 걸까?

그런 생각을 하고 있는데, 저택 안쪽에서 라임 씨가 이쪽을 향해 다가왔다.

"주인어른. 오르트린데 공작 전하와 스우시 아가씨께서 납시셨습니다."

"어? 공작님과 스우가?"

처음으로 이 집을 정식 방문한 손님이다. 자, 과연 무슨 일일까?

◇　　◇　　◇

　"여어, 이사하느라 수고 많았겠군. 이제부터는 이웃이나 마찬가지니 잘 부탁하네."

　공작이 쾌활하게 웃었다. 말이 이웃이지 공작 저택은 내주구이고 이쪽은 외주구라 꽤 멀다. 물론 왕도와 리플렛에 비하면 이웃에 가까울지도 모르지만.

　"스우, 오랜만이야."

　"잘 계셨는가, 유미나 언니."

　유미나가 스우에게 인사했다. 아, 이 두 사람은 사촌이었지? 새삼스럽지만 같이 서 있는 두 사람을 보니 머리카락도 금발이고, 많이 닮았다. 성격은 꽤 많이 다르지만.

　"유미나 언니가 토야와 약혼을 할 줄이야. 깜짝 놀랐구려."

　"내가 제일 깜짝 놀랐어……."

　그것만큼은 양보할 수 없다. 아무튼 아직도 이해하기 어려운 부분이 있다. 두 사람이 테라스 테이블 앞에 앉자 라임 씨가 두 사람에게 차를 내주었다. 역시 일류 집사.

　"토야는 내가 스우의 남편감으로 찍어 놓고 있었는데 말이지. 선수를 빼앗기다니. 유미나도 형님도 정말 빈틈이 없군."

　"아버지, 그런 생각을 하셨습니까? 저야 토야라면 대환영이지만요. 같이 있으면 즐겁기도 하고 말입니다."

　"오, 그러냐. 그럼 토야, 유미나와 함께 스우도 받아 주겠는가?"

"자, 거기까지. 장난은 적당히 해 주세요, 정말로."

공작은 농담이었을지도 모르지만, 스우가 눈을 반짝이며 이쪽을 보는 게 좀 신경 쓰였다. 더 이상 번잡해지는 건 사양하고 싶다.

"그래, 오늘은 이쯤해 두지. 그건 그렇고 오늘은 자네들에게 한 가지 부탁이 있어서 찾아왔네."

오늘은 이쯤해 둔다니 대체 무슨 소리야? 빤히 노려보는 나를 무시한 채 공작이 이야기를 계속 진행했다.

"실은 이번에 미스미드 왕국과 동맹을 맺기로 결정되었어. 그 래서 두 나라의 국왕이 모여 회담을 할 수 있는 자리를 마련하는 게 어떨까 생각하는데⋯⋯."

아인들의 나라. 수인의 왕이 다스리는 남쪽 왕국 미스미드. 여 우 수인 오리가 씨와 아루마 자매가 사는 나라다. 와, 동맹을 맺 게 되었구나. 정말 잘됐다.

"회담을 하기 위해서는 둘 중 하나가 다른 나라를 방문하는 게 가장 좋은데, 그러려면 위험이 따르기 마련이지. 반대 세력의 방 해도 있을 수 있고, 여행 도중에 마수에게 습격당할 우려도 있으 니까. 그래서 말인데."

"⋯⋯토야 씨의 【게이트】군요?"

"역시 린제 씨. 이해가 빠르군."

공작이 미소를 지으며 차를 단숨에 마셔 버렸다. 그래, 확실히 【게이트】를 사용하면 안전하게 이동할 수 있다. 하지만⋯⋯.

"그 마법은 한 번 간 장소로밖에 이동하지 못하는데요? 설 마⋯⋯."

불길한 예감……이라기보다는 불길한 확신이 들었다.

"그래. 자네가 미스미드에 가 주었으면 하네."

역시나……. 그 마음은 정말, 정말로 잘 알겠다. 실제로 아주 편리하니까. 한 번 간 장소 한정이 아니라면 택배 회사라도 차리고 싶을 정도다.

"미스미드까지 가는 데 얼마나 걸리죠?"

"흐음, 마차로 엿새……."

응? 생각보다 얼마 안 걸리네?

"정도를 가면 가우의 대하가 나오는데, 그 강을 건너 나흘 정도를 더 가면 미스미드 왕국에 도착하네. 순조롭게 이동했을 때의 이야기지만 말이야."

열흘이나 걸리는구나……. 꽤 힘들겠어……. 집을 이제 막 하사받은 참인데 여행을 떠나 살지 못한다니, 이게 대체 뭐야.

"이 의뢰는 길드를 통해 자네들에게 직접 의뢰가 가는 형식을 취했네. 당연히 보수도 나오고 길드 랭크도 올라가지. 나쁜 이야기는 아니라고 생각하네만."

사전 준비 작업도 벌써 다 끝났구나. 일 자체는 어렵지 않으려나? 가벼운 마음으로 다른 나라에 여행을 가는 정도니까. 확실히 나쁜 얘기는 아니다. 게다가 미스미드 왕국이 어떤 곳인지 보고 싶기도 하고.

"알겠습니다. 받아들일게요. 다들 괜찮겠어?"

모두 허락해 주었다. 반대는 없는 듯하다.

"고맙네. 마침 귀국을 하니 미스미드 왕도까지는 대사가 안내를 해 주신다고 하는군."

"오리가 씨가 귀국이요? 그럼 여동생인 아루마도 같이 돌아가는 건가요?"

"그래. 자네들은 대사와 그 여동생, 그리고 호위 기사 일단과 함께 미스미드에 가게 되는 거네."

그렇구나. 마음이 든든한걸. 미스미드는 벨파스트보다 자연이 풍부하고, 밀림 지대도 있어 마수가 많다고 들었다. 남미나 동남아시아 같은 곳이려나?

대체 어떤 곳일까. 아직 본 적 없는 아인들의 나라, 미스미드 왕국. 우리는 그곳에 가게 된 것이다.

"그런데…… 정말 괜찮겠습니까……?"

"야에? 뭐가?"

"상대에게 【게이트】를 사용할 수 있다는 사실이 알려지게 되는 것 말입니다. 아무도 모르게 자신들의 영토에 침입할 수 있는 마법이 아닙니까? 경계 정도가 아니라 위험인물로 간주하여 암살을 하려고 할지도 모릅니다……."

야에, 무서운 소리 좀 하지 마.

나는 지금껏 꽤 당당히 사용해 왔거든. 이제 와서 그런 소릴 하다니.

하지만 확실히 그럴 가능성도 있겠어. 상대가 그런 의심을 하다니, 정말 무서운 일이다.

"아니 아니, 그건 걱정 말게. 샤를로트 씨에게 확인을 해 봤는데, 【게이트】뿐만이 아니라 전이 마법으로는 갈 수 없는 장소가 있다고 들었네. 그러니까 마법 방어…… 즉, 결계가 쳐져 있는 곳에는 갈 수 없지 않나. 그러니 그렇게까지 경계할 필요는 없다고 생각하네만."

공작이 야에의 불안을 간단하게 지워 주었다.

"토야? 그래?"

"……처음 알았습니다."

내가 그렇게 대답하자 에르제가 어이없다는 듯이 나를 쳐다보았다. 그치만 【게이트】를 배웠을 때, 책에는 효과에 대한 자세한 설명이 되어 있지 않았으니 어쩔 수 없잖아!

"아주 작은 마법 결계라도 침입을 막을 수 있다는군. 예를 들어 이 왕도를 약한 결계로 감싸는 것만으로도, 자네가 왕도에서 나갈 수는 있지만 들어올 수는 없게 되지. 참고로 유미나의 방을 제외하고는 이미 성 전체에 샤를로트가 결계를 쳐 놓았네."

에구. 벌써 다 대책을 마련해 뒀구나. 그렇게 보여도(실례), 역시 궁정 마술사였어. 빈틈이 없다.

물론 유미나의 방뿐이라고는 해도 성에 침입할 수 있다는 건 변함이 없지만. 일단 나름 신뢰를 받고 있다고…… 앗, 그건 유미나의 마안 덕분인가.

"……하지만 토야 씨를 결계 안으로 보내 그곳에서 【게이트】를 연 다음 대군을 끌어들일 수도 있으니…… 역시, 알리지 않는 게, 좋을 것, 같아요."

"흐음…… 그래. 쓸데없는 의심을 사지 않는 게 좋겠군. 그럼 샤를로트에게 준 안경처럼 【게이트】 마법을 물건에 부여해 주겠나?"

아, 그런 방법이 있구나. 예를 들어 거울 같은 곳에 부여한 뒤 회담 때 그걸 사용하고 부쉬 버리면 상대의 불안도 사라지겠지.

A라는 거울과 B라는 거울을 오갈 수 있도록 전이 마법이 부여되어 있다고 그럴 듯한 이유를 대면 괜찮을 듯싶다. 한쪽 거울은 현지에 도착해 【인챈트】로 마법을 부여해야 하지만.

이거라면 내가 전이 마법을 사용할 줄 아는 사람이라고 의심을 받지 않을 듯하다.

"그럼 그렇게 할까요? 출발은 언제 하죠?"

"흐음…… 3일 후에 하도록 하지."

"알겠습니다."

자, 여러모로 바빠질 것 같다. 긴 여행을 해야 하니 준비를 시작해야겠어.

"좋겠구먼. 나도 미스미드 왕국에 가고 싶었는데."

스우가 부럽다는 듯이 손가락을 물었다. 설마 따라간다고는 하지 않겠지? 더 이상은 문제를 짊어지고 싶지 않다.

"돌아온 뒤에는 또 얼마든지 여행을 갈 수 있으니, 다음엔 스우도 데려갈게."

"정말인가?! 역시 토야는 듬직하구먼!"

테이블 앞으로 몸을 내밀고 얼굴 한가득 미소 짓는 스우. 이렇게 기뻐하니 꼭 약속을 지켜야겠다.

그 뒤로 우리는 공작과 함께 미스미드에 가기 위한 세세한 논의를 저녁까지 계속해야 했다.

마차가 달그닥거렸다. 꽤 넓고 큰 지붕이 달린 왜건 타입의 쌍두마차 세 대가 쭉 늘어서 큰길을 달렸다.

첫 번째 마차에는 벨파스트의 호위 기사, 세 번째 마차에는 미스미드의 호위 병사가 다섯 명씩. 그리고 한가운데에 있는 두 번째 마차에는 우리와 미스미드 대사인 오리가 씨, 그리고 그 여동생인 아루마가 타고 있었다.

마부석에는 린제와 에르제 자매가 앉았고, 그 외의 우리는 객차 안에서 불꽃이 튀는 싸움을 벌였다.

"으으으…… 이겁니다!"

야에가 카드를 뒤집었다. 하지만 그것은 위를 향해 있던 카드와 숫자가 딱 하나 달랐다.

"땡. 정답은 이거랑 이거예요."

순서가 돌아온 유미나가 카드 두 장을 연속해서 뒤집었다. 스페이드2와 하트2. 맞춘 카드를 바로 손에 넣었다.

트럼프 게임의 하나, '신경쇠약'을 하고 있는 유미나, 야에, 아루마 옆에서 나와 오리가 씨는 장기를 두고 있었다.

마차를 타고만 있으니 여행이 너무 지루해 장기 한 세트와,【드로잉】으로 프린트한 종이를 【모델링】을 이용해 얇은 목판과 합성한 트럼프 한 세트를 만들었다.

포커는 규칙을 익혀야 할 수 있기 때문에, 간단해 보이는 신경쇠약을 세 사람에게 가르쳐 주었다. 하지만 야에는 기억력을 겨루는 방식이 껄끄러운지 조금 전부터 계속 연전연패를 거듭했다.

"또 지고 말았습니다……."

"야에는 신경쇠약이 적성에 안 맞나 봐."

나는 쓴웃음을 지으며 눈앞의 장기짝을 움직였다.

"자, 장군."

"앗……!"

오리가 씨가 장기판을 날카롭게 노려보았다. 소용없어요. 외통수니까.

"이쪽도 패배군요……. 토야 씨와는 실력 차이가 너무 많이 나요."

오리가 씨가 입을 삐죽이며 불만스럽다는 듯이 그렇게 말했다. 저도 약한 편이에요. 오리가 씨는 배운 지 얼마 안 됐으니 당연히 내가 이길 수밖에. 근데 몇 번만 더 하면 금방 나보다 강해질 것 같아 무서운걸. 이겼으니 그냥 도망치자.

"야에, 나랑 바꾸자. 오리가 씨랑 장기 한판 둬 보지?"

"그렇게 하겠습니다. 장기라면 '은월' 의 도란 씨에게 많이 배웠으니까요."

그건 배웠다기보다 마지못해 장기의 대전 상대를 해 줬던 거라고 표현해야 맞는 게 아닐까.

"그럼 이번엔 카드 짝 맞추기가 아니라 다른 걸 해 볼까?"

야에와 자리를 바꾼 나는 수제 트럼프를 중단하고, 피에로 그림이 그려진 카드 하나를 더한 다음, 유미나와 아루마에게 새로운 게임에 대한 설명을 시작했다. 눈치 싸움이 승부의 열쇠를 쥐는 난해한 게임 '도둑잡기'를.

〈후암⋯⋯.〉

마차 구석에서는 코하쿠가 평화롭게 잠을 자는 중이다.

규칙을 배운 두 사람은 바로 도둑잡기 게임에 열중했고, 야에와 오리가 씨는 실력이 백중세인지 모두 장기판을 노려보고 있었다. 이런 느낌으로 우리는 미스미드로 가는 일직선 길을 마차에 올라탄 채 내달렸다.

"이렇게 해서 장화를 신은 고양이 수인은 귀족이 되어 행복하게 살았습니다."

이야기를 마치자 모닥불을 중심으로 빙 둘러앉은 모든 사람이 박수를 쳤다. 이거 참, 쑥스럽다. 자기 전에 짧게 이야기를 해 줄 생각으로 시작했는데, 그만 열을 띠며 이야기를 하고 말았다.

"토야 오빠! 재미있었어요!"

아루마가 머리 위의 귀를 쫑긋거리며 흥분한 목소리로 감상을 말해 주었다. 커다란 꼬리도 기분이 좋다는 듯이 흔들렸다.

"토야 씨, 정말 멋진 이야기였어요. 그런데 이 이야기는 어디서 알게 되신 거죠?"

"아~, 이전에 살고 있던 곳에서 음유시인이 가르쳐 줬어요."

오리가 씨의 의문을 적당히 받아넘겼다. 모닥불 주변에 있던 미스미드 병사들에게도 이야기가 꽤 호평이었던 듯했다. 주인을 돕고 대활약을 펼친 장화 신은 고양이 수인. 검의 달인이자 뛰어난 지혜의 소유자.

지금도 수인을 차별하는 사람이 있는 세계이지만, 이렇게 수인이 통쾌한 활약을 하는 이야기는 별로 없었는가 보다. 멋대로 각색을 해 버려 조금 미안하지만.

"토야 오빠는 그 외에도 재미있는 이야기를 많이 알아요."

"정말로요?! 토야 오빠, 더 이야기해 줘요."

옆에 앉아 있던 유미나가 그렇게 말하자, 아루마가 몸을 바짝 앞으로 내밀더니 눈을 반짝이며 부탁했다. 이 두 사람, 어느새 사이가 좋아졌네. 나이도 동갑인 듯한데, 그래서 말이 잘 통하는 걸까.

"오늘은 여기까지. 내일 또 얘기해 줄게."

아루마의 부탁을 웃으며 부드럽게 거절했다. 그때 모닥불 주변에 있던 몸집이 작은 미스미드 병사가 일어서더니, 다른 사람들에게 조용히 하라며 자기 입 앞에서 검지를 세웠다.

그 병사의 귀가 움찔거리며 머리 위에서 움직였다. 저건……토끼 귀? 저 병사는 토끼 수인인가?

"몇 명인가가 이쪽으로 다가오고 있습니다……. 기척을 죽이고 조금씩…… 명백하게 우리를 노리는 자들입니다."

그 목소리를 들은 주변의 병사들이 조용히 검을 빼 들고 주변을 경계하며 오리가 씨와 아루마를 중심으로 호위 진영을 만들었다. 그리고 마차 쪽에 있던 벨파스트 기사들도 검을 빼고 경계를 강화했다.

"누구지?"

"아마도 가도의 도적단이겠지요. 수가 많으면 조금 귀찮아질 듯합니다."

내 의문에 미스미드 호위 병사 대장이 대답해 주었다. 대장은 늑대 수인으로 쌍검술사였다.

'주인님, 확실히 누군가가 이쪽으로 오고 있습니다. 도저히 우호적인 자라고는 생각하기 어렵습니다. 이자들의 말대로 십중팔구 도적 떼이겠지요.'

옆에 있던 코하쿠가 나에게만 들리는 목소리로 그렇게 말했다. 도적인가. 어디 보자, 한번 조사해 볼까.

스마트폰을 꺼내 지도 어플리케이션을 실행시켰다. 그러자 우리가 있는 지역을 중심으로 지도가 나타났다. 으음…… 일단, 도적으로 검색을 해 보자. 지도 위에 수많은 핀이 꽂혔다. 오오오, 꽤 많네.

"북쪽에 여덟 명, 동쪽에 다섯 명, 남쪽에 여덟 명, 서쪽에 일곱 명. 총 스물여덟 명이네."

"그걸 아십니까?!"

대장이 깜짝 놀라며 나를 돌아보았다. 꽤 많네. 이기지 못할 숫자는 아닐지 모르지만, 이쪽도 아무런 희생 없이 끝나기는 힘들지도 모른다.

"……살짝 시험해 볼까."

나는 얼마 전에 생각해 두었던 마법 사용법을 시험해 보기로 했다. 아마 가능할 거라 생각은 하는데…….

"【인챈트 : 멀티플】."

연속 주문 생략, 동시 발동을 가능하게 해 주는 무속성 마법 【멀티플】을 지도 어플리케이션에 부여. 화면상의 도적들을 손가락으로 터치해 잇달아 선택했다. 전부 선택하기가 귀찮네! 좋아! 끝!

"【패럴라이즈】!"

마지막 마법을 지도상의 타깃에게 발동시켰다. 다음 순간, 주변 숲에서 거의 동시에 신음이 들려왔다.

"으윽!"

"크윽!"

"끄악!"

"허윽!"

"아악!"

다양한 목소리가 들려오며 잇달아 털썩털썩 하고 쓰러지는 소리가 들렸다. 아무래도 성공한 모양이다.

"뭐, 뭘 하신 겁니까?"

"마비 마법을 사용했습니다. 아마 쓰러져서 못 움직일 거예요."

"모두 말입니까?!"

"스물여덟 명이 모두 다라면 말이죠."

타깃이 된 사람들은 어디까지나 이 상황에서 '도적'이라고 내가 판단한 녀석들뿐이다. 즉, 도적처럼 생긴 평범한 사람이 만약 있었다면, 그 사람도 말려들었을 가능성이 있다. 물론 상황이 상황이니 그런 사람은 없으리라 생각하지만. 그래서 일단【패럴라이즈】를 사용한 거다.

호위 병사와 기사들이 숲 안으로 들어가 쓰러져 있는 녀석들을 끌고 왔다. 모두 스물여덟 명. 전원이 도적단이라는 것을 확증해 주듯이 손등에 도마뱀 문신을 하고 있었다. 틀림없이 모두 한패임에 틀림없다.

"대단해요……! 이렇게 많은 수를 순식간에……."

오리가 씨가 어안이 벙벙한 표정으로 작게 중얼거렸다.

"다들 마법 방어 부적을 지니고 있지 않아 다행이었어요.【패럴라이즈】는 작은 마법 방어에도 통하지 않거든요."

도적들이 부적을 지니고 있지 않아 다행이었다.

하지만 이 방법에는 여러 가지 문제점도 있다. 이번엔 상대가 빠르게 움직이지 않아 다행이었지만, 이동 속도가 빠르면 타깃을 지정하는 게 힘들 수 있다. 그리고 일일이 타깃을 지정하기가 귀찮다.

"이거 참, 아주 큰 도움이 되었습니다. 정말 놀랍군요."

"아뇨. 처음에 저분이 눈치채 주신 덕분이에요. 어떻게 아셨죠?"

"아, 레인 말입니까. 저 녀석은 토끼 수인이니까요. 아주 귀가 밝지요."

대장이 도적들을 끌고 오는 토끼 귀 소년을 보며 웃었다. 몸집이 작고 보송보송한 붉은 털. 나이는 나와 비슷하네? 레인이라고 하는구나. 참고로 늑대 대장은 가른 씨라고 하는 듯하다.

"사람이니 마비가 한 시간 정도 지속되리라 생각하는데, 이 녀석들을 어떻게 할 생각이시죠?"

"글쎄요. 여기가 미스미드였다면 번거롭지 않게 그냥 죽여 버리는 게 가장 좋지만, 여기서는 그럴 수 없어서 말이지요."

가른 씨가 벨파스트 측의 호위대장을 불렀다. 그러자 철컥철컥하는 소리를 내며 온몸을 갑옷으로 두른 금발 청년이 다가왔다. 꽤나 꽃미남이다.

리온 브릿츠. 국왕 제1기사단 소속. 나이는 스물하나. 아버지의 이름은 레온 브릿츠…… 아직도 이 사람이 그 레온 장군의 아들이란 사실이 믿기지 않는다. 차남이라는 듯한데, 호쾌함이 몸에 밴 그 장군과 한없이 진지해 보이는 이 리온 씨가 부자라니.

가른 씨에게 사정을 들은 리온 씨는 잠시 생각을 하더니 입을 열었다.

"일단 묶어 두고, 이 앞의 마을에 있는 경비병을 보내 달라고 심부름꾼을 보내겠습니다. 아침이면 경비병을 데려올 수 있을 테니, 도적을 모두 넘겨 준 뒤에 출발하는 게 어떻겠습니까?"

가른 씨도 이견은 없는 모양으로, 그렇게 하기로 결정되었다. 입에 재갈을 물리고, 모두 팔을 뒤로 젖히게 해 손을 묶었다. 일단 만약을 위해 내가 흙 마법으로 구멍을 판 뒤, 목만 밖으로 나오게 해서 땅에 묻었다. 아직 마비가 풀리지 않은 듯, 힘없이 늘어진 머리가 쭉 늘어서 있는 것처럼 보였다. 꽤나 특이한 광경이다…….

"이 녀석들의 감시는 저희가, 외부의 적에 대한 감시는 미스미드가 하겠습니다. 토야 님은 공주님을 부탁드립니다."

리온 씨가 나를 보더니 작은 목소리로 슬쩍 그렇게 말했다.

일단 유미나가 벨파스트의 공주라는 사실을 알고 있는 사람은 우리 외에 오리가 씨와 리온 씨뿐이다. 다른 멤버는 유미나와 만난 적이 없다고 하니, 들킬 염려는 없다. 벨파스트의 기사들도 성안에서 근무하는 사람들은 아니라고 한다.

그에 더해 내가 유미나의 약혼자(임시)라는 사실을 아는 사람은 리온 씨뿐이다. 나는 아직 듣지 못했지만, 어쩌면 유미나를 호위하라는 명령도 받았을지 모른다.

"리온 님, 수고를 끼쳐 죄송합니다."

오리가 씨가 가까이 다가와 미소를 지으며 인사했다. 그러자 리온 씨가 갑자기 허둥대기 시작했다.

"아, 아닙니다, 이건, 그러니까, 이게 제 임무이니까요! 부디 신경 쓰지 마십시오!"

조금 전의 그 냉정함은 어디로 갔는지, 금발 청년은 얼굴을 붉게 물들이며 오리가 씨에게 황망히 대답했다. 그 모습을 보면서 여우 미녀도 키득거리며 재미있다는 듯이 웃었다.

하하~앙. 그런 겁니까?

나는 두 사람이 눈치채지 못하도록 슬금슬금 그 자리를 떠났다. 그리고 마차 뒤로 이동해 모닥불 앞에서 웃으며 이야기를 나누는 두 사람을 슬쩍 관찰했다.

"청춘이구나~."

"그야말로 청춘입니다."

"청춘, 이에요."

"청춘이네요."

너희, 언제 내 옆으로 다가온 거야……. 마찬가지로 쌍둥이 자매와 사무라이 처녀, 그리고 코하쿠를 안은 공주님이 두 사람을 지켜보았다.

"오리가 님은 리온 님의 마음을 눈치채고 계실까요?"

"아마 눈치채고 있을걸? 어디의 누구처럼 둔하지 않아 보이니까."

어? 왜 모두 나를 쳐다보는 거야? 무슨 의미인지 모르겠거든.

"……둔한 것도 둔한 거지만, 토야 씨는, 누구에게나 너무, 다정하, 세요."

"아, 그건 저도 그렇게 생각해요."

"자꾸 기대를 품게 하는 것도 좋지 않다고 생각합니다만."

"야, 알겠어?! 거기에 무릎 꿇고 앉아!"

"왜?!"

모르겠다. 왜 이렇게 됐지?

하지만 여자애들을 거스를 수 없었던 나는 무릎을 꿇은 채, 이해할 수 없는 슈퍼 설교를 계속 들어야 했다. 대체 왜?!

반 이상은 의미를 알 수 없었던 여자애들의 설교는 그날 밤 늦게까지 계속되었다.

"으아…… 이게 강이야? 완전 바다잖아……."

그야말로 물, 물, 물. 수평선 저편으로 흐릿하게 육지가 보였다. 그래, 어렸을 때 아오모리의 오마자키에서 홋카이도가 보였던 그 느낌이랑 비슷하다. 그렇다면, 넓이가 츠가루 해협 정도라는 건가…….

여행을 떠난 지 엿새. 겨우 벨파스트 왕국의 최남단, 카난 마을에 도착했다. 여기서 배를 타고 맞은편의 미스미드 왕국 랭글리마을로 가야 한다.

그건 그렇고 역시 벨파스트와 미스미드를 연결하는 마을인 만큼, 거리에 아인들이 매우 많았다. 개나 고양이 등의 수인들을 비롯해, 등에 새의 날개가 달린 유익인(有翼人), 이마에 뿔이 달린 유각인(有角人), 몸의 일부에 비늘이 있으며 두꺼운 꼬리도 나 있는 용인(龍人)까지.

아무래도 이 마을 사람들과 아인들은 서로 원활하게 교류를 하고 있는 듯했다.

강기슭(이라고는 하지만 항구로밖에 보이지 않는다)에 가 보니 다양한 배가 떠 있었다. 하지만 모두 소형배였다. 가끔 중간 정도 크기인 배도 있었지만 대형선은 없는 듯했다.

범선처럼 보이는데, 돛이 몇 장이나 펼쳐진 그런 배가 아니라, 소박한 범선 같다고나 할까. 배에는 바람 속성 마법을 사용할 수 있는 사람도 같이 타기 때문에 두 시간 정도면 맞은편에 도착하는 듯하다. 그래서 이 정도 배로도 충분하다고. 확실히 강의 흐름도 잔잔한 것 같으니 문제는 없으려나.

우리는 마차를 이 마을에 맡긴 후 배를 타고 미스미드로 갈 예정인데, 건너편에도 마차가 준비되어 있다는 듯하다.

배를 타기 위한 수속은 오리가 씨와 가른 씨를 비롯한 미스미드의 사람들에게 맡겨 놓았다. 배를 타는 곳 근처를 보니 길가에는 노점상들이 있었다.

"앗, 저쪽에서 세공품을 팔고 있어."

"이쪽엔 견직물…… 다양한 물건을 파네요."

옆에 있던 아루마와 유미나가 노점상이 파는 상품을 보며 중얼거렸다. 여기가 벨파스트의 제일 끝 쪽 마을이구나. 선물이 될 만한 상품을 많이 파는 것도 이해가 간다.

"어? 토야 오빠, 저기……."

"응?"

유미나의 시선을 따라가 보니 브로치, 반지, 목걸이를 파는 노점상 앞에서 심각한 표정으로 고민하는 리온 씨가 있었다. 분명 왕궁으로 편지를 보내러 갔을 텐데.

리온 씨는 어떤 액세서리를 살까 망설이고 있는 모양이었다. 근데 저건 여자용 액세서리잖아? ……아, 그렇구나. 그런 거였어.

"리온 씨, 가족한테 선물하시게요?"

"네? 토, 토야 님?! 아니, 그러니까, 저어~, 어, 어머니께…… 그래! 어머니께 말이죠, 뭔가 사드릴까 하고……."

"그러시구나~."

엄청나게 허둥대는 모습을 통해, 어머니에게 선물을 하려는 것이 아니라는 사실을 눈치챘다. 애당초 벨파스트 사람에게 줄 선물이라면 미스미드 쪽에서 사야 하는 거잖아? 뭐, 나도 눈치 없이 막 행동하는 사람은 아니다. 굳이 추궁은 하지 말자.

"액세서리 종류가 참 많네요. 아, 그렇지. 아루마, 하나 골라 봐. 벨파스트에 온 기념으로 하나 사 줄게."

"정말요?!"

아루마가 기뻐하며 쭉 진열되어 있는 액세서리 중 브로치를 하나 골랐다. 포도 모양 브로치로 포도 알 부분에 자수정이 박혀 있었다. 여우와 포도…… 그 동화가 생각나네.

"아루마, 아주 잘 어울려."

"에헤헤, 감사합니다."

기쁘게 웃는 아루마를 보면서 노점상에게 돈을 냈다. 그리고 이어서 리온 씨가 알고 싶어 하던 정보를 물어보기로 했다.

"오리가 씨도 이런 브로치를 좋아하려나?"

"음~, 언니는 꽃 모양을 더 좋아해요. 특히 이 에리우스 꽃을 아주 좋아해서 자주 사요."

그렇게 말하면서 아루마는 노점에 진열되어 있는 머리 장식 하나를 가리켰다. 벚꽃 같은 모양으로, 수수하지만 아름다운 머리 장식이었다.

그 말을 들은 리온 씨가 기쁜 표정을 지었다. 역시나.

"그럼 저희는 이만. 리온 씨도 빨리 배에 돌아오셔야 할 것 같아요. 이제 출발하려는 모양이니까요."

"앗, 네. 금방 돌아가겠습니다."

우리가 그 자리를 떠나고 얼마 안 있어 뒤를 돌아보니, 멀찍이서 리온 씨가 에리우스 꽃 머리 장식을 구입해 포장이 끝나기를 기다리고 있었다.

"토야 오빠, 아주 잘 했어요."

유미나가 칭찬해 주었다. 들킨 건가. 정작 리온 씨가 마음에 둔 사람의 여동생은 눈치채지 못한 것 같지만.

"단, 저한테도 뭔가 선물을 사 주셨으면 했어요."

"……미안."

"괜찮아요. 저는 왼손 약지에 끼울 반지를 선물로 받으면 그걸로 만족하니까요."

환한 미소를 지으며 유미나가 내 팔에 안겨 들었다. 액세서리를 하나 샀어야 하는 건가……? 대가가 너무 크다.

그런 생각을 하면서 나는 우리가 타야 할 배를 향해 걸어갔다.

"눈 깜빡할 새에 도착했어."

"편도 두 시간밖에 안 되니 말입니다."

에르제와 야에가 그런 말을 하면서, 미스미드 국왕에게 건네주기 위한 커다란 거울을 넣은 상자를 들고 배에서 내렸다. 그에 이어 짐을 든 아루마와 유미나, 코하쿠가 내렸고, 마지막으로 내가 린제를 업고 배에서 내렸다.

"……죄송해요, 토야 씨……."

"정말 괜찮대도. 신경 쓰지 마."

린제는 배에 탄 지 한 시간 정도가 지나자 멀미를 일으켰다. 배에서 책을 읽으니까 그렇지……. 그렇게 흔들리지도 않았는데 말이야. 시험 삼아 【리커버리】를 걸어 줬는데 효과가 없는 모양이었다. 이것도 상태 이상이라고 생각하는데, 왜지?

마차가 흔들릴 땐 괜찮은데, 배가 흔들릴 땐 멀미가 나는 것도 좀 이상하다. 물론 내가 아는 사람 중에도 차를 탈 땐 멀미가 안 나지만, 배를 타면 멀미가 나는 사람이 있으니 비슷한 거려나?

배에서 내려 랭글리 마을을 둘러보았다. 여기서부터는 이제 아인들의 나라, 미스미드 왕국이다. 배를 타고 두 시간 정도라 그런지 갑작스레 큰 변화가 있는 건 아니었지만, 벨파스트 쪽 마을인 카난에 비해 아인이 더 많았다.

벨파스트 쪽과 마찬가지로 노점상이 있었는데, 대부분이 아인이었다. 정말 다양한 인종으로 넘쳐 난다. 굉장해.

"생각보다 큰 마을이네."

"……여기는 아직 벨파스트와 가까워서가 아닐까요?"

내가 중얼거리는 소리를 듣고 등 뒤에서 린제가 작게 대답했다. 오리가 씨의 안내를 받아 마을을 구경하면서 앞으로 나아가자, 카난 마을에 놓아둔 것과 비슷한 마차가 세 대 세워져 있었다.

"토야 씨, 어떻게 할까요? 린제 씨의 몸 상태가 많이 나쁘면 오늘은 쉬고 내일 출발해도 괜찮은데요."

오리가 씨가 걱정스럽다는 듯이 물었다.

"앗, 이제, 괜찮아, 요. 배에서 내려서 그런지 많이 좋아졌어요."

린제가 내 등에서 내렸다. 그러자 에르제가 스스슥…… 하고 다가와 여동생에게 작게 말했다.

"더 업혀 있어도 돼, 린제~."

"어, 언니도 참, 무, 무슨 말을 하는 거야?! 무슨 말을 하는 걸까?!"

거칠게 반발하는 린제. 등을 돌리고 있어서 잘 모르겠지만, 귀가 빨개. 음, 계속 업혀 있는 것도 역시 쑥스러우려나?

"그럼 한 시간 뒤에 출발하죠. 저는 수왕 폐하께 편지를 보내고 오겠습니다."

"아, 그, 그럼 저도 따라가겠습니다. 무슨 일이 있을지도 모르니까요."

"네. 그럼 리온 님도 함께 가시죠."

키득 하고 웃으며 두 사람이 나란히 걸었다. 어딘가 흐뭇한 광경이다. 맞선을 주선해 주는 걸 낙으로 사는 중매자의 마음을 어렴풋하나마 이해할 수 있을 듯했다.

"토야 님. 여기서부터는 당분간 큰 마을이 없습니다. 필요한 것이 있다면 미리 사 두시는 게 좋으리라 생각합니다."

늑대 수인인 미스미드 호위대장 가른 씨의 말을 들은 우리도 한 시간 뒤에 만나기로 하고, 각각 물건을 사러 갔다.

나는 코하쿠를 데리고 유미나와 함께 노점에서 비상식량, 찻잎 등, 소소한 물건들을 샀다. ……응?

나는 주변을 둘러보며 정신을 집중했다. ……착각인가.

"왜 그러세요?"

내 행동이 이상했는지 유미나가 말을 걸었다.

"아니…… 누가 날 지켜보는 것 같은 느낌이 들어서……. 착각이었나 봐."

"코하쿠가 신기해서 바라보던 사람 아닌가요?"

미스미드 왕국에서는 흰 호랑이를 신성하게 생각한다. 죽여서도 안 되고, 잡아서도 안 된다. 만약 내가 코하쿠에게 목줄을 해서 끌고 다녔으면 사람들이 나를 마구 비난했겠지. 반드시 코하쿠가 자유의지로 우리를 따라오고 있다는 점을 어필해야 한다. 조금 귀찮지만.

'아니요, 주인님. 분명히 누군가가 이쪽의 모습을 지켜보고 있었습니다. 제가 아니라 주인님을 말이지요. 지금은 완전히 기척을 죽였습니다만.'

코하쿠가 텔레파시로 그렇게 말한 뒤, 다시 한 번 주변을 둘러보았다. 대체 누구지? 일단은 주의할 필요가 있겠어.

그리고 처음 보는 과일(형태는 서양배처럼 생겼지만 색은 오렌지, 향은 사과)을 열 개 정도 사서 다른 일행들과 합류했다.

마차가 있는 곳에 모두 모여 있는 걸 보니, 아무래도 우리가 마지막인 듯했다.

"이걸로 다 모이셨군요. 그럼 출발하겠습니다."

오리가 씨가 그렇게 말하자 호위 병사와 기사들이 앞뒤에 있는 마차에 올라타기 시작했다. 우리는 한가운데에 있는 마차다. 에르제와 야에가 마부석에 앉고, 남은 모두가 객차에 올라타려고 한 순간, 오리가 씨의 머리카락에서 벚꽃을 본뜬 머리 장식이 빛나고 있는 모습을 발견했다.

"어머, 그 머리 장식, 굉장히 멋지네요. 아주 잘 어울려요."

"네? 아, 그런가요? 감사합니다."

유미나가 눈치 빠르게 머리 장식을 칭찬하자, 오리가 씨는 쑥스러운 듯 작게 웃었다. 조금 전, 두 사람이 같이 움직였을 때 리온 씨가 건네준 듯하다. 성공하셨군요.

"그런 선물을 저도 좋아하는 사람에게 받았으면 좋겠어요. 그런 선물도 남자의 다정한 마음을 전하는 한 가지 수단이라고 생각하니까요. 물론 꼭 껴안아 준다거나, 태도로 나타내 주면 더할 나위 없겠지만……."

"자, 출발해 볼까!"

이야기의 흐름이 뭔가 수상하게 흘러가서 나는 얼른 객차에 올라탔다. 유미나는 의외로 뒤끝이 있는 성격인지도 모른다. 역시 아루마에게만 선물을 사 주고 유미나에게는 아무것도 안 사 준 건 실수였던 건가…….

그렇다고 대신에 꼭 껴안아 주다니, 나는 도저히 할 수 없는 일이다. 뭔가 생각을 해 둬야겠어……. 잠깐만. 그럼 이번엔 유미나한테만 선물을 주게 되는 거잖아.

다른 사람들이 애인에게 주는 선물이라고 오해하면 큰일인데. 다른 세 사람한테도 선물을 하면서 평소의 감사를 표현하기 위한 거라고 하면, 큰 문제가 없으려나?

나는 【모델링】으로 네 사람에게 줄 선물을 만들기 위해, 객차에 올라타자마자 스마트폰으로 최신 액세서리를 검색하기 시작했다.

◇　　◇　　◇

랭글리 마을 밖으로 나가자 순식간에 경치가 확 변했다. 벨파스트와는 달리 초목이 많고 길도 거칠었다. 정글이라 불러도 손색이 없을 숲 속을 마차 세 대가 달려 나갔다.

벨파스트보다 미스미드에 마수가 더 많다는 이야기가 절로 이해되었다. 마수의 입장에서는 이 숲이 아주 살기 좋은 곳이겠지. 때때로 정체를 알 수 없는 동물의 포효가 들려왔지만, 아무래도 이 나라에서는 흔한 일인 듯했다.

확실히 마수는 많지만, 그에 비해 사람이 피해를 입는 일은 드문 모양이었다. 그것은 숲 안에 마수의 먹이가 되는 사냥감이 풍부해, 굳이 사람이 사는 곳으로 내려와 난동을 피우지 않아도 먹고 사는 데 지장이 없다는 거겠지.

단, 마을 사람들이 사냥을 하러 숲에 들어갔다가 운 나쁘게 마수와 마주치는 경우는 자주 있는 듯했다. 그때는 사람이 침입자 입장이니 처음부터 습격당할 것도 각오하고 들어간다고 한다. 곰을 쫓는다는 방울 같은 걸로 어떻게든 안 되려나.

"날이 저물기 전에 에르드 마을에 도착하긴 어려울 것 같아요."

지도 어플리케이션으로 확인해 보니, 랭글리 마을과 왕도 사이의 숲을 빠져나가면 에르드 마을이었다. 오리가 씨의 말대로 이 속도로는 해가 지기 전에 도착하기 힘든 거리였다. 한밤중에 마을에 도착해 봐야 그저 피곤할 뿐이다.

"미스미드는 몇몇 종족이 모여서 만들어진 일종의 연합체예요. 지금도 같은 종족끼리 마을을 형성하고 있는 곳도 있는데, 서로 우호적인 종족도 있는가 하면, 서로 매우 싫어하는 종족도 있죠. 그런 그들을 한데 결속하도록 만든 분들이 국왕 폐하를 포함한 일곱 족장이에요."

오리가 씨의 설명에 의하면, 일곱 족장이란 수인족, 유익족, 유각족, 용인족, 목인족(木人族), 수서족, 요정족이라는 주요 일곱 종족의 수장이라고 한다. 그리고 지금은 수인족의 수장, 수왕이 이 나라의 왕으로 군림하고 있는 모양이었다. 수인은 가장 수가 많으니, 그편이 더 나라를 안정되게 유지할 수 있기 때문일까.

일단 왕은 세습제이지만, 다른 여섯 족장도 강한 권한을 쥐고 있다. 유력 귀족 같은 건가? 아직 신흥국이라고 하니, 이런저런 문제가 많을 것 같다.

이윽고 점점 해가 지기 시작했다. 어두워지기 전에 슬슬 야영 준비를 하는 게 좋을 듯하다. 오늘은 여기까지구나.

조금 길이 트인 장소에 마차를 세우고 야영 준비에 들어갔다. 장작을 모으고 돌로 작은 아궁이를 만들어 식사 준비를 시작했다. 나도 같이 참여해 큰 냄비에 야채수프(미네스트로네)를 만들었다.

완전히 해가 저물어 한밤중이 되자, 숲 안의 웅성거림이 꽤 크게 들려왔다. 야행성 동물이 많은가 보다.

"조금 무섭네요……."

내가 만든 수프를 먹으면서 유미나가 몸을 기대 왔다.

"코하쿠가 있으면 평범한 짐승은 다가오지 않는대. 마수라도 금방 낌새를 눈치챌 수 있다니 걱정 마. 거대한 벌레나 슬라임은 눈치채지 못한다지만."

코하쿠가 대화를 통해 전달해 주었던 내용을 유미나에게 말해 주었다. 그러자 유미나가 옆에 있던 코하쿠를 안아 올리더니 꼭 껴안았다.

"고마워, 코하쿠."

〈걱정 마십시오, 사모님. 제가 있으면 아무런 문제도 없습니다.〉

다른 사람에게는 들리지 않게 코하쿠가 작게 중얼거렸다. 그 말을 들은 유미나는 미소를 지으며 코하쿠의 머리를 쓰다듬었다.

식사를 하는 중에도 몇 명씩 교대로 주변의 망을 보았는데, 처음 와 보는 토지이기 때문인지 벨파스트 쪽의 호위 기사들이 더 크게 긴장을 하였다.

"슬슬 야에랑 에르제를 데리러 가 볼게. 코하쿠, 유미나와 린제를 잘 부탁해."

〈알겠습니다.〉

나는 모닥불을 둘러싸고 있는 사람들 사이에서 빠져 나온 뒤, 큰 객차 안에 【게이트】를 만들어 벨파스트의 왕도, 아레피스에 있는 우리 집으로 돌아갔다.

내가 출현한 거실에는 에르제와 야에가 편하게 쉬고 있었고, 옆에는 우리의 슈퍼 집사 라임 씨가 대기하고 있었다.

"아, 벌써 시간이 그렇게 됐어?"

"너무 빨리 오셨군요……. 아직 머리가 마르지 않았습니다."

그래. 이 두 사람은 목욕을 하고 싶다며 되돌아온 것이다. 다른 사람들에게 【게이트】에 대해 들키지 않기 위해 30분이란 시간을 정해 놓고.

마법으로 물을 나오게 할 수 있었기 때문에, 뜨겁게 달군 돌로 물을 데우고 목욕을 한다는 위장 공작까지 했지만, 사실은 평범하게 욕실에서 목욕을 했다. 둘이 같이 행동한 이유는 한쪽이 망을 보고 교대로 목욕한다는 핑계를 대기 위해서였다.

"자, 의심 받기 전에 가 봐야지. 라임 씨, 무슨 특별한 일 없었나요?"

"네. 전혀 없었습니다. 아, 훌리오가 정원 구석에 가정 채소밭을 만들면 어떻겠냐고 하는데, 괜찮겠습니까?"

가정 채소밭이라. 신선한 야채를 먹을 수 있으니 좋을 것 같다.

"네, 허가할게요. 마음껏 재배해 주세요."

"그럼, 그렇게 전달하겠습니다."

그런데 메이드인 라피스 씨랑 세실 씨가 없네. 무슨 일이지? 내가 두 사람에 대해 라임 씨에게 물으니, 라피스 씨는 내일 아침 일찍 시장에 나가 봐야 한다며 벌써 잠을 자고 있고, 세실 씨는 왕도를 찾아온 지인을 만나러 갔다고 한다.

"하실 말씀이 있다면 전달하겠습니다."

"아뇨, 좀 신경이 쓰였을 뿐이에요. 자, 이제 진짜 가 봐야 해."

""네~.""

【게이트】를 열고 그 안을 통과했다. 그런데 뭔가 상태가 이상했다. 숲이 소란스러웠고, 다양한 동물들의 울음소리가 온통 주변

을 휘돌고 있었다. 명백하게 조금 전과는 달랐다. 왜 이토록 시끄
럽게 우는 거지?!

마차를 뛰쳐나가 일행이 있는 곳을 향해 달려갔다. 호위하는 사
람들이 검을 들고 주변을 경계하고 있었다.

대체 무슨 일이 일어난 거지?!

"토야 오빠!"

"무슨 일이야?!"

"모르겠어요. 갑자기 숲의 동물들이 막 시끄러운 소리를 내
서……."

유미나가 난처한 표정을 지으며 나에게 달려왔다. 그때 내 옆에
있던 토끼 수인 레인이 획 하고 고개를 들었다.

"뭔가 굉장히 큰 게 오고 있습니다……. 하늘이에요!"

레인의 외침을 듣고 모두가 하늘을 올려다보았다. 돌풍으로 나
무가 마구 흔들리는 가운데, 머리 위의 밤하늘을 가르며 무언가
커다란 것이 천천히 날아가는 모습이 보였다. 저건 뭐지? 나에게
는 검은 그림자로밖에 보이지 않았지만, 밤눈이 밝은 수인들에
게는 그 모습이 확실하게 보인 듯했다.

"용이다……. 설마 이런 곳에 나타나다니?!"

가른 씨가 하늘을 올려다본 채 멍하니 그렇게 중얼거렸다. 그
눈동자는 믿을 수 없는 광경을 봤다는 듯이 매우 휘둥그레졌다.

용. 드래곤. 그런 게 날고 있었다니.

"왜 이런 곳에 용이……!"

"무슨 말씀이시죠? 보통은 이런 곳까지 날아오지 않는다는 건

가요?"

떨리는 목소리로 중얼거리는 오리가 씨에게 물어보니, 그녀는 벌벌 떠는 여동생을 껴안으며 말했다.

"용…… 드래곤은 보통 이 나라의 중앙에 있는 성역에서 살아요. 그곳은 용의 영역이기에 아무도 들어갈 수가 없고, 용들도 침입자가 없으면 그곳 밖으로 나와 난동을 부리지도 않죠. 그렇게 우리는 각자의 영역에서 따로 살아왔는데……."

"누군가가 성역에 발을 들였다는 겁니까?!"

오리가 씨의 말에 가른 씨가 거친 목소리로 물었다. 누군가가 성역에 침입하여 용이 행동에 나선 것이라고 한다면. 큰일 아니야?

아마도 복수. 자신들의 영역이 손상되었다는 생각에, 그 복수를 하려는 것이 아닐까.

하지만 그런 생각을 오리가 씨는 고개를 저으며 부정했다.

"아니요, 꼭 그렇다고는 할 수 없어요. 몇 년 전에 한 번, 젊은 용이 마을에 나타나 난동을 부린 적이 있으니까요. 성역에서 떠난 용을 우리가 격퇴해도 다른 용이 복수를 하지는 않아요. 이런 경우에는 용이 침입자인 셈이죠. 하지만……."

"용을 격퇴할 수 있나요?"

그런 나의 질문에 대답한 사람은 가른 씨였다.

"우리 왕궁의 전사 중대…… 정예 전사 100명이 있으면 어떻게든 가능합니다. 하지만 어중간한 공격으로는 오히려 화를 돋울 뿐입니다."

미스미드의 전사 중대가 백 명. 그 모두가 덤벼도 간신히 격퇴라니…… 그렇게 강한가……?

방금 본 그게 젊은 용이 폭주하는 모습이라면, 용 중에도 난폭한 짓을 일삼는 양아치가 있다는 걸까. 정말 사람을 힘들게 하는구나. 이제는 이걸 자연재해라고 받아들일 수밖에 없는 걸까.

나는 스마트폰을 꺼내 지도 어플리케이션을 실행해「용」을 검색해 보았다.

미스미드 중앙 부근에서 무언가 반응이 있다. 이곳이 성역인가. 그리고 그것과는 별도로 우리의 머리 위를 날았던 용 한 마리가 천천히 이동하고 있는데, 그 용이 가려고 하는 곳은…….

"아니…… 저 녀석 에르드 마을을 향해 똑바로 날아가고 있어……!"

"뭐라고?!"

내가 혼자 중얼거린 말을 들은 모두가 깜짝 놀라 소리쳤다.

"왜 에르드 마을로 가는 거지?!"

"그곳엔 남쪽으로 목초 지대가 펼쳐져 있어요. 가축을 노리는 거 아닌가요?!"

소인지 양인지는 모르겠지만 가축을 먹고 배가 차면 마을은 습격하지 않고 떠나는 게 아닐까. 그런 나의 무른 생각은 가른 씨에게 바로 부정당해 버렸다.

"한 번 음식의 맛을 본 용은 또 똑같은 곳을 습격합니다. 게다가 저 녀석들에게 있어 가축과 우리는 먹이일 뿐 아무런 차이도 없겠지요. 취향의 차는 있을지 모르지만 말입니다."

이대로 가면 마을이 괴멸된다는 건가……! 스마트폰을 이용한 원격 마법 공격에는 한계가 있다. 이렇게 멀리 떨어져 있어서는 공격하기가 어렵다.

"어떻게 할까요? 우리의 임무는 대사의 호위입니다. 대사를 위험에 처하게 할 수는 없습니다……."

"큭……!"

리온 씨의 그 말을 들은 가른 씨가 이를 꽉 물었다. 나라의 신하로서 윗선의 명령은 절대적이다. 여기서 함부로 마을을 도우러 갔다가 만약 오리가 씨에게 무슨 일이라도 생기면 국교 문제에도 영향을 끼칠 수 있다. 그렇다고 호위를 반 정도 남기고 마을을 구출하러 갈 수도……. 전이 지점…… 에르드 마을을 머릿속에 떠올릴 수 없다면 【게이트】를 이용해 이동할 수 없다. 어떻게 하지……?

"어떻게 안 되겠습니까, 토야 님……."

"어떻게 안 되겠냐니……."

나는 야에의 말을 듣고 팔짱을 낀 채 생각했다. 확실히 우리만이라면 움직일 수 있다. 우리는 나라의 명령을 따르는 게 아니라, 어디까지나 길드를 통해 의뢰를 받았을 뿐이니까. 게다가 그 의뢰는 오리가 씨의 호위가 아니다. 미스미드 왕국에 가짜 전이 마법 거울을…….

"앗……!"

아, 그래! 그러고 보니 그게 우리가 같이 가는 명분이었지?!

나는 마차의 객차에서 문 정도 크기의 커다란 거울을 하나 꺼내 마차에 기대어 세웠다.

"토야 님, 이게 뭐죠?"

리온 씨가 수상하다는 듯이 거울을 가리켰다. 다른 사람들도 마찬가지로 뭐가 뭔지 모르겠다는 듯이 고개를 갸웃했다.

"어~, 이건 '전이 거울'이라고 해서 두 장이 한 세트예요. 한쪽은 벨파스트 왕궁에 놓여 있는데, 이 거울을 사용하면 순식간에 왕궁으로 이동할 수 있습니다. 이걸 사용해 일단 오리가 씨와 아루마는 왕궁으로 피난하는 게 어떨까요?"

"그런 걸 가지고 오셨습니까……."

"이걸 미스미드 국왕에게 전해드리는 게 저희 일입니다. 긴급할 때에는 사용해도 좋다는 허가를 벨파스트의 국왕에게 이미 받아둔 상태이고요."

생각해둔 거짓말을 줄줄이 늘어놓았다. 하루에 한 번밖에 왕복하지 못한다는 것, 많은 사람이 한꺼번에 이동하지 못한다는 것과 함께, 안전한 거예요~ 하고 입에서 나오는 대로 마구 어필을 했다. 주로 미스미드 병사들에게.

"알겠습니다. 그걸 사용해 저희는 일단 왕국으로 피난하지요. 그리고 여러분은 에르드 마을 사람들을 부디 안전하게……."

"알겠습니다. 토야 님, 부탁드립니다."

오리가 씨의 결단에 가른 씨가 고개를 끄덕였다.

"좋아요. 그럼 오리가 씨와 아루마, 그리고 유미나와…… 저편을 확인하기 위해 가른 씨도 같이 가 주실 수 있으신가요?"

"저 말입니까? 네에, 그러지요……."

가른 씨가 불안한 목소리로 말했다. 그 목소리를 들으면서 나는 거울에 손을 댔다.

"【게이트】."

다른 사람에게는 들리지 않을 작은 목소리로 마법을 발동시켰다. 거울의 몇 센티미터 바로 앞에다 빛의 문을 만들어 냈다. 이번엔【인챈트】로 마법을 부여하기보다 이렇게 하는 편이 더 낫다. 아직 미스미드 왕궁에 도착하지 않았으니까.

먼저 유미나가 들어갔다. 다음으로는 가른 씨, 아루마, 오리가 씨. 마지막으로 내가 안으로 들어가자 빛의 문은 조용히 닫혀 버렸다. 뒤를 돌아보니 왕궁의 유미나 방에 거울이 하나 붙어 있었다. 역시 미리미리 준비해 두고 볼 일이다.

"이, 이곳은……."

"벨파스트 왕궁입니다. 그럼 유미나, 국왕 폐하께 설명 부탁할게."

"네. ……토야 오빠, 조심하세요……."

너무나 놀라서 벌어진 입을 다물지 못하고 있는 가른 씨에게 말을 한 뒤, 유미나에게 뒷일을 부탁했다.

"가른 씨, 이제 좀 안심하셨나요? 그럼 돌아가겠습니다."

"아, 예. 가지요!"

왔을 때와 마찬가지로 거울 몇 센티미터 앞에【게이트】를 만들어 안으로 들어갔다.

둘이서 다시 숲으로 돌아와 보니 이미 출발 준비가 끝나 있었다.

"좋아, 가자! 이걸로 대사는 안전하다! 우리는 마을 사람들이 용에게서 피난할 수 있도록 돕기 위해 에르드로 갈 것이다!"

무사히 되돌아온 가른 씨의 명령에 수인들이 네엣! 하고 대답했다. 그 모습을 보면서 나는 리온 씨에게 다가갔다.

"리온 씨는 어떻게 하실 거죠? 벨파스트 쪽은 굳이 따라가지 않아도 된다고 생각하는데요……."

"이런 상황에 '모른 척'을 했다간 아버지에게 불꽃 주먹으로 얻어맞습니다. 저희도 가겠습니다. 아마 폐하께서도 그렇게 하라고 말씀하시겠지요."

리온 씨는 딱 잘라 그렇게 말했다. 아무래도 다른 사람과 상의해 결정한 일인 듯했다. 그럼 문제없다.

지도를 보니 용이 마을에 도착하려면 아직 시간이 좀 더 걸릴 듯했다. 서둘러야 해. 다행히 이 용의 비행 속도는 그다지 빠르지 않았다. 마차를 타고 전속력으로 달리면 한 시간 정도 뒤처져 마을에 도착한다.

그 한 시간이 치명적인 시간이 되지 않기를 기도하면서 나는 마차에 올라탔다.

마을이 불길에 휩싸여 있었다. 갈팡질팡하며 도망치는 사람들. 하늘 위에는 제멋대로 불덩어리를 내뿜는 검은 용이 보였다.

강력한 팔다리와 긴 꼬리, 등에서 뻗어 나와 있는 큰 날개. 어둠 속에서 붉게 빛나는 양쪽 눈은 마치 이 상황을 즐기고 있는 것처럼 보였다.

"마을 사람들의 구출을 우선하라! 움직이지 못하는 사람을 먼저 구출해라!"

가른 씨가 외쳤다. 수인 호위 병사들은 곧장 쓰러진 기둥에 깔린 사람이나 부상을 입어 걷지 못하는 사람들을 구하기 위해 행동에 나섰다.

"우리도 구출을 돕는다! 한 사람도 남기지 말고 구출하라!"

리온 씨가 그렇게 명령하자 벨파스트 기사들도 마을 사람들을 구출하는 데 참가했다.

"자, 우리는 저 용을 마을에서 밖으로 유인해야 해."

우리가 느긋하게 공중에 떠 있는 저 녀석의 관심을 끌어 마을 밖으로 유인하면, 그사이에 가른 씨나 리온 씨 일행이 마을 사람들을 구출한다. 이곳에 오는 동안에 세운 작전이었다. 저들에겐 오리가 씨의 호위라는 임무가 있다. 여기서 용과 싸우다 쓰러져서는 안 된다.

게다가 상대는 하늘을 난다. 이쪽의 무기로는 공격할 방도가 없다. 때문에 마법을 사용할 줄 아는 나나 린제가 어떻게든 할 수밖에 없다.

"【빛이여 꿰뚫어라, 성스러운 빛의 창, 샤이닝 재블린】!"

어두운 밤을 한 줄기의 빛이 꿰뚫었다. 하지만 검은 용은 공중에게 그것을 가볍게 피한 뒤, 입에서 불덩어리를 내뿜었다.

"큭, 【부스트】!"

신체 강화 마법을 사용해 그 장소에서 대피했다. 불덩어리가 떨어진 곳에서 폭발이 일어났고, 주변에 불똥이 쏟아져 내렸다.

이런. 여기서 싸우면 피해가 더 늘어나고 만다.

"코하쿠!"

〈네.〉

내 말을 들은 코하쿠가 평소의 크기로 되돌아갔다.

"린제! 어서 타!"

"네, 에……!"

나는 코하쿠의 등에 올라탄 뒤, 린제를 끌어당겨 내 앞에 앉게 했다. 그리고 단숨에 마을의 남쪽을 향해 내달렸다.

뒤를 돌아보니, 용이 우리를 노리고 잇달아 불덩어리를 토해 냈다. 나를 태운 코하쿠는 숲을 빠져나가면서 불덩어리를 좌우로 멋지게 피했다. 좋아. 따라와, 계속 따라오라고!

린제를 데리고 온 이유는 하늘을 날 때는 나나 린제만이 제대로 싸울 수 있기 때문이었다. 우리 둘이서 어떻게든 녀석의 날개를 떼어 내야 한다. 모든 건 그다음이다.

숲을 빠져나가자 넓은 목초 지대가 나타났다. 전망이 좋고, 앞을 가로막는 게 아무것도 없었다. 여기라면 큰 피해가 발생하지 않겠지. 몸을 숨길 곳이 없어 꼭 좋다고는 할 순 없지만…….

"크아아아아아아아아아아아아!"

용이 포효했다. 그 소리를 들은 코하쿠가 낮은 목소리로 용을 위협했다.

〈이 자식…… 내 주인을 모욕할 셈이냐……! 기껏해야 하늘을 나는 도마뱀 주제에 말이다!〉

"응?! 코하쿠, 저 녀석의 말을 알아들어?!"

깜짝 놀라 등에서 내리면서 질문하자, 코하쿠가 용의 말을 통역해 주었다.

〈'나의 향락을 방해하는 작은 벌레여. 그 몸을 갈가리 찢어서 먹어 주마.' 라고? 사람의 말도 할 줄 모르는 코흘리개 애송이가⋯⋯! 이래서 '창제(蒼帝)'의 일족은 마음에 들지 않는단 말이다!〉

코하쿠가 크게 분노하며 하늘에 떠 있는 검은 용을 노려보았다.

"향락⋯⋯? 놀고 즐기기 위해 마을을 습격한 거야? 정말 염치도 없는 녀석이네."

살기 위해 음식을 얻으려 한다든가, 성역을 더럽혀 복수를 한다든가라면 그나마 이해할 수 있다. 그런 이유라면 조금 따끔한 맛을 보여 주고 쫓아내는 걸로 마무리를 지어도 괜찮지 않을까 생각했다.

그런데 저 녀석은 자신의 쾌락을 위해 사람들을 습격한 듯하다. 그렇다면 이쪽도 인정사정을 봐줄 필요는 없겠지?

"린제, 내가 저 녀석을 쓰러뜨릴게. 그때 날개를 뜯어내 줘."

"알겠, 습니다."

린제가 작게 고개를 끄덕였다. 나는 마력을 모아 무속성 마법을 발동시켰다.

"【멀티플】!"

내 주변에 작은 마법진이 발사대처럼 용을 향해 펼쳐졌다. 하나가 둘, 둘이 넷, 넷이 여덟⋯⋯ 계속해서 늘어나 이윽고 백을 넘겼을 때 나는 다음 마법을 발동시켰다.

"【빛이여 꿰뚫어라, 성스러운 빛의 창, 샤이닝 재블린】!"

다음 순간, 검은 용을 향해 128개의 빛나는 창이 일제히 발사되었다. 상위 주문은 아직 사용하지 못하지만, 마력으로 많은 마법을 발동시키는 것이라면 그 누구에게도 지지 않는다. 바주카는 사용하지 못하지만, 머신건이라면 얼마든지 사용할 수 있다는 거다.

"끄어어어어어어어어어?!"

검은 용은 날아오는 빛의 창을 피하려고 했지만, 128개나 되다 보니 피할 수 없었다. 결국 몇 발인가 창에 맞아 피를 흘리며 지면으로 추락했다.

하지만 바로 몸을 일으키더니, 날개를 펼쳐 다시 하늘로 날아오르려 했다. 그러나 린제가 그것을 용서치 않았다.

"【물이여 오너라, 맑고 차가운 칼날, 아쿠아커터】."

압축된 물의 칼날이 검은 용의 날개를 향해 날아가더니, 촤악! 하고 오른쪽의 검은 날개를 반 정도 잘라 냈다.

"쿠어어어어어어어어어어!"

통증 때문인지 더욱 크게 짖은 용이 다시 날아오르려고 했다. 하지만 균형이 무너졌기 때문에 살짝 몸이 공중에 떴을 뿐, 바로 땅으로 추락했다. 좋아, 이젠 날지 못하겠지.

검은 용은 증오에 가득 찬 붉은 눈을 번뜩이며 입을 크게 벌렸다. 지금까지 불덩어리를 뱉어 낸 행동과는 다른 움직임. 뭔진 모르겠지만, 위험해!

나는 옆에 있던 린제를 안아 올린 뒤, 【부스트】로 강화된 다리의 힘을 이용해 땅을 박찼다.

크어어어어어어어어어어어! 검은 용이 그렇게 울부짖으며 입에서 화염방사기 같은 불꽃을 내뿜자, 주변이 붉게 물들었다.

이 녀석, 브레스를 구별해 사용할 수 있는 건가? 위협하듯이 화염을 계속 뱉어내 우리는 용에게 좀처럼 가까이 접근할 수 없었다.

그때, 용의 머리 위에서 그림자 하나가 떨어져 내려왔다.

"으랏!"

떨어져 내려온 야에의 검이 용의 오른쪽 눈을 갈랐다.

"【부스트】!!!"

이어서 숲에서 뛰쳐나온 에르제가 신체를 강화한 힘을 이용한 혼신의 일격을 검은 용의 옆구리에 날렸다.

"쿠어어어어어어어어어어어어어어?!"

"아야~! 얘 왜 이렇게 딱딱해?!"

"전에 싸운 수정 마물과는 달리 재생하지 않는 것만 해도 다행입니다."

야에와 에르제가 불평을 터뜨리며 용에게서 멀어졌다.

한쪽 눈을 못 쓰게 된 용은 분노에 가득 차 두 사람을 향해 불덩어리와 화염을 잇달아 뱉어 냈다.

"으악?!"

"피해야 합니다!"

서둘러 그 자리를 피하는 두 사람. 불덩어리가 터지며 생겨난 화염 벽이 주변을 밝게 비췄다.

용이 두 사람에게 정신을 빼앗긴 틈에 나는 칼을 빼어 용에게 접근했다. 그리고 그대로 뛰어올라 머리를 향해 칼을 위에서 아래로 내리쳤다.

카키이이이이잉!

【부스트】로 강화된 일격이었는데도 날카로운 금속음이 나더니 중간에 검이 부러졌다.

"큭!"

이렇게 단단할 줄이야. 야에처럼 나도 남은 눈을 노렸어야 하는데.

붉은 눈으로 나를 노려본 검은 용이 이쪽을 향해 굽은 목을 쳐들었다. 그리고 입을 크게 벌려 브레스를 뿜으려 했다.

앗, 이런! 그렇게 생각했을 때, 어디선가 나이프 하나가 날아오더니, 용의 왼쪽 눈에 박혔다.

양쪽 눈이 모두 망가진 용이 통증 때문인지 고개를 좌우로 크게 흔들며 화염을 계속 뱉어 냈다.

"【슬립】!"

그 틈을 이용해 마법으로 용의 발밑 쪽 마찰을 줄이자, 녀석은 몸의 균형을 크게 잃었다. 그리고 그 거대한 몸이 옆으로 성대하게 기울었다.

와, 위험하다, 위험해. 【슬립】은 정말 유용하다. 하늘을 날고 있으면 아무 소용이 없지만.

하지만 나이프가 날아오지 않았다면 정말 위험할 뻔했다. 야에인가? 정말 살았다. 어? 근데 야에는 방금 이쪽에 있었는데……. 나이프는 반대쪽에서 날아왔잖아? ……뭐, 좋아. 지금은 그런 걸 생각할 때가 아니다.

용이 분노하며 포효했다. 그런데 이쪽은 칼이 부러져 버렸다. 역시 드래곤은 드래곤인 건가. 더 관통력이 강한 공격이 아니면 해치울 수 없을지도 모른다. 그렇다면…….

"야에, 에르제! 시간을 좀 벌어 줘! 린제는 큰 얼음 방어벽을 내가 있는 곳 근처에 만들어 줘! 코하쿠는 린제를 지키고!"

내 말을 들은 린제가 마력을 모으며 주문을 외웠다.

"【얼음이여 오너라, 영원한 빙벽, 아이스월】."

내 앞에 크고 두꺼운 얼음벽이 나타났다. 깨끗하고 투명한 얼음이다. 이거라면 충분할 듯하다.

"【모델링】!"

얼음에 손을 대고 변형을 시작했다. 내가 만들려고 하는 건 구조가 복잡하지 않았다. 마법 얼음은 평범한 얼음과는 달리 잘 녹지 않지만, 녹여서 변형시키는 건 아니기 때문에 관계없었다.

몇 초 후, 나는 얼음으로 큼직한 얼음 렌즈를 완성시켰다. 쓰러지지 않게 받침대도 튼튼하게 같이 만들었다.

"【멀티플】!"

작은 마법진이 잇달아 나타나, 렌즈 바로 앞에 펼쳐졌다. 1…… 2…… 4…… 8…… 16…… 32…… 64…… 128…… 256…… 512!

"【빛이여 꿰뚫어라, 성스러운 빛의 창, 샤이닝 재블린】!"

발사된 512개의 빛의 창이 렌즈에 빨려 들어가 굴절되더니, 한 점에 모여들었다. 순간, 【모델링】을 다시 발동해 렌즈의 두께를 조정하여 초점을 검은 용 쪽에 맞추었다.

"먹어라!"

다음 순간, 부오옹! 하고 뭐라 형용할 수 없는 소리가 나더니, 검은 용의 가슴에 바람구멍이 뚫렸다. 용의 몸이 앞으로 기울더니, 어마어마한 땅울림을 일으키며 지면에 쓰러졌다. 꿀럭꿀럭하며 가슴에서 흐르는 선혈이 대지를 붉게 물들였다.

"해냈, 어……."

"훌륭합니다, 토야 님!"

에르제와 야에가 잔뜩 들뜬 모습으로 나에게 다가왔다. 코하쿠에 올라타고 있던 린제도 이쪽을 향해 왔다.

"대단, 하세요."

〈역시 저의 주인님이시군요. 가슴이 후련합니다.〉

싸움이 끝나 마음이 놓여 숨을 내쉬는데, 그사이에 얼음 렌즈가 가르르륵 하고 부서져 내렸다. 우악, 깜짝이야.

그때 지면에 검은 그림자가 드리웠다. 뭔가 싶어 고개를 들어 보니, 그곳에는 달을 배경으로 조금 전과는 다른 두 번째 용이 떠 있었다.

"아니……! 한 마리가 더 있어……?!"

게다가 쓰러뜨린 검은 용보다 한층 더 컸고, 붉은 비늘에, 뒤통수에서 꼬리에 걸쳐 흰 털이 나 있었다. 뿔은 길고 굵었고, 꼬리도 길었다.

갑작스럽게 두 번째 용이 습격을 해 와 내가 어쩌면 좋을지 갈피를 못 잡고 있는데, 하늘에 떠 있던 붉은 용이 말했다.

〈나는 싸울 생각이 없다. 우리 동포가 제멋대로 행동한 듯하군.

사과하지.〉

"당신, 말을 할 줄 알아?!"

〈나는 성역을 다스리는 붉은 용. 폭주한 용을 데리러 왔는데, 아무래도 좀 늦은 모양이다.〉

붉은 용은 어딘가 슬픔이 깃든 황금색 눈을 조용히 감았다. 아, 데리고 돌아가려고 했었구나……. 조금만 더 빨리 왔으면 이쪽도 이렇게까지는 하지 않았을 텐데…….

뭐라고 말하기 힘든 분위기에 휩싸인 가운데, 코하쿠가 붉은 용 앞으로 나아갔다.

〈붉은 용이여. '창제'를 만날 일이 있다면 전해 두어라. 자신의 일족 정도는 제대로 교육해 두라고 말이다.〉

〈아니……? 이 낌새는…… 설마…… 당신은 '백제' 님이십니까?! 왜 이런 곳에 계시는 것입니까……?!〉

붉은 용이 소스라치게 놀란 목소리로 말했다. 나는 영문을 몰라 멍한 표정으로 코하쿠를 바라보았다. 이 녀석, 의외로 대단한 녀석인 걸까.

〈아아…… '백제' 님이 검은 용을 쓰러뜨리신 것이군요…… 당연히 검은 용 따위야 상대도…….〉

〈착각하지 말아라. 저 녀석을 쓰러뜨리신 분은 나의 주인, 토야 님이시다. 이 애송이는 주제도 모르고 나의 주인을 모욕했지. 당연한 응보다.〉

〈뭐라고 하셨습니까……?! '백제' 님의 주인이라고 하셨습니까?! 인간이, 말입니까?!〉

다시 경악스럽다는 듯이 소리친 붉은 용이 황금색 눈동자로 나를 바라보았다. 이윽고 붉은 용이 조용히 지면에 내려서더니 몸을 굽혀 고개를 숙였다.

〈거듭된 무례를 부디 용서해 주십시오…… 이번 일은 검은 용 한 마리가 제멋대로 일으킨 일이니 아무쪼록 너그럽게…….〉

"아~, 아무튼 이유를 알았으니 이제 됐어. 근데 이번 한 번만이야. 두 번 다시 이런 일이 없도록 젊은 녀석들을 잘 타일러 줘."

〈넷. 알겠습니다. 당장 성역으로 돌아가 그렇게 전달하지요. 그럼 이만 실례하겠습니다.〉

몸을 일으키고 한 번 더 고개를 숙인 붉은 용은 날개를 펄럭이며 천천히 공중에 떠올라 머리 위를 한 바퀴 돈 다음, 남쪽을 향해 떠나 버렸다.

〈정말 귀찮게 하는군. 이래서 '창제'는…….〉

투덜투덜 불평을 하더니, 코하쿠가 다시 뿅 하고 새끼 호랑이로 되돌아갔다. '창제'와는 꽤나 사이가 나쁜가 보네? '용호상박'이라는 말도 있으니, 어쩔 수 없는 걸까. 어?

주변을 둘러보니 세 사람이 지면에 주저앉아 있었다.

"다들 왜 그래?"

"왜 그러냐니…… 움직일 수 없었어…….”

에르제가 갈라진 목소리로 말했다. 아, 코하쿠를 소환했을 때의 유미나와 같은 상태구나. 저 붉은 용도 꽤나 지위가 높은 용이었겠지? 저 황금색 눈, 어쩌면 마안이었을지도 모른다.

"토야 씨, 는…… 괜찮으세요?"

"응. 아무렇지도 않아."

"도무지 이해가 가질 않습니다……."

이해가 가지 않는다라. 아마 하느님 효과일 테니, 뭐라고 설명하기가 힘들다.

그러고 보니 무섭다는 생각이 안 드는 건 아니지만, 그걸로 다리가 풀리거나 하진 않네.

그런 생각을 하면서 나는 여자애들에게 하나하나 회복 마법을 걸어 주었다.

"아~, 피곤해~."

나는 수풀에 몸을 내던져 대자로 누웠다. 동쪽 하늘에서 떠오르는 태양이 눈부셨다. 벌써 아침이구나.

검은 용을 쓰러뜨린 뒤, 우리는 마을 안을 분주하게 이리저리 뛰어다녔다. 린제는 물 마법으로 불을 끄고 다녔고, 에르제와 야에는 다친 사람이 남아 있지 않나 온 마을을 뒤졌다. 그리고 나는 계속해서 부상을 입은 사람들에게 회복 마법을 걸어 치료해 주었다. (참고로 지도 어플리케이션을 이용해 「부상자」를 검색한 다음 회복 마법을 걸면 단번에 끝난다는 사실을 나중에서야 깨달았다.)

다행히 사망자는 나오지 않았지만 마을은 괴멸 상태에 가까웠다. 이렇게 피해가 클 줄이야……

"토야 님, 이곳에 계셨습니까."

"아, 리온 씨. 수고하셨습니다."

리온 씨가 누워 있는 나에게로 다가왔다. 아무래도 대강 수습이 끝난 듯하다. 어디선가 밥을 짓는 냄새가 풍겨 왔다.

"그건 그렇고, 겨우 넷이서 용을 물리치시다니……. 놀라움을 넘어 어이가 없을 지경입니다."

"그 용은 그렇게 강하지 않은 젊은 용이래요. 그래서 물리칠 수 있었던 게 아닐까요?"

리온 씨의 말을 들은 나는 붉은 용에게서 들은 내용을 얼버무리며 말했다. 그때 늑대 대장인 가른 씨도 이쪽으로 다가왔다.

"오오, 토야 님. 그 용 말입니다만, 어떻게 하실 생각입니까?"

"어떻게 할 생각이냐니요?"

"아주 좋은 상품이 아닙니까. 팔면 꽤 큰돈이 될 겁니다. 하지만 어떻게 옮기면 좋을지……."

"팔아요? 용의 시체를요?"

용은 비늘과 발톱, 뿔, 이빨, 뼈 등은 가공해서 무기나 방어구의 소재로, 고기는 맛이 좋아 식량으로 사용하는 등, 어디 하나 버릴 곳이 없을 뿐만 아니라 모두 값비싸게 판매된다고 한다.

용에 대한 권리는 쓰러뜨린 우리에게 있는데, 다른 애들은 모두 나에게 처리를 일임한다고 한 모양이었다. 음~, 어떻게 하지……?

"그럼 저건 마을 사람들에게 드릴게요. 마을이 부흥하는 데 다소나마 도움이 될 테니까요."

"용을 말입니까?! 전부?!"

"토야 님, 정말 알고 하시는 말씀입니까?! 용은 가치가 어마어마합니다!! 액수로 따져 왕금화 열 닢 정도는 될 겁니다!!"

왕금화 열 닢이라……. 어, 1억 엔이 넘는단 말이야?! 역시 좀 아까운 생각이 들어 다시 생각해 볼까 했는데, 내 시야에 마을 사람들의 모습이 들어왔다. 아, 내 말이 다 들렸나 보네…….

"……이 마을에 도움이 된다면 그걸로 충분합니다. 부디 유용하게 써 주세요."

이제 와서 역시 못 주겠다고는 말할 수 없어, 굳은 얼굴로 두 사람을 향해 그렇게 대답했다.

"……미스미드를 대표해 감사합니다. 토야 님."

"하아……. 아버지의 말씀대로 그릇이 크신 분이군요. 절로 머리가 숙여집니다."

감사와 존경의 눈빛으로 나를 바라보는데…… 그게 아니에요. 그냥 허세를 부리는 것뿐. 으음……. 다들 용서해 주려나……?

가짜 전이 거울을 사용해 오리가 씨, 아루마, 유미나를 데리고 돌아오자, 먼저 오리가 씨가 나에게 인사를 했다. 용을 쓰러뜨리고 마을을 구해 주어 고맙다고 인사하는 것이라는데, 사망자가 나오지 않은 것은 호위하는 사람들의 활약 덕분이라고 생각한다.

그 사람들도 녹초가 됐는지 마차 주변에서 잠시 자고 있었다. 솔직히 나도 바로 자고 싶다. 그런 내 마음을 꺾어 버리듯이 지팡이를 짚으며 수인 노인이 우리에게 다가왔다.

"촌장인 솔름이라고 합니다. 이번에 저희 마을을 습격한 용을 쓰러뜨려 주신 것은 물론 마을의 부흥을 위해 많은 지원까지 해 주셔서…… 정말 감사합니다."

지원이라면 그 용의 시체를 말하는 거겠지? 역시 좀 아까운 걸……. 하지만 마을이 이렇게 되어 버려 이 사람들도 앞으로 많이 힘들 테니. ……뭐, 어쩔 수 없으려나.

촌장은 마을 사람들에게 무언가를 가져오게 했다. 길이 1.5미터 정도의 완만한 커브를 그리는 원추형 검은 물체…… 아, 이건.

"이건 저 용의 뿔 중 하나입니다. 이것만이라도 가져가 주십시오."

"앗, 그치만……."

"무기가 손상되었다고 들었습니다. 이 뿔이 있으면 새로운 무기를 만들 수도, 팔아서 새 무기를 살 수도 있을 겁니다."

아, 그런 얘기구나. 그럼 받아 둘까. 촌장에게서 건네받은 뿔은 깜짝 놀랄 만큼 가벼웠다. 그런데도 강철보다 훨씬 단단하다고 한다. 그 엄청난 몸집의 용이 날 수 있었던 이유도 대략 알 수 있을 것 같았다.

이것보다 단단한 건 히히이로카네, 미스릴, 오레이칼코스 정도밖에 없다고 한다.

일단 감사히 뿔을 받은 뒤, 나는 그 자리를 떠났다.

솔직히 말해 잠이 와서 참을 수가 없었기 때문이다.

간신히 우리 마차에 도착해 안을 들여다보니, 에르제와 린제, 야에가 잠을 자고 있었다.

나도 같이 잠을 잘 수는 없었기 때문에, 마차 옆의 수풀에 드러누웠다.

"토야 오빠, 여기 이불이요."

그때 유미나가 이불 하나를 들고 다가왔다. 나이스 타이밍. 나는 감길 듯한 눈꺼풀을 간신히 뜨면서 유미나에게 인사를 한 뒤, 이불을 받아 몸을 빙빙 휘감았다.

따뜻하다. 이젠, 더 이상 못 참는다. 그리고 나는 눈을 감고 꿈의 세계로 빠져들어 갔다.

눈을 떠 보니 하늘을 배경으로 유미나의 얼굴이 보였다. 아직 멍한 눈으로 나를 내려다보는 유미나의 얼굴을 바라보았다.

"푹 주무셨나요?"

머리 아래의 부드러운 감촉. 어? 으~음. 이건 무릎베개……인가?

뒹굴뒹굴 하고 지면을 굴러 그곳에서 탈출했다. 으, 대체 언제부터?

벌떡 몸을 일으키자 주변 마을 사람들이나 이미 잠에서 깬 호위병들이 히죽히죽 웃으며 뜨뜻미지근한 시선을 보내 왔다. 우아아……! 이렇게 부끄러운 짓을! 사람들이 다 보는데 여자아이의 무릎을 베고 있었다니! 기쁘지 않은 건 아니지만, 그보다 부끄럽다는 생각이 더 많이 들어!

"어? 이제 일어났나 보네?"

"……아주, 잘 주무시더라고, 요."

"아주 기분이 좋아 보였습니다~."

오싹. 등골에 오싹해 쭈뼛거리며 뒤를 돌아보았다. 그곳에는 싱글싱글 웃는 여자아이 세 명이 조용히 서 있었다. 아주 다정하게 웃고 있는데, 셋 다 눈은 웃고 있지 않았다. 어, 어라……? 화난 건가……?

"저어~ ……무슨 일 있었어……?"

"""아니, 없는데~?"""

거짓말 마! 그럼 왜 그렇게 삐친 표정이야?

"네네, 여기까지만 해요. 가위바위보는 신성한 승부잖아요. 원망하기 없다면서요?"

"나도 알아……."

"……응……."

"그야말로 아쉬울 뿐입니다……."

유미나가 손뼉을 치며 중간에 끼어들자 세 사람 모두 시선을 돌리고 더 이상 아무 말도 하지 않았다. ……너희 무슨 승부라도 했어?

"토야 님, 슬슬 출발 준비를 부탁드립니다. 왕도에 도착하면 이 마을에서 있었던 일까지 보고해야 하니까요."

오리가 씨와 가른 씨가 다가와 우리에게 출발해야 한다고 알려왔다. 분위기가 이상했기 때문에 마침 잘됐다며 나는 마차 쪽으로 이동했다. 뒤쪽의 시선이 신경 쓰이지만, 눈치 못 챈 척하자.

'코하쿠, 내가 자는 동안에 무슨 일 있었어?'

마차 쪽에 있는 듯한 코하쿠에게 텔레파시를 날렸다. 뭔가 알고 있을지도 모른다.

'하아, 네에…… 뭐라고 해야 하나…… 그러니까, 여자들끼리

의 다툼이 있었다고 할까요…….'

　'?'

　뭐가 뭔지는 모르겠지만 유미나 이외에는 모두 기분이 안 좋은 게 확실하다. 어떻게든 해야 할 것 같은데……. 아.

　괜찮은 생각이 떠오른 나는 촌장님의 집에 간 뒤, 교섭을 통해 '그것'을 손에 넣었다.

　흔들리는 마차 안에서 겨우 기분이 풀린 세 사람을 보고 나는 가슴을 쓸어내렸다. 에르제, 린제, 야에, 유미나의 팔에는 은색 팔찌가 반짝였다.

　조금 전 촌장님의 집에서 양도받은(값은 제대로 지불했다) 몇몇 은제품으로 【모델링】을 사용해 완성시킨 것이다. 디자인은 인터넷에서 무난한 녀석으로 골랐다. 그리고 평소의 감사의 마음을 담아 모두에게 선물했다.

　처음에는 모두 깜짝 놀란 듯했지만, 매우 기쁘게 받아 주었다. 힐끔힐끔 팔에 낀 팔찌를 바라보는 걸 보면 아무래도 마음에 든 듯하다. 가끔가다 히죽거리는 모습이 좀 깨긴 하지만…….

　"오리가 씨, 왕도까지는 앞으로 얼마나 더 가야하죠?"

　"왕도 베르주까지는 앞으로 이틀 정도일까요? 토야 씨는 중간에 들르게 될 마을에서 무기를 조달하는 편이 나을지도 모르겠네요."

　음~, 그렇겠지? 가른 씨의 이야기로는 용의 뿔로 무기를 만들려면 왕도에 가서 만드는 게 낫다는 듯하다. 하지만 그때까지 맨몸으로 있는 것도 좀. 마법만 가지고도 싸울 수는 있지만, 어딘가 모르게 불안하다.

응? 잠깐만. 【모델링】을 사용해서 직접 만들면 되는 거 아닌가? 아니지. 실패했을 때의 리스크가 너무 커……

"일단 이틀 정도니까, 무기 없이 마법으로 어떻게든 버텨 볼게요."

겨우 이틀간을 위해 임시방편으로 무기를 사는 것도 너무 아깝다. 왕도 베르주에 도착하면 더 좋은 무기도 팔 테고 말이야. 내가 그렇게 대답하자, 오리가 씨가 뭔가 생각났다는 듯이 자신의 백에서 천에 둘러싸인 물건을 꺼냈다.

"그러고 보니 촌장님에게서 이걸 받았어요."

오리가 씨가 천에 둘러싸인 나이프 하나를 건네주었다. 길이가 20센티미터 정도인 외날로, 살짝 휘어 있는 검은 나이프였다.

"이건 뭐죠?"

"음? 용의 눈에 박혀 있었다고 들었는데요…… 토야 씨 것이 아닌가요?"

아, 그때 용의 눈에 박혔던 거구나. 촌장님이 회수해 주셨나 보네. 나는 그것을 오리가 씨에게서 받아 다시 천에 둘러싼 다음 야에에게 건네주려고 했다.

"야에, 이거."

"네? 소인 것이 아닙니다만."

응? 그럼 에르제……도 아니겠고. 린제일 리도 없는데. 응? 그럼 이건 누구 거지? 그럼 그곳에 누군가가 있었다는 건가? 누군가가 그 현장에 나타나 우리를 도와준 거야? 일단 살려 줬으니 적은 아닌 듯하지만…….

'코하쿠. 그때 우리 외에 또 누가 있었어?'

'네. 확실히 숲의 나무 위에서 기척을 느꼈습니다. 아마도 두 사람일 겁니다……. 이쪽을 향한 살기는 없었기 때문에 저는 마을 사람 중의 누군가라고 생각했었습니다.'

코하쿠에게 텔레파시로 확인해 보았다. 우리가 용과 싸울 때 누군가가 감시하고 있었다는 것은 확실한 듯했다. 대체 뭣 때문에?

그러고 보니 랭글리 마을에서 누군가가 나와 유미나를 바라보는 듯한 낌새를 느꼈었지? 같은 사람일까?

생각해 봐야 알 수 있을 리가 없다. 나이프를 조사해 봤지만, 딱히 별난 점은 없어 보였다.

일단 이건 받아 두자. 칼집이 없으니 불편하네.

정말로, 대체 누구지……?

"하아…… 이번엔 이거냐…….."

왕도 베르주에 도착해 새하얀 궁전을 보자마자 나도 모르게 입에서 흘러나온 감상이었다.

저건 뭐냐, 인도의 타지마할과 닮았다. 황제가 왕비를 위해 대리석으로만 만들었다는 묘당. '왕관 궁전'이라는 의미를 지닌 하얀 건물.

물론 비슷한 느낌일 뿐, 꽤 다른 부분도 많지만.

햇볕에 말린 벽돌로 만들어진 건물이나 성벽과 비교되어 그런지 흰 궁전이 굉장히 눈에 잘 띄었다. 예를 들자면 아라비안나이트 세계에 인도 궁전이 뒤섞인 듯한 곳이다.

마차가 달리는 거리는 벨파스트에 비해 아직 개발이 덜 된 곳이란 느낌이 많이 들었다. 하지만 사람들의 활기만큼은 벨파스트에 결코 뒤지지 않았다.

다양한 종족이 이리저리 뒤섞여 시끌벅적했다. 다종다양한 문화가 뒤섞여 발전해 가고 있었다. 그게 이 도시의 모습이라는 생각이 들었다.

높은 건물이 늘어선 길을 지나 궁전으로 가는 긴 다리를 건넜다. 도시를 빙 두른 수로 위를 달려 나가자, 궁전 부지가 나왔다.

마차에서 내려 오리가 씨와 우리 다섯, 그리고 가른 씨와 리온 씨까지 총 여덟 명이 궁전의 정원 옆의 인도를 걸었다. 아름다운 정원에는 작은 새가 놀고 있었고, 일정한 간격으로 심은 나무 위에서는 다람쥐가 이쪽을 바라보고 있었다.

긴 계단을 올라 궁전 안으로 들어갔다. 밝은 햇살이 천장의 채광용 창에서 쏟아져 내려와 대리석의 흰 벽을 비추니 그야말로 눈이 부실 정도였다.

우리는 안뜰 중앙을 가로질러 원기둥이 늘어선 복도 안쪽으로 계속 걸어갔다. 그러자 화려하게 장식된 커다란 문이 나타났다.

끼이이익, 하고 문지기 병사들이 삐걱이는 소리를 내며 무거운 문을 열었다.

천장에서 비쳐 들어온 햇빛이 넓게 펼쳐진 양탄자를 비추는 알현장에는 좌우로 다양한 아인이 늘어서 있었다. 모두 단정하게 차려입은 것을 보면 이 나라의 중신들인 듯한데, 뿔이 있거나, 날개가 나 있거나 하는 등, 인종 구성이 매우 다양했다.

그리고 알현장의 안쪽, 조금 높은 자리에 있는 옥좌에 이 나라의 왕이 앉아 있었다.

수왕 자무카 브라우 미스미드. 눈표범 수인인 듯하다. 나이는 50세 전후 정도. 흰 머리카락과 흰 수염이 난 얼굴에서는 왕으로서의 강력함과 위압감이 느껴졌다. 날카로운 두 눈에서는 뭐라고 형용할 수 없는 박력과 함께 어딘가 장난기 어린 빛이 엿보였다.

수왕 앞에서 우리는 전원 무릎을 꿇고 머리를 숙였다.

"국왕 폐하…… 오리가 스트란드, 벨파스트 왕국에서 귀환하였습니다."

"그래, 수고했다."

수왕이 조용히 고개를 끄덕였다. 이어서 오리가 씨의 뒤에 대기하고 있던 가른 씨와 리온 씨에게도 말을 걸었다.

"가른, 그리고 벨파스트의 기사여. 오리가의 호위를 무사히 마쳐 주어 매우 고맙게 생각하네."

""감사합니다.""

그리고 수왕은 천천히 이쪽을 바라보더니, 눈을 가늘게 뜨며 작게 미소를 지었다.

"그대들이 벨파스트 왕이 보낸 대사들인가? 듣기론 여행 도중에 그대들만으로 에르드 마을을 습격한 용을 쓰러뜨렸다고 하던데. 그게 사실인가?"

"네. 그렇습니다. 여기에 있는 저 이외의 네 사람이 마을을 습격한 검은 용을 퇴치했습니다."

수왕의 질문에 의연한 태도로 대답한 사람은 조용히 자리에서 일어난 유미나였다.

"……그대는?"

알현장인데도 불구하고 전혀 긴장한 기색 없이 자신을 바라보는 소녀를 보고, 수왕이 의아한 표정으로 물었다.

"소개가 늦었습니다. 저는 벨파스트 왕국의 국왕 트리스트윈 에르네스 벨파스트의 딸, 유미나 에르네아 벨파스트라고 합니다."

알현장이 술렁거리기 시작했다. 그야 그렇겠지. 일국의 공주가 갑자기 나타난 셈이니까. 사정을 알고 있는 오리가 씨와 리온 씨는 아무렇지도 않은 모습이었지만, 가른 씨는 눈을 휘둥그렇게 떴다.

"이럴 수가……. 벨파스트의 공주님이 왜 우리 나라에?!"

"미스미드와의 동맹은 우리 나라에 있어 그만큼 중요한 것이기 때문입니다. 이건 아버지의 서한입니다. 부디 확인해 주시길 부탁드립니다."

그렇게 말하며 품에서 편지 한 통을 꺼냈다. 어느새 저런 걸 받아온 걸까. 아, 마을에서 벨파스트 왕궁으로 잠시 피난했을 때인가.

측근 중 한 사람이 공손하게 서한을 받아 옥좌에 있는 수왕에게 전해 주었다. 봉인을 열어 서한을 훑어보더니, 미스미드 국왕은 유미나를 바라보며 미소 지었다.

"그렇군……. 알겠다. 여기에 적혀 있는 내용을 긍정적으로 받아들여, 가까운 시일 내에 대답을 해 주지. 그때까지 공주를 비롯한 일행은 우리 궁전에서 편히 지내 주시길 바라네."

서한을 측근에게 준 뒤, 수왕은 조용히 우리를 바라보며 말했다.

"그래, 딱딱한 이야기는 이쯤하고. 조금 전부터 신경이 쓰이는 일이 있었는데……."

수왕이 갑자기 허물없는 말투를 사용하며 우리 옆에 있던 코하쿠를 바라보았다. 당연히 신경이 쓰이겠지.

"거기 있는 흰 호랑이는 너희 일행인가?"

"네. 여기 계시는 토야 님의…… 종이라고 할 수 있습니다."

〈카우.〉

맞다는 듯이 코하쿠가 짧게 대답했다. 미스미드에서는 흰 호랑이를 신성하게 생각한다. 그런데 종이라고 소개하다니 정말로 괜찮을까 생각했지만, 목걸이나 목줄로 행동을 제한하지 않았기 때문인지 아무도 뭐라고 하지는 않았다.

수왕은 가만히 코하쿠를 응시하더니, 이윽고 조용히 나를 바라보았다.

"……그렇군. 백호를 따르게 한 용자가 용을 물리친 건가. 후후후, 오랜만에 피가 끓는구나. 토야라고 했나? 어떤가? 나와 한번 겨뤄 보지 않겠는가?"

"네?"

내가 얼빠진 소리를 내며 멍한 표정을 짓는 가운데, 주변 중신들은 일제히 그러면 그렇지 하는 느낌의 한숨을 내쉬었다. 어? 그게 무슨 말이죠?

하얀 왕궁의 뒤편에는 넓은 투기장이 있었다. 꼭 로마의 콜로세움처럼 생겼다. 이 나라는 정말 엄청난 다문화 사회다.

나는 이곳에서 수왕과 승부를 해야 하는 처지가 되었다. 대체 어떻게 된 거야?

"미안합니다. 토야 님. 수왕 폐하는 강한 자와는 승부를 겨뤄야 직성이 풀리는 성격이라 말이지요. 솔직히 우리도 난처하기 그지없습니다."

나에게 사과를 한 사람은 이 나라의 재상인 그라츠 씨였다. 회색 날개를 지닌 유익인이다. 나이는 40대 후반 정도일까. 날개와 같은 색인 회색 로브를 둘렀고, 수염을 기르고 있었다.

"폐하께서도 이럴 때 험한 꼴을 당해 보시는 게 좋을 거라 생각하니, 온 힘을 다해 상대해 주십시오."

"아뇨아뇨아뇨. 여러분의 임금님이잖아요. 정말 그래도 돼요?"

나는 어이가 없다는 듯이 그라츠 씨를 바라보았다. 그러자 그라츠 씨 옆에 있던 사람들도 일제히 불평을 하기 시작했다.

"상관없으니 최선을 다해 상대해 주십시오. 애초에 폐하는 국정을 뭐라고 생각하시는 건지 모르겠습니다! 갑자기 사라지셔서는 전사단의 훈련에 참가해, 전사단을 모두 때려눕히질 않나!"

"얼마 전에도 새로운 무기가 생각났다! 고 하시며 훌쩍 대장장이를 찾아가셨습니다! 결국 그 뒤의 일정이 모두 흐트러져 저희가 얼마나 고생을 했는지 알기나 하실까 모르겠습니다!"

"저에게는 국가적인 무투 대회를 열자고 말씀을 하셨습니다. 대체 그런 예산이 어디에서 나온단 말입니까?! 안 그렇습니까?!"

……미스미드의 중신들도 꽤나 고생을 하고 있는 모양이었다. 이상한 임금님이네. 물론 벨파스트의 임금님도 이상한 걸로 따지면 만만치 않지만.

일단 목검을 들고 투기장 중앙으로 걸어 나갔다. 관객석에는 우리 일행과 미스미드의 중신들, 그리고 미스미드 전사단의 대장급 사람들이 자리를 잡고 있었다.

수왕 폐하도 한 손에는 목검, 한 손에는 나무 방패를 들고 대기하고 있었다. 나는 움직임에 방해가 되고 익숙지 않다는 이유로 방패는 들지 않았다.

"승부는 둘 중 하나가 치명적인 타격을 입거나, 스스로 패배를 인정할 때까지이며, 물론 마법 사용도 가능합니다. 단, 상대의 몸에 직접 마법 공격을 해서는 안 됩니다. 두 분 다 이해하셨습니까?"

심판 역할을 맡은, 피부가 거무스름한 유익인이 우리 둘에게 설명했다. 마법으로 직접 공격해서는 안 되는 건가. 으~음. 어떻게 할까. 중신들이 최선을 다해 달라고 했으니 배려는 필요 없으려나?

"저어…… 정말로 하시게요?"

"후후후, 봐줄 필요는 없다. 실전이라 생각하고 모든 수단을 사용해 나에게 이겨 보거라!"

일단 확인을 위해 물었는데, 수왕 폐하는 즐겁다는 듯이 웃었다. 이거 참, 완전 진심인가 봐. 50대로는 전혀 보이지 않는 근육을 보니, 상당히 많은 단련을 하고 있는 거겠지.

어쩔 수 없다. 본인도 저렇게 말하니, 실전이라 생각하고 상대해 볼까.

심판 역할을 하는 유익인이 오른손을 높이 들고 나와 수왕을 번갈아 본 다음, 기세 좋게 그 손을 아래로 내렸다.

"그럼, 시작!"

"【슬립】."

"으악?!"

쿠웅! 수왕 폐하가 호들갑스럽게 넘어졌다. 나는 그 틈에 거리를 좁혀 목검을 폐하의 목에 들이댔다.

"이걸로 끝이네요."

"자, 자, 잠깐! 이건 취소다!! 방금 건 대체 뭐지?!"

"제 무속성 마법인 【슬립】이에요. 공격 마법만 아니면 괜찮다고 해서요."

"아니아니아니! 이건 무효다! 승부니 뭐니 하기 이전의 문제가 아닌가!"

순식간에 결판이 나자 도저히 납득할 수 없는지 떼를 쓰는 수왕 폐하. 그 마음을 모르는 건 아니다. 하지만 실제 전투에서는 이게 가장 효과적이다. 하늘을 나는 녀석들에게는 효과가 없지만.

"한 번 더 하자! 이번엔 그 마법 없이!"

"음…… 여러분~, 어떻게 할까요?!"

나는 재상 그라츠 씨를 비롯한 중신들에게 물었다. 잠시 무슨 말인지 모르겠다는 표정을 지었던 중신들이 "아." 하고 무슨 말인지 이해했다는 듯이 히죽거리며 미소를 지었다.

"흐음. 더 이상은 정무에 지장이 생기니 자제하시는 편이 좋지 않을지요?!"

"그, 그라츠! 그러지 말게. 조금만 더, 조금만 더 하면 안 되겠나? 응?!"

"하지만 말입니다……."

수왕 폐하가 재상 앞으로 달려가 이런저런 이야기를 하기 시작했다. "앞으론 내가 잘 하겠네!"라든가, "더 이상 정무를 소홀히 하지 않겠네!"라는 말이 들려오는데.

그 말을 들은 중신들이 이런저런 조건을 붙이고 있는 모양이었다. 그리고 얼마 안 있어 폐하는 작게 어깨를 떨구었다. 재상과 중신들이 내건 다양한 조건을 모두 받아들인 듯하다. 너무 일찍 승부를 내버린 건가……?

"토야 님. 미안하지만 폐하와 한 번 더 대결해 주시길 부탁드립니다~!"

싱글벙글 기쁘게 웃는 그라츠 씨의 목소리를 들으며 수왕 폐하가 다시 내 앞에 섰다. 앗, 좀 화가 난 것 같은데?

"토야, 이번엔 그 마법은 금지다!"

"알겠습니다."

다시 처음부터 대결 시작. 심판이 다시 오른손을 위에서 아래로 내렸다.

"시작!"

시합 시작과 동시에 수왕이 공격해 왔다. 나는 정면에서 그것을 받아낸 뒤, 몸을 비틀어 흘리듯이 회피했다. 그리고 일단 뒤로 물러선 다음, 이번엔 내가 반격을 시도했다.

"【모래여 오너라, 맹목의 모래 먼지, 블라인드샌……】."

"느리군!"

총알처럼 날아온 수왕의 방패 때문에 나는 몸의 균형을 잃었다. 큭, 마법 주문을 못 외우게 한 건가. 나는 목검을 휘둘러 견제를 한 뒤, 다시 거리를 벌렸다.

하지만 그 움직임을 이미 알고 있었다는 듯이 찌르기 공격이 잇달아 덮쳐 왔다. 가슴을 향해 날아오는 그 공격을 피했는데, 쉴 틈을 주지 않고 이번엔 목이 있는 쪽을 향해 찌르기 공격이 날아왔다.

2단 찌르기?! 목을 옆으로 기울여 피하자, 귀 바로 옆으로 검 끝이 스쳐 지나갔다. 으악!

공격을 해야지, 계속 방어 일변도가 되어선 안 돼!!

"【멀티플】!"

작은 마법진이 내 발밑에서 잇달아 지면에 펼쳐졌다.

"아니?!"

갑자기 나타난 마법진을 보고 추격을 멈춘 수왕. 그야 당연하겠지. 하지만 이건 상대의 발을 묶기 위한 위장, 속임수다.

"【부스트】!"

나는 신체 강화 마법을 사용한 폭발적인 다릿심을 이용해 수왕에게 접근했다! 좋아, 성공이다! 나는 승리를 확신했다.

"【액셀】."

수왕이 그렇게 중얼거린 다음 순간, 포착했다고 생각한 그 모습이 사라져 내 목검은 허무하게 허공을 갈랐다.

"윽……?!"

나는 어안이 벙벙한 가운데에서도 등 뒤에서 기척을 느껴 거의 반사적으로 웅크렸다. 그러자 머리 위를 수왕의 목검이 수평으로 관통해 갔다. 나는 그대로 뒹굴면서 그 자리를 피한 뒤, 자세를 바로잡았다. 방금 그건 뭐지?!

"지금 걸 피하다니! 토야, 제법이군!"

"방금 그건…… 혹시 무속성 마법인가요?"

"그래. 나의 무속성 마법 【액셀】이다."

역시나. 가속 마법인가? 갑자기 움직임이 보이지 않았어. 순간적인 건지, 일정 시간 동안 지속되는 건지는 모르겠지만.

"어떤 마법인가요?"

"별것은 아니고, 신체를 빠르게 하는 마법일 뿐이다. 움직일 때에는 신체에 마법 장벽도 발동되기 때문에 엄청나게 마력을 잡아먹어서 항상 발동할 순 없지만 말이지. 속도가 엄청나게 빨라 평범한 사람은 반응조차 할 수 없을 텐데, 용케도 피했군."

아무래도 순수한 가속 마법인 듯하다. 마법 장벽이란 건 엄청난 속도에도 몸을 버티게 하기 위한 건가?

"흠, 잘 알겠습니다. 좋은 마법을 가지고 계시군요."

"그렇지?"

"그러니 저도 감사히 사용하도록 하겠습니다. ───【액셀】."

가속 마법을 발동시킨 나는 순식간에 수왕의 옆을 지나 기습적으로 공격을 했다. 하지만 목검은 공중을 가르고 말았다.

어? 타이밍이 안 맞았어. 몸통을 공격할 생각이었는데, 수왕 옆을 그대로 지나친 상태에서 검을 휘두르고 말았다. 이거, 익숙지 않아서 그런지 꽤 사용이 힘든걸. 살짝 움직일 생각이었는데, 실제의 움직임과 감각의 차이가 크네.

"아니……! 너, 지금……!"

"의외로 어렵네요. 하지만 다음번엔 놓치지 않습니다."

나는 엄청난 속도로 수왕을 향해 다가갔다. 상대도 【액셀】을 발동해 가속을 한 상태에서 서로 공격하고, 피하고, 뒤로 물러서고, 다시 공격했다. 번개처럼 빠르게 쏟아지는 검을 서로 맞부딪치고, 맞대고, 떨쳐 냈다. 점점 이 속도에도 익숙해졌다. 머리까지 움직임에 맞춰 빨리 돌아가는 건가?

같은 속도로 움직이고 있기 때문에 우리가 보기엔 평범한 싸움이지만, 주변 사람들에겐 눈으로 쫓지도 못할 만큼 빠르게 보이겠지.

그리고 나는 이 속도를 더욱 빠르게 하는 방법을 안다. 【액셀】더하기…….

"【부스트】!"

퓨웅! 하고 더 빠르게 가속했다. 마법에 의한 가속과 다리의 힘

에 의한 가속. 눈으로 좇을 수조차 없을 만큼 엄청나게 빠른 속도. 순간적이지만 【액셀】을 훨씬 뛰어넘는 어마어마한 가속을 손에 넣었다.

"아닛?!"

나는 순식간에 수왕의 등 뒤로 돌아 그 목을 향해 목검을 들이댔다.

"체크메이트."

"……그 말이 무슨 의미인지는 모르겠지만, 나의 패배인 듯하군."

수왕 폐하가 양손을 들고 패배를 인정했다. 그것을 본 심판이 크게 오른손을 들었다.

"승자, 모치즈키 토야!"

심판이 그렇게 선언하자 투기장의 관객석에서 일제히 박수가 쏟아졌다. 솔직히 말해 나라의 임금님을 쓰러뜨렸으니 야유가 쏟아지지 않을까 걱정했었는데, 아무래도 기우였던 듯하다.

"설마 너도 【액셀】을 쓸 수 있었을 줄이야. 나는 내 마법에 너무 절대적인 자신감을 가져, 자만했던 듯하다. 역시 경계해야 하겠군."

"앗, 그렇죠, 뭐, 하하하."

웃으며 얼버무렸다. 무속성 마법은 개인 마법. 같은 마법을 쓸 수 있는 사람은 그렇게 많지 않다. 계통이 비슷해 엇비슷한 마법은 있지만. 그러니 수왕 폐하가 방심하는 것도 어떻게 보면 당연하다. 이번엔 반칙이나 마찬가지인 거니까.

근데 여섯 속성 마법은 쓸 수 없었다. 저렇게 주문을 못 외우게 방해해서는 마법을 사용할 수 없다. 보통 마법사는 호위를 담당하기 때문에 직접 맞부딪쳐 싸울 일이 없으니 상관없지만.

무속성 마법처럼 주문을 외우지 않고도 사용할 수 있다면 좋을 텐데…….

그날 밤에는 왕궁에서 간소한 파티가 열렸다. 미스미드의 중신들, 유력 귀족들, 주요한 대상인 등을 불러서 개최한 이 파티는 오리가 씨의 귀환을 축하하고, 벨파스트의 공주인 유미나를 환영하기 위한 것이었다.

본격적인 연회는 아니었기 때문에 정장을 할 필요는 없었지만, 권유에 못 이겨 옷을 갈아입을 수밖에 없었다.

새하얀 상·하의에 검은 조끼. 그리고 넓은 감색 허리띠. 여기에 터번을 쓰면 딱 신드바드나 알라딘 같은 모습이다.

입식 파티 회장에서는 모두 각자 나름대로 대화를 나누며 식사를 즐겼다.

주빈인 유미나를 비롯해 에르제, 린제, 야에는 아직 이곳에 없었다. 그쪽도 정장을 차려입는 중일까? 호위를 위해 코하쿠도 같이 보냈으니 이상한 일이 벌어지지는 않았을 거라 생각하는데.

"이야, 토야 님. 옷이 아주 잘 어울리십니다."

갑옷이 아닌 연미복을 입은 리온 씨가 샴페인을 한 손에 들고 다가왔다. 브릿츠 가문은 원래 남작 가계라고 하니, 이런 장소에도 익숙하겠지.

"저도 리온 씨 같은 옷이면 충분하지 않았을까요……?"

어울릴까 안 어울릴까는 알 수 없지만. 물론 같은 옷을 입고 리온 씨 옆에 있으면 주눅이 들기 십상이니 이건 이거대로 괜찮으려나? 꽃미남과 비교당하면 유리 같은 마음에 상처를 입고 만다.

"그런데 오리가 님은 어디에 계시죠?"

"아직 못 봤는데요……."

리온 씨가 태연한 척을 하며 물었다. 그러고 보니 또 한 명의 주빈인 오리가 씨도 보이지 않았다. 아직 안 온 건가? 안절부절못하는 기사님의 모습에 쓴웃음을 지으면서 파티장을 돌아보았다.

"토야 오빠!"

그 목소리와 함께 갑자기 누군가가 허리 뒤에 안겨 들었다. 뒤를 돌아보니 아래쪽에 쫑긋쫑긋하게 움직이는 작은 여우 귀가.

"앗, 아루마구나."

귀여운 드레스를 입은 여우 여자아이의 머리를 쓰다듬어 주었다. 그때 아루마 뒤에 흰 수염을 기른 풍채 좋은 신사가 생글생글웃으며 서 있는 모습이 보였다. 흰머리가 섞인 머리에서 쫑긋 뻗어 있는 귀, 굵고 긴 꼬리. 아, 혹시.

"처음 뵙겠습니다. 저는 아루마의 아비 되는 오르바라고 합니다."

역시나. 상대가 내민 손을 잡으면서 여우 부녀를 바라보았다. 나이를 먹으면 귀나 꼬리에 흰 털이 나는구나…….

"안녕하세요. 모치즈키 토야라고 합니다. 토야가 이름이고 모치즈키가 패밀리네임이에요."

"호오, 이센 출신이십니까?"

오랜만에 듣는 질문이다.

"베, 벨파스트 왕국 제1기사단 소속, 리온 브릿츠입네다!"

와, 말이 헛 나갔어. 잔뜩 긴장한 채 나에 이어 오르바 씨와 악수를 나누는 리온 씨. 아루마의 아버지라면 오리가 씨의 아버지이기도 한 거니, 당연하다면 당연한 걸까.

"저희 딸들을 호위해 주셔서 정말 감사합니다."

"아, 아닙니다. 그거야 저희의 임무이네까요!"

앗, 또 말이 꼬였어. 아무리 그래도 그렇지 너무 긴장했잖아. 도와주려는 건 아니었지만 일단 오르바 씨에게 말을 걸었다.

"오르바 씨는 무슨 일을 하세요?"

"저는 무역업을 하고 있습니다. 벨파스트에서도 여러 가지를 수입하고 있지요."

무역상이구나. 아무래도 다양한 물품을 취급하는 듯하다.

"요즘에는 '장기' 라는 것을 알게 되었는데, 이쪽에서도 팔아 볼까 생각 중입니다. 벨파스트의 국왕 폐하도 마음에 들어 하셔서 즐기고 계신다고 들었습니다."

"네? 장기를요?"

어느새 이렇게까지 확산된 거지? 아무래도 오리가 씨가 보낸 편지를 보고 흥미를 가지게 된 듯했다.

"장기라면 한 세트 가지고 있는데, 드릴까요?"

"오오, 정말입니까?! 감사합니다. 실물을 한번 보고 싶었거든요."

여행 도중에 만든 장기가 마차 안에 놓여 있다.

"그럼 내일 가져다 드릴게요. 저는 좀 볼일이 있으니, 리온 씨,

오르바 씨에게 전달해 주실 수 있을까요? 규칙은 오리가 씨가 알고 있으니, 가르쳐 주실 거라 생각해요."

"네?! 제가 말입니까?!"

갑자기 부탁을 해서 그런지, 리온 씨가 마구 허둥댔다.

"리온 씨의 아버지는 국왕 폐하의 신임이 두터운 레온 장군이신데, 폐하와 장기도 많이 두신다고 하더라고요."

"호오, 그 레온 장군 말씀입니까! 이거 참. 꼭 저희 집에 초대해 이야기를 들어보고 싶군요."

오르바 씨가 환하게 웃으며 리온 씨를 보고 말했다. 명문 집안이니, 딸의 결혼 상대로서 출신은 별문제가 없으리라 생각한다. 오르바 씨가 마음에 들어 했으면 좋겠는데. 물론 결혼은 두 사람의 마음이 가장 중요한 거니, 쓸데없는 참견일지도 모르지만.

"넷! 그럼 내일 찾아뵙겠습니다!"

척, 하고 직립부동 자세를 취하는 리온 씨. 여전히 견실한걸.

과연 괜찮으려나? 너무 진지해서 탈인 옆의 기사님을 걱정하고 있는데, 갑자기 파티장이 술렁이기 시작했다.

응? 무슨 일 있나?

웅성거리는 파티장 입구 쪽으로 가 보니, 그곳에는 수왕 폐하와 오리가 씨, 그리고 유미나와 여자애들이 서 있었다.

오리가 씨는 벨파스트 왕국의 화려한 파티 드레스를 입고 있었고, 반대로 유미나와 여자아이들은 인도의 사리 같은 민족의상을 입고 있었다. 에르제는 빨강, 린제는 파랑, 야에는 보라, 유미나는 흰색. 각각 색은 다르지만 모두 옷이 매우 잘 어울렸다. 그 옆에는 코하쿠도 보인다.

"오, 토야. 꽤 잘 어울리는군. 미스미드의 귀족이라고 해도 위화감이 없어."

"그런가요……?"

생글생글 웃으며 나를 바라보는 수왕 폐하. 뭐라고 할까, 이런 건 익숙하지 않아서 그런지 그저 부끄럽기만 하다.

문득 옆을 보니 드레스를 입은 오리가 씨를 리온 씨가 뚫어져라 바라보고 있었다. 에구구. 오리가 씨의 머리카락에서는 리온 씨가 선물한 머리 장식이 빛을 발했다. 호오, 이건 가능성이 있어 보이는데?

"토야 오빠, 아주 멋지세요. 잘 어울려요."

"응, 딱 좋은걸?"

"……평소랑, 다른 매력이 느껴져요."

"토야 님, 아주 멋지십니다."

모두 나를 보고 칭찬을 해 주었다. 좀 쑥스럽네.

"너희도 아주 잘 어울려. 아, 사진 찍어도 돼?"

스마트폰을 꺼내 카메라 어플리케이션을 실행시켰다. 초점을 잡고 셔터를 누르자 플래시가 터져 주변이 순간 환해졌다.

우리는 아무렇지도 않았지만 파티장의 사람들은 모두 플래시에 소스라치게 놀라며 벽에 바싹 붙었고, 미스미드 병사들은 허리에서 검을 빼내려 했다. 아뿔싸, 플래시는 터뜨리지 말았어야 했나.

"지금 건 뭐지?"

수왕 폐하가 내가 들고 있던 스마트폰을 바라보았다. 얼른 변명하는 게 좋겠어.

"죄송합니다. 이것도 저의 무속성 마법으로, 이 장소의 영상을 기록해서 저장하는 거예요."

"음? 무슨 말인지 잘 이해가 안 가는데……."

수왕 폐하에게 지금 찍은 사진을 보여 주었다. 환하게 웃으며 서 있는 유미나를 비롯한 네 사람이 스마트폰에 찍혀 있었다.

"호오! 순식간에 그림을 그리는 마법인가? 같은 마법을 사용하는 녀석이 리프리스 황국에도 있다고 들었네. 이걸 꺼낼 수는 없는 건가?"

와, 황국에도 같은 마법을 사용할 줄 아는 사람이 있구나. 좀 보고 싶은걸? 아무래도 사진의 원리까지는 설명하지 않아도 될 듯했다.

"할 수 있어요. 종이나 복사할 수 있는 게 있으면요."

수왕 폐하가 가져온 종이에 찍은 사진을 보면서【드로잉】으로 복사했다. 그러자 곧장 세피아색으로 네 명의 소녀가 종이 위에 떠올랐다. 오래된 흑백 사진 같은 느낌이었다. 컬러로 복사할 수도 있지만, 이편이 더 상대가 이해하기 쉽다.

"오오! 굉장하군! 토야, 나도 그려줄 수 있겠는가?"

"그럼요."

본인이 있다면 카메라를 사용할 필요도 없이 본 그대로【드로잉】을 이용해 그림을 그릴 수 있다.

독특한 포즈 사진(?)을 그려서 주자, 수왕 폐하는 매우 기뻐하셨다. 근데, 그걸 시작으로 작은 고생길이 열렸다. 그 뒤를 이어 오르바 씨 가족을 그려 줬는데, 그걸 계기로 나도 해 달라, 나도 해 달라, 계속 사람들이 부탁을 해 와서, 모든 사람의 그림을 그려 줘야 하는 처지가 되었기 때문이다.

그림 한 장을 그리는 데는 10초 정도밖에 걸리지 않기 때문에, 그 자체로는 힘들지 않지만 이것도 마음에 안 든다, 저것도 마음에 안 든다고 하며 마음에 드는 자세를 바로 정하지 못하는 사람이 많아 시간이 많이 걸렸다. 완전히 즉석 사진기 취급이다. 솔직히 지친다.

이런 소동을 틈 타 리온 씨가 오리가 씨와 같이 있는 모습을 그려 달라고 부탁해 왔다. 물론, 그려 주었다. 이렇게 되고 보니 즉석 사진기라기보다는 거의 스티커 사진기인걸?

주요 인사들의 요구를 모두 들어준 뒤 한숨 돌리기 위해 파티장 밖으로 나갔다. 복도 구석에 설치되어 있는 소파에 앉아 휴식을 취했다. 조용해서 그런지 확실히 파티장보다 마음이 편하다.

멍하니 앞으로 쭉 뻗어 있는 복도를 바라보는데, 그 복도 끝 쪽을 기묘한 무언가가 가로질러 갔다.

"응?"

무심코 이상한 목소리가 새어 나왔다.

저 먼 복도에서 사뿟사뿟 걷고 있는 것. 겉모습은 간단하게 말해 곰이었다. 물론 아인의 나라이니까 곰 수인도 있다. 조금 전 파티장에도 몇 명인가 있었고 말이야. 하지만 걸어 다니는 것은 곰 봉제인형이었다.

키는 50센티미터 정도일까? 아무리 봐도 곰 인형인데……. 근데 왜 곰 인형이 사뿟사뿟 걸어 다니는 거지? ……내가 피곤해서 헛것을 보는 건가?

그때 걷고 있던 곰이 딱 멈춰 서더니 이쪽을 바라보았다. 으악, 눈이 마주쳤어.

삐——…….

삐————…….

삐——————…….

삐————————…….

전에도 이런 적이 있었는데. 응?

까딱, 까딱 하고 곰이 손짓을 했다. ……따라오라는 얘긴가? 어쩌지……?

결국 따라가 보기로 했다. 만약 위험해 보이면 【액셀】을 사용해 온 힘을 쥐어짜 내 도망치자.

곰은 사뿟사뿟 걸어 파티장에서 조금 떨어진 방 앞에 섰다. 문 손잡이에 손이 닿지 않는 곰이 솜씨 좋게 점프해 문손잡이를 돌려 문을 열었다. 안으로 들어간 곰이 또 까딱거리며 손짓을 했다. 들어오라는 건가?

"……어머나? 폴라, 기묘한 손님을 데리고 왔네?"

갑자기 들려온 목소리에 나는 깜짝 놀라 주변을 돌아보았다. 목소리가 들린 곳은 창문 앞의 소파로, 그곳에는 소녀 한 명이 걸터앉아 있었다.

　나이는 유미나나 아루마와 비슷한 또래일까. 트윈테일을 한 흰 머리카락에 황금색 눈동자. 프릴이 달린 검은 드레스에 검은 신발, 그리고 검은 헤어드레스. 마치 고스로리 의상 같았다. 보통은 그런 모습에 눈길이 가야 했겠지만, 나는 여자아이의 뒤로 펼쳐진 그것에 눈길이 갔다.

　달빛을 받아 반짝반짝 빛나는 엷고 반투명한 날개. 새의 날개가 아니라, 나비 같은 날개가 등에서 뻗어 나와 있었다. 혹시 요정족인가?

　"그래서? 당신은 누구지?"

　"아, 나는 토야. 모치즈키 토야. 이름이 토야야."

　"이셴 출신?"

　이제 그 얘긴 제발 그만했으면. 물론 비슷한 거라고 대답할 수밖에 없지만.

　"그렇구나. 오늘 파티에 온다고 했던, 용을 때려잡아 화제가 된 사람인가 보지?"

　"때려잡다니……. 응, 그야 그런데. 너는?"

　"어머, 미안해. 내 소개가 늦었네. 나는 요정족의 족장, 린이야. 얘는 폴라고."

　요정족의 족장?! 이 애가?! 놀라서 말도 못하는 나를 보더니, 린이 재미있다는 듯이 키득키득 웃었다.

　"이렇게 보여도 너보다 훨씬 연상이야. 요정족은 수명이 기니까."

　"연상?! 이라니, 얼마나……?"

순간 여성에게 나이를 묻는 건 실례가 아닐까 하는 생각이 들었지만, 린은 아무렇지도 않게 응~, 하고 생각을 하기 시작했다.

"몇 살이었더라……? 600살은 확실히 넘었을 텐데……."

"유, 육백?!"

"귀찮으니까 620세라고 생각해 줘."

저기, 생각해 달라니……. 눈앞의 저 소녀가 육백 살이 넘다니……. 이쪽 세계에서는 정말 별일이 다 있다. 나이를 듣고 보니 요정족의 족장이라는 것도 이해가 갔다.

"요정족은 성장이 늦나 보네?"

"……아니야. 요정족은 일정 연령이 되면 성장이 멈춰. 평범한 사람의 겉모습으로 치면, 십 대 후반이나 이십 대 초반 정도쯤에 성장이 멈추는데, 나는 좀 빨리 성장이 멈췄어."

뾰로통하게 입술을 내밀고는 중얼중얼 투덜거렸다. 아무래도 성장하지 않는 몸이 불만인 듯하다. 겉모습만 보면 유미나와 크게 다르지 않다.

그런 린을 위로하려는지 폴라가 의자 등받이에 올라가 칭찬하듯 린의 머리를 쓰다듬어 주었다.

"근데 그 폴라 말이야…… 혹시 소환수야?"

"아냐. 이건 보면 알겠지만, 곰 인형이야. 움직이는 건 내가 무속성 마법【프로그램】을 걸어놓았기 때문이고."

"【프로그램】?"

프로그램이라면 컴퓨터의 그건가? 설마 이 곰은 로봇?

"무속성 마법【프로그램】은 생명이 없는 물건에 어느 정도의 명령을 입력해 움직이게 하는 마법이야. 음, 예를 들면…….”

린이 후다닥 하고 방구석에 있던 의자를 내 앞으로 가지고 왔다. 그리고 손을 펴고 마력을 모으자 의자 아래에 마법진이 떠올랐다.

“【프로그램 개시/

이동 : 전방 2미터/

발동 조건 : 사람이 걸터앉을 때/

프로그램 종료】.”

의자 아래의 마법진이 사라졌다. 그리고 린이 그 의자에 걸터앉자 천천히 앞으로 2미터 정도 나아가더니 멈춰 섰다.

“속도 지정을 깜빡 했네. 아무튼, 이렇게 마법으로 명령을 심어 둘 수가 있는 거야.”

그렇구나. 확실히 【프로그램】이라고 할 수 있겠어. 입력한 것만 실행이 되긴 하지만, 물체를 자동적으로 움직이게 할 수 있는 거구나. 굉장히 유용하게 사용할 수 있을 것 같은데?

“그럼 폴라한테 ‘날아라’ 라는 명령을 심어 놓으면 날 수도 있는 거야?”

“그건 안 돼. 그런 힘까지는 없거든. 【프로그램】으로는 간단한 움직임밖에 재현하지 못해. 하지만 새의 모형에 달린 날개를 움직여서 날게는 할 수 있어.”

흠흠, 그렇구나. 제한이 있다, 라. 그래도 이 마법은 유용하겠어.

“그럼 나도 해 볼까.”

“뭐?”

의자에 마력을 모으자, 바닥에 마법진이 나타나 【프로그램】을 발동할 준비가 되었다.

"【프로그램 개시/

이동 : 사람이 걷는 속도로 뒤를 향해 5미터/

발동 조건 : 사람이 앉았을 때/

프로그램 종료】."

의자 아래의 마법진이 사라진 뒤, 시험 삼아 걸터앉아 보았다. 그러자 조금 전보다 조금 빠른 속도로 의자가 5미터 정도 뒤로 후퇴했다. 응, 써먹을 수 있겠어.

"너…… 지금 뭘 한 거야?"

린이 눈을 껌뻑거리며 나를 빤히 바라보았다.

"뭐냐니…… 【프로그램】?"

"왜 의문형일까……? 앗, 너도 【프로그램】을 사용할 줄 아는 사람이었어?"

"어~, 음~, 그런가 봐."

린이 수상하다는 듯이 나를 가만히 바라보았다.

빤————…….

빤————————…….

빤————————————…….

빤—————————————————…….

……이거, 폴라가 바라볼 때랑 똑같잖아. 이게 애완동물은 주

인을 닮는다는 그건가? ……좀 다른가?

이윽고 린이 후우 하고 숨을 내쉬더니 팔짱을 끼었다.

"이것저것 묻고 싶은 게 많지만 이번엔 그냥 넘어갈게. ……폴라한테 마음에 드는 사람이 있으면 데리고 오라고 했었는데, 참 재미있는 사람을 데려온 것 같아. 너는 샤를로트 이래 처음으로 발견한 보물일지도 몰라."

"샤를로트?"

익숙한 이름이 들려 무심코 반응을 해 버렸다. 설마 그 샤를로트 씨인가?

"내 제자 중 한 사람이야. 지금은 벨파스트에서 궁정 마술사를 하고 있다고 했었는데."

역시 그 샤를로트 씨였구나. 어? 잠깐만…… 그렇다는 건…….

"아~! 쓰러질 때까지 마법을 쓰게 한 다음 마력을 억지로 회복시키고, 또 쓰러질 때까지 마법을 쓰게 하는 식으로 지옥의 수행을 시켰다는 악마 스승이구나!"

"응?!"

와, 진짜 무섭다. 그렇게 째려보지 마세요. 제가 한 말이 아니라고요. 죄송합니다. 정말 죄송합니다.

"……뭐, 좋아. 샤를로트는 언젠가 한 대 쥐어박는다 치고. 토야, 네 마법 재능은 정말 대단해. 무속성 이외에는 어떤 속성을 사용할 수 있어?"

"모든 속성을 다 쓸 수 있는데."

"……이젠 놀랍지도 않아."

잠시 한숨을 내쉬고 생각을 하던 린이 천천히 황금색 눈으로 이쪽을 바라보더니, 자신의 눈앞에서 짝 하고 손뼉을 쳤다.

"————결정했어. 너, 내 제자가 돼라."

"뭐?!"

　트윈테일의 고스로리 소녀는 요정 날개를 흔들면서 작게 웃었다.

　어제 나는 요정족의 족장인 린에게 '내 제자가 돼라.' 라는 말을 들었지만, 정중하게 거절해 두었다. 대체 누가 좋다고 악마 스승의 제자로 들어갈까. 나에게 그런 변태적인 취향은 없다. 물론 린은 계속 투덜거렸지만.

　그 뒤, 파티도 무사히 끝나 우리는 각자에게 배정된 방에 돌아가 편안한 침대에서 잠을 청했다. 너무 오랜만에 제대로 된 침대에서 자는 거라 그런지 좀처럼 잠이 들지 못했지만, 어느새 잠이 들었는지 눈을 떠 보니 아침이었다.

　자, 오늘도 살짝 시험해 보고 싶은 게 있었다. 그래서 스마트폰으로 몇몇 사이트를 돌아다니며 목적에 맞게 사용할 수 있을 만한 것들을 죄다 【드로잉】으로 복사했다. 응, 대충 다 모인 것 같다.

　방으로 가져다준 아침 식사를 가볍게 마친 다음, 복사한 종이 뭉치를 들고 코하쿠와 함께 재상 그라츠 씨를 찾아갔다.

외출을 하고 싶다는 의사를 전달하고 성문 안팎을 오갈 수 있는 통행허가증인 메달을 빌렸다. 그때 재상에게 【드로잉】으로 자화상을 그려 달라는 부탁을 받았다. 아마 그라츠 씨도 가지고 싶었던 모양이다.

그다음엔 리온 씨를 찾아가 장기 세트를 건네주었다. 그리고 겸사겸사 리플렛 마을이 장기로 지역을 활성화시키려고 한다는 사실을 오르바 씨에게 전해 달라고 부탁했다.

"어? 외출하시게요?"

성안에서 볼일을 모두 끝낸 나와 코하쿠가 성 밖으로 나가기 위해 성문 쪽으로 가려는데, 중간에 유미나, 린제와 딱 마주쳤다. 두 사람 모두 아침을 다 먹고 안뜰로 아침 산책을 나온 모양이었다.

"잠깐 상점가에 물건을 사러 가려는데, 같이 갈래?"

"네, 같이 갈래요."

"저도, 요."

에르제와 야에도 부르려고 했는데, 린제가 두 사람은 모두 미스미드의 전사장들과 그 투기장에서 합동 훈련을 할 거라고 말해 주었다. ……설마 수왕 폐하까지 참가하진 않았겠지?

세 사람과 호랑이 한 마리가 성문을 빠져나가 상점가를 향해 갔다.

자, 으음~, 어?

"……금속은 어디서 팔지?"

"금속, 말인가요?"

"응. 철이라든가 동이라든가 놋쇠라든가, 그런 거. *잉곳

---

* 잉곳(ingot) : 금속 또는 합금을 한번 녹인 다음 주형에 흘려 넣어 굳힌 것.

(ingot)째로 팔면 좋겠는데."

"잉곳이 뭔지는 잘 모르겠지만, 대장간에 가면 주지 않을까요?"

아, 그러고 보니 그러네. 스마트폰을 꺼내 대장간을 검색. 몇 군데인가 있다. 제일 가까운 곳으로 가 볼까.

동쪽 거리를 똑바로 걸으니 교차로 모퉁이에 대장간이 있었다. 카~앙, 카~앙 하고 망치를 두드리는 소리가 가게 안에서 들려왔다.

"어서 옵쇼. 칼을 갈아 드릴깝쇼? 아니면 뭘 고쳐 드릴까요?"

가게 앞에 있던 유각인 점원이 말을 걸었다. 교섭을 해 보니 기꺼이 만들어 주겠다고 해서, 문고판 책 두 권 정도 되는 널빤지 모양의 철, 놋쇠, 납을 몇 장 구입했다. 그리고 마침 맞은편에 있던 도구점에서 작은 목재와 구두창으로 쓰는 고무판도 사 두었다.

"자, 이제는 화약인가……."

일단 「화약」이라고 검색하자, 순식간에 결과가 나타났다. 마법 도구 취급점……. 응, 마법 도구라고도 할 수 있으려나?

아무튼 간에 그곳에서 화약을 중간짜리 병으로 세 개 정도 샀다. 일단 이 정도면 재료가 다 갖춰진 거겠지?

"……뭘 만드시려고요?"

린제가 내가 산 물건을 보고 의아하다는 듯이 물었다.

"무기를 만들어 볼까 해서."

"무기?"

고개를 갸웃하는 두 사람을 데리고 뒷골목으로 들어간 뒤, 일단 【게이트】를 통해 성안의 방으로 되돌아갔다. 그리고 놔두었던 1

미터 정도의 용의 뿔을 들고 다시 【게이트】를 열어 미스미드 왕도로 가는 길에 지나쳤던 숲으로 이동했다.

이곳이라면 사람들 눈도 없고 괜찮을 듯하다.

그곳에 있던 나무 그루터기 위에 종이 뭉치를 올려놓은 뒤, 바람에 날아가지 않도록 잉곳을 그 위에 올려 두었다.

"좋아, 그럼 이 용의 뿔을…… 아."

아차. 이대로는 사용할 수 없다. 작게 잘라야 하는데. 뭔가 자를 만한 게…… 앗, 애초에 평범한 도구로는 안 잘리려나?

"린제, 미안한데 마법으로 이걸 잘라 줄 수 있겠어?"

"그럼요."

뿔의 끝에서 여기까지라고 범위를 지정해 주었다.

"【물이여 오너라, 맑고 차가운 칼날, 아쿠아커터】."

촤악 하는 소리를 내면서 용의 뿔이 다양한 크기로 절단되었다. 정말로, 린제가 있어서 다행이야. 잘린 뿔을 들어 보니 보기보다 꽤 가벼웠다. 마치 플라스틱 같다. 이렇게 가벼우니 진짜로 단단할까 좀 불안하기도 한데, 실제로는 철보다 훨씬 더 단단하다니 정말 대단하다는 생각이 절로 들었다.

앗, 감탄하고 있을 때가 아니지. 시작해 볼까.

복사해 둔 종이 뭉치를 노려보면서 부품 하나하나를 외워 갔다. 조금 이상해져도 나중에 조금씩 조정해 가면 그만이지만.

좋아, 해 볼까.

"【모델링】."

뿔의 형태를 서서히 변형시켰다. 총신, 탄창, 공이치기, 방아쇠…… 등의 부품을 만들고, 동시에 목재로 손잡이를 만들면서 그것들을 조합해 갔다.

10분 후, 내 손안에는 검게 빛나는 한 정의 회전식 권총, 리볼버가 쥐어져 있었다.

일단은 레밍턴 뉴모델아미라는 권총을 참고했는데, 조금 짧게 만들어진 듯했다. 하지만 크게 다르지는 않았기 때문에 신경 쓰지 않기로 했다.

연사가 가능했으면 했기 때문에 싱글액션을 더블액션으로 바꾸거나, 실린더 부분을 개조하거나 했으니, 알맹이는 완전히 별개의 물건이다. 디자인이 멋있어서 겉모양을 참고했을 뿐이니까.

총을 쥐고 감촉을 확인해 보았다. 응, 나쁘지 않아. 좀 가볍긴 하지만. 가벼워서 나쁠 건 없다고 생각한다.

"자, 다음은 총알이구나."

잉곳과 화약을 사용해 탄두, 탄피, 화약, 테두리, 신관 등을 인터넷에서 조사한 대로 만들어 갔다.

몇 종류의 총알을 50발씩 만들어 보았다. 일단은 이 정도면 되겠지.

회전식 탄창에 총알을 여섯 발씩 넣어야 하는데…… 그 전에.

"【인챈트 : 어포트】."

총에 【어포트】 마법을 부여했다. 그리고

"【프로그램 개시/

발동 조건 : 소유자에 의한 '리로드'의 발신/

발동 내용 : 고속으로 빈 탄피를 배출, 【어포트】에 의해 반경 1

미터 이내의 총알을 끌어당겨 빈 탄창에 재장전/

　프로그램 종료】.”

　응, 좋아. 일일이 총알을 장전하는 것도 귀찮으니까. 그러면 오토매틱으로 만들면 되지 않느냐고 할지 모르지만, 이건 취향의 영역이다. 리볼버 쪽이 훨씬 멋지다.

　이번에야말로 총알을 장전한 뒤, 눈앞의 나무를 향해 리볼버를 겨누고 방아쇠를 당겼다.

　타앙! 하는 폭발음을 내며 총알이 발사되었다. 오오, 생각보다 충격이 큰걸? 옆에 있던 린제와 유미나가 귀를 막았다. 총알은…… 빗나갔나 보네.

　이어서 두 발, 세 발을 연속으로 쏘았지만, 그다지 명중 정확도가 높지 않은 듯했다. 내 실력이 모자란 건가. 똑바로 날아가지 않는 것 같은 게…… 아.

　강선을 만들지 않았구나. 총신 안에 있는 나선형 홈. 분명 자이로 효과인가 뭔가라고 했었는데, 총알을 회전하게 만들어 똑바로 날아가게 하는 거라고 했었지?

　【모델링】을 발동해 강선을 만들어 보았다. 그리고 다시 한 번 총을 쏴 보니, 이번엔 조금 전보다 똑바로 앞을 향해 날아갔다.

　총알을 모두 다 쏘고 난 뒤, 재장전이 되는지 확인해 보았다.

　“리로드.”

　내 말과 동시에 빈 탄피가 파바바바바바밧 하고 배출되어 지면에 떨어졌다. 그리고 나무 그루터기 위에 올려 둔 총알 여섯 발이 사라지더니, 실린더에 재장전되었다. 방아쇠를 당겨 본다. 총알이 다시 발사되었다. 응, 문제없어 보인다.

"완성됐나요?"

"응, 대충. 이건 '총'이라고 하는 건데, 원거리 공격 무기야. 한 손으로 다룰 수 있는 데다 화살보다 강력해."

"······굉장하네요. 대포를 작게 만든 건가요······?"

린제가 내가 손에 쥐고 있는 총을 바라보면서 작게 중얼거렸다. 초기 단계의 대포는 이 세계에도 있는 듯하지만, 솔직히 【익스플로전】을 사용할 수 있는 마법사가 한 명만 있으면 충분히 제압할 수 있기 때문에 그다지 많이 활용되지는 않는 모양이었다.

"총은 이걸로 완성됐지만 아직 시험해 볼 게 남아 있어."

나는 그렇게 말하며 탄창에서 총알을 모두 빼낸 뒤, 총알을 한 개만 집어 들었다.

"【인챈트 : 익스플로전】."

총알에 폭발 마법을 부여했다. 그리고

"【프로그램 개시/

발동 조건 : 총구에서 발사된 탄두가 목표물에 닿을 때/

발동 내용 : 총알을 중심으로 【익스플로전】을 발동/

프로그램 종료】."

마법을 부여한 총알을 회전식 탄창에 넣고, 조금 전에 총알을 발사해 구멍투성이가 된 나무를 향해 총을 쏘았다.

타앙! 하는 폭발음과 함께 총알에 맞은 나무를 중심으로 주변 나무들도 모두 산산조각이 났다. 【익스플로전】이 발동된 것이다.

"앗······!"

"우와와……."

린제와 유미나가 소스라치게 놀란 표정을 지었다. 좋아. 이걸로 주문을 외우지 않고 공격 마법을 쓸 수 있게 됐어. 매번 총알에 【인챈트】와 【프로그램】을 해야 하는 건 귀찮지만. 아니, 한꺼번에 해치울 수도 있으니 그렇게 귀찮지는 않으려나?

고무탄에 【패럴라이즈】를 부여하면 상대를 죽이지 않고 제압하는 것도 가능하다. 이렇게 편리한 무기가 세상에 어디 있을까. (상대가 마법을 방어하는 부적을 가지고 있으면 【패럴라이즈】는 효과가 없지만).

"토야 오빠. 그 총을 저한테도 하나 만들어 주면 안 될까요?"

"저도 하나 있었으면, 해요."

"응?"

유미나와 린제의 요청을 듣고 으~응 하고 잠시 생각을 해 보았다. 뒤에서 싸우는 두 사람이 이런 무기를 가지고 싶어 하는 마음은 충분히 이해하지만, 너무 위험하지 않을까 걱정되었기 때문이다. 과보호인가?

애당초 유미나는 활처럼 위험한 무기를 다루고 있고, 린제는 드래곤의 날개를 잘라 낼 정도니, 너무 새삼스러운 걱정이려나?

속성을 무시하고 마법을 사용할 수 있게 되면 전투를 할 때 상당히 유리해지는 게 사실이다. 불 속성이 없는 유미나가 【익스플로전】을 사용할 수도 있게 되는 거니까.

"그럼 일단 이 안에서 좋아하는 디자인을 골라 봐."

그림 검색에 잡힌 다양한 총을 【드로잉】으로 떠오르게 했다. 두 사람 모두 뚫어져라 바라보더니, 유미나는 콜트 M1860 아미를, 린제는 들창코라는 별명이 붙은 총신이 짧은 타입의 S&W M36을 선택했다.

린제는 그렇다 쳐도 유미나는 손에 비해 좀 큰 게 아닌가 생각했지만, 고른 건 디자인이니 사이즈는 어떻게든 조절할 수 있다. 알맹이는 내 것도 포함해 거의 다르지 않으니까. 구경이라든가 말이지.

참 대충 만들고 있구나……. 총 마니아가 보면 화를 내겠어. 총알을 쏘는 것이 목적이라면 장난감 총처럼 만들어도 괜찮았으려나? 아니지, 이건 내 나름의 고집이라고 할까. 총을 쏴 보고 싶었으니까.

두 사람의 총도 잘라 낸 용의 뿔로 만든 다음 건네주었다. 일단 【프로그램】으로 본인 이외에는 방아쇠를 당길 수 없게 해 두었다.

아무런 마법이 부여되지 않은 고무탄을 백 발 정도 만들어 반씩 나누어 주자, 두 사람은 바로 총을 쏘면서 감촉을 확인해 보았다.

용의 뿔로 만든 덕분에 평범한 총보다 가벼워 여자아이라도 쉽게 다룰 수 있는 듯했다.

자, 여기서부터가 진짜다. 총은 어디까지나 나의 주무기를 만들기 위한 토대에 지나지 않는다.

"【모델링】."

잘라 낸 용의 뿔을 변형시켜 다시 총의 형태를 만들었다. 하지만 지금까지와는 달리 총의 형태가 이질적이다.

총구 하단과 방아쇠 가드의 앞으로 뻗어 있는 칼날. 개머리가 완만한 커브를 그리는 등, 전체적으로는 직선에 가까운 형태였다. 총이라기보다는 단검에 가깝다.

총과 나이프의 결합. 말이 나이프지 날 길이가 30센티미터 가까이 되고, 꽤 두꺼웠다. 그리고 두껍게 만드는 데에는 나름의 이유가 있다.

"【프로그램 개시/

발동 조건 : 소유자의 '블레이드 모드', '건 모드' 발언/

발동 내용 : 【모델링】을 이용한 도신 부분의 단검에서 장검, 장검에서 단검으로의 고속 변형/

프로그램 종료】."

이어서 지금까지와 마찬가지로 리로드 기능도 【프로그램】으로 심어 두었다. 총알을 리로드하여 무기를 겨누고 방아쇠를 당겼다. 총성과 함께 총알이 나뭇가지를 손쉽게 파괴했다. 좋아, 총의 기능엔 문제없다.

"블레이드 모드."

내 말에 따라 순식간에 날 길이 30센티미터의 나이프가 80센티미터의 검으로 변형되었다. 두꺼운 도신이 3분의 2 정도 얇아져, 그만큼 늘어난 것이다.

장검이 된 상태로 한번 휘둘러 보았다. 전혀 무겁지 않다.

"건 모드."

다시 도신이 짧고 두껍게 되돌아갔다. 좋아, 변형 기능도 아무 문제 없어.

"대단하네요. 검도 총도 되는 건가요?"

"항상 앞에서만 싸우는 에르제나 야에, 항상 뒤에서 싸우는 두 사람과는 달리 나는 양쪽 다 대비해 두는 게 좋을 것 같아서."

유미나의 질문에 전부터 생각했었던 이야기를 해 주었다. 그리고 수왕과 싸우면서 마법을 사용할 수 없을 때의 대비책도 마련해 두어야 한다는 생각을 했다. 그 대답이 이 무기다.

"……그런데, 이 무기의 이름은 뭔가요?"

"으음~, '브륀힐드'……라고 지어 둘까."

린제의 질문에 쓴웃음을 지으며 대답했다. '엑스칼리버'라든가 '발뭉'이라든가 하는 전설에 나오는 무기의 이름이 아니라 좋아했던 고전 게임에 나오는 최강의 무기를 이름으로 삼았다. 그 게임, 참 재미있었는데. 할아버지가 가지고 있던 옛날 게임이었지만.

새로 손에 넣은 무기 브륀힐드를 바라보면서, 나는 어릴 때 동경했던 판타지 세계에서 지금 이렇게 검을 휘두르고 있는 상황에, 새삼 자신의 인생이 얼마나 파란만장한지를 깨달았다.

◇　　　◇　　　◇

대략 시험 삼아 총도 쏴 보고 【프로그램】이 잘 작동하는지도 실험해 본 다음, 블레이드 모드일 때 내구성이 얼마나 되는지도 확인을 해 보았다.

부품을 조합해 만들기는 했지만【모델링】으로 가동하지 않는 부분은 거의 일체화시킨 데다, 용의 뿔 자체가 워낙에 튼튼했기 때문에 굵은 거목 정도는 아무런 어려움 없이 잘라 쓰러뜨릴 수가 있었다. 이전에 사용하던 검과는 비교도 할 수 없이 날카롭다.

그리고 우리는 다시 상점가로 돌아가 나이프용 가죽 칼집 세 개와, 비교적 큰 가죽 칼집 하나를 구입했다. 그리고 나는【모델링】으로 그것들을 변형시켜 총을 넣을 수 있는 홀스터를 만들었다. 사람들이 다 볼 수 있게 들고 걸어 다니면 너무 눈에 띄니까.

그리고 총알을 넣을 수 있는 전용 웨이스트 파우치 세 개를 구입했다. 지금은 마을 안이라 마수에게 습격당할 염려가 없어 두 사람에게는 일단【패럴라이즈】를 부여한 고무탄만을 주었지만, 내 총에는 고무탄 외에 실탄도 들어가 있다. 아, 혹시 리로드를 하는 유미나와 린제 바로 옆에 내가 있으면 내 실탄이 섞여 들어가게 될 가능성도 있구나…….

그 사실을 깨달은 나는 두 사람의 총을 다시【프로그램】했다. '범위 내에 있는 발신자가 원하는 총알을', '리로드' 한다. 원래【어포트】마법이기 때문에 이 정도는 가능하다.

나머진 총알에 뭘【인챈트】할까인데…….【익스플로전】은 린제도 옛 왕도의 유적에서 사용한 적이 있었는데, 산더미 같은 잔해를 단숨에 날려 버릴 정도의 위력이 있었으니…… 너무 강하다.【이그니스파이어】정도라면……. 그래도 총알이 목표물에 맞자마자 불덩어리가 되어 버릴 텐데…… 이것도 너무 강한 것 같다.

음, 사람을 상대로 할 때는 【패럴라이즈】 정도면 충분하려나?
설사 부적을 지니고 있어 효과가 없다고 하더라도, 고무탄 정도
의 위력이면 상당한 대미지를 줄 수 있겠지. 나머진 천천히 생각
해 보자.

"모처럼 상점가까지 왔으니 뭐라도 먹고 갈까?"

"그거 좋네요. 이 나라의 향토요리를 먹어 보고 싶어요."

"분명히 '카라에' 라는 요리가 유명, 해요."

'카라에' 라. 얘기가 나온 김에 먹어 볼까. 근처의 노점에서 팔
고 있는 듯해 가 보았다. 입간판에 '비프 카라에', '치킨 카라에',
'돈가스 카라에' 라는 메뉴가 적혀 있었다. 응? 이 냄새는…….

유미나는 비프 카라에, 린제는 치킨 카라에, 나는 돈가스 카라
에를 주문한 뒤, (코하쿠는 무슨 이유에선지 먹기를 거부했다)
노점 옆의 테이블에 앉자, 금세 주문한 메뉴가 나왔다.

이 색깔, 이 냄새…… 역시 카레지? 밥은 없으니 카레라이스는
아니지만.

"저기, 이거……."

매울지도 모른다고 말을 하기도 전에 두 사람은 바로 숟가락으
로 음식을 입에 넣었다.

""앗?!""

덜컥! 입을 손으로 가리고 벌떡 일어나 울상을 짓는 두 사람. 아~,
역시 매웠구나. 순한맛이었으면 좋았을 텐데. 두 사람의 모습을 보
니 꽤 매운듯하다.

두 사람 다 테이블 위에 놓여 있던 주전자로 컵에 물을 따라 단

숨에 들이켰다. 그 모습을 보면서 나도 한입 먹어 봤는데, 상당히 매운 편이었다. 많이 먹어 봐서 익숙한 나도 이럴 정도니, 처음으로 먹어 보는 두 사람에게는 상당한 충격이었겠지.

"대단햔 맛이혜효……."

"아딕, 혀가 저릿저릿해효……."

말이 제대로 나오지 않을 만큼 매웠구나. 카라에 요리 노점에서 일어선 우리는 입가심도 할 겸 다른 노점에서 팔고 있던 과일 주스를 사서 마셨다.

"익숙해지면 그렇게까지 맵게 느껴지진 않아."

"토야 오빠는 카라에를 드셔 본 적이 있었나효?"

"응~, 비슷한 거라면."

아직도 말을 제대로 하지 못하는 유미나에게 애매하게 대답했다. 린제도 주스에 들어가 있던 얼음을 입에 머금고 빙글거리며 녹여 먹고 있었다. 그러고 보니 이쪽 세계에는 매운 음식이 별로 없었네? 벨파스트에서는 달콤한 음식이 많았던 것 같아. ……응?

그런 생각을 하는데, 누군가의 시선이 느껴져 주변을 돌아보았다. 으응? 이 느낌…… 전에도 분명히…….

'주인님. 누군가가 이쪽을 감시하고 있습니다. 아마도 이전의 그 녀석들이 아닐까 생각합니다.'

코하쿠가 텔레파시로 말을 걸어왔다. 역시나.

'랭글리 마을에서 우리를 보고 있던 녀석들인가…… 좋아, 살짝 인사를 해 볼까. 어디 있는지 알겠어?'

'주인님이 앞을 보고 있는 방향에서 오른쪽, 제일 높은 건물 위

입니다.'

아무것도 모르는 척을 하면서 슬쩍 건물 위를 올려다보았다. 3층 건물의 옥상 같은 곳에 분명히 누군가가 있다. 꽤 멀지만.

"일단 준비는 해 둘까? '리로드'."

허리에 찬 총검 브륀힐드에 【패럴라이즈】를 부여한 고무탄을 장착했다.

"토야 씨?", "토야 오빠?"

갑작스러운 리로드에 두 사람이 의아한 눈으로 나를 바라보았지만, 설명은 나중이다.

'코하쿠는 두 사람을 지켜 줘.'

'조심하십시오.'

좋아, 가 볼까.

"【부스트】."

신체 강화 마법을 사용해 단숨에 뛰어올랐다. 그대로 옆에 있던 건물의 옥상에 착지한 뒤, 다시 앞에 있는 건물의 지붕 위로 이동했다. 지붕에서 지붕으로, 단숨에 달려 나가 수수께끼의 감시자가 있는 건물 위에 도착했다.

"여."

"",""!""

가볍게 인사하며 내가 찾아가자 그곳에 있던 두 감시자는 깜짝 놀랐다, 라고 생각한다.

왜 '라고 생각한다' 냐면, 표정을 알 수 없었기 때문이다. 두 사람은 모두 똑같은 검은 로브를 두르고 있었고, 슬쩍 보이는 로브

아래도 모두 검은 옷이었다. 그리고 후드를 쓴 얼굴을 가린 흰 가면. 이마에 기묘한 문양이 그려진 가면이다. 두 사람 모두 문양이 같은 줄 알았는데, 한 사람은 육각형, 또 한 사람은 가로로 긴 타원형 문양이었다.

"어~, 말은 통하려나? 너희가 누군지, 그게 알고 싶어서 왔는데……."

갑자기 이마에 육각형 모양이 그려진 쪽이 작은 시험관 같은 것을 꺼내더니, 발밑으로 세게 내던졌다. 순간, 엄청난 섬광이 주변을 휘감았다.

"큭……!"

빛이 사라진 뒤 눈을 떠 보니, 그곳에는 이미 아무도 없었다. 도망간 건가. 하지만 그렇게 놔둘 순 없지. 스마트폰을 꺼내 「가면을 쓴 수상한 자들」이라고 검색했다. 아, 있다. 북쪽 골목길로 도망치고 있구나. 아직 쫓아갈 수 있다.

"【액셀 부스트】!"

마법으로 엄청난 속도로 가속하며 지붕 위를 달렸다. 경치가 어마어마한 속도로 흘러갔고, 순식간에 뒷골목으로 도망치고 있는 두 사람을 지붕 위에서 포착할 수 있었다.

먼저 앞쪽으로 돌아 두 사람 앞에 내려섰다.

""?!""

여전히 가면을 쓰고 있었기 때문에 잘 알 수는 없었지만, 아마 놀랐으리라 생각한다. 하지만 육각형이 또 품에 손을 넣어 조금 전의 그 시험관을 꺼내려 했다. 앗, 그렇게는 안 되지.

나는 주저하지 않고 총검 브륀힐드를 빼내 시험관을 꺼내려고 하는 육각형을 향해 방아쇠를 당겼다.

총검과 함께 육각형이 쓰러졌다. 아무래도 마비를 방어하는 부적을 지니고 있지 않은 듯했다. 파트너가 총에 맞자 또 한 사람, 타원형은 나와 쓰러진 육각형을 번갈아 바라보면서 어떻게 하면 좋을까 망설이는 듯했다. 지금이다! 골목길에 다시 한 번 총성이 울려 퍼졌다.

"자, 어떻게 할까."

마비되어 있는 두 사람을 【모델링】으로 변형시킨 와이어로 묶어 놓고, 뒷골목의 벽에 기대 놓았다. 가면을 벗겨 정체를 확인하는 것도 좋지만, 【패럴라이즈】는 몸이 마비될 뿐 의식은 사라지지 않는다. '일족의 규칙에 따라 얼굴을 보였으니 살아 있을 수 없다.'라든가, '우리의 얼굴을 본 상대는 반드시 죽인다.'라고 하는 최악의 상황을 피하기 위해 일단 가면을 벗기지는 않았다.

"이제 마비를 풀어줄 텐데, 얌전히 있어야 해?"

나는 두 사람의 눈을 바라보면서 그렇게 말한 뒤, 마력을 모았다.

"【리커버리】."

부드러운 빛이 가면을 쓴 두 사람을 감쌌다. 이걸로 두 사람에게서는 마비 효과가 사라졌을 것이다. 자, 뭔가 얘기를 해 줬으면 좋겠는데.

"너희는 누구지? 왜 우리를 감시한 거야?"

"……."

으으음, 묵비권입니까.

그때 와이어가 몸을 파고들어 아픈지 육각형 쪽이 몸을 비틀었다. 아니, 탈출하기 위해 무언가를 하려고 했던 것인지도 모른다. 조금 전의 그 섬광탄(?)처럼 와이어를 끊을 수 있는 약품을 들고 있으면 좀 귀찮은데. 만약을 위해 도구는 모두 꺼내 둘까.

나는 육각형의 품에 손을 넣었다.

"흐학?!"

육각형의 귀여운 목소리와 물컹 하고 손에 전달되는 부드러운 감촉. 그게 무엇인지 이해한 순간, 온몸에서 땀이 화악 하고 배어 나왔다.

"여, 여, 여자분이셨, 어요?!"

육각형이 살짝 고개를 끄덕였다. 손을 재빨리 빼냈지만, 여전히 손에 부드러운 감촉이 남아 있었다. 이런. 얼굴이 빨개진 것 같다. 어? 근데 방금 그 목소리…… 어디선가 들어본 듯한…….

그때, 조금 전에 손을 뺐을 때 건드렸는지 육각형 문양이 그려진 흰 가면이 까라락 하는 소리를 내며 지면에 떨어졌다. 그 안에서 나타난 얼굴은 내가 알고 있는 여성이었다.

"어?! 라피스…… 씨?!"

지금 벨파스트의 왕도에 있어야 할 우리 집의 메이드가 얼굴을 붉히면서 또 고개를 작게 끄덕였다.

◇   ◇   ◇

"우리는 '에스피온'. 벨파스트 국왕 폐하 직속의 첩보원입니다."

"국왕 폐하의?"

"네. 지금은 공주님의 신변 경호를 맡고 있습니다."

라피스 씨의 설명을 들으니 그제야 이해가 갔다. 일국의 공주를 나한테 맡기다니, 너무 방임하는 게 아닌가 생각했는데, 이런 거였구나. 몰래 유미나를 지키고 있었다는 말이다.

그러고 보니 '은월'의 천장 위에서도 소리가 났었지……? 쥐인 줄 알았는데, 어쩌면 라피스 씨였을지도 모른다. '에스피온'은 경호와 스파이를 합친 거려나?

"경호는 라피스 씨를 포함해 두 명이에요?"

"아니요~, 몇 명 더 있어요~. 모두 여자이지만요~."

말을 길게 늘어뜨리며 대답하는 우리 집의 또 다른 메이드. 가면을 벗은 세실 씨는 생글생글 하고 전혀 긴장하지 않은 얼굴로 미소 지었다. 모두 여자구나. 천장의 위쪽 같은 곳에 숨어 경호를 하는 거니, 옷을 갈아입는 등의 사생활 문제를 생각하면 그편이 바람직할 것 같다.

"그럼 계속 따라온 거예요? 벨파스트에서부터요?"

"그게 임무니까요."

"그러고 보니 그때 【게이트】를 통과해 집에 돌아갔을 때는 두 분 다 안 계셨었는데. 그렇다면, 집사인 라임 씨도 한패인가."

"맞아요~."

완전히 속아 넘어갔다. 더욱 자세히 물어보니, 메이드 길드에 소속되어 있는 건 사실인 듯했다. 잠입 수사를 위해 필요한 자격이기 때문에 '에스피온' 여성 멤버는 거의 대부분 메이드 길드에 소속되어 있는 모양이다.

"아, 혹시 검은 용과 싸울 때 나이프를 던져 준 사람이……."

"아, 세실이에요. 세실은 나이프 던지기의 달인이거든요."

"에헤헤헤~. 달인이란 소릴 들을 정도는 아니에요~."

쑥스러운 듯 뺨을 붉히는 세실 씨. 이 명해 보이는 사람이 말이지……. 사람은 정말 겉모습만 보고는 판단하기가 어렵다.

그런 세실 씨가 갑자기 몸을 추욱 늘어뜨리더니, 머뭇거리며 나를 올려다보았다.

"저어, 그런데~ ……역시 저희는 잘리는 걸까요~……."

"네? 왜요?"

"저희는 주인어른 밑에서 일하라고 고용된 메이드인데, 이런 짓을 해 버렸으니까요~……."

아, 그런 얘기구나. 나에게 고용된 몸이면서도 뒤로는 임금님에게 명령받은 일을 한 게 신경 쓰이는 건가.

"제가 왜 자르겠어요? 폐하도 딸이 걱정돼서 두 사람을 보내신 걸 텐데요. 그런 걸로 잘라야 한다면, 라임 씨도 잘라야 하잖아요?"

내가 그렇게 마음이 좁아 보였나? 딸을 걱정하는 아버지의 심정 정도는 알 수 있을 만한 도량을 지녔다고 생각하는데.

두 사람은 다행이라는 듯이 가슴을 쓸어내리며 숨을 내쉬었다.

"그런데 이제부터 어떻게 하실 거죠?"

"지금까지처럼 뒤에서 유미나 님을 지키겠습니다……. 그런데, 주인어른께 한 가지 부탁이……."

이번엔 라피스 씨가 머뭇거리며 나를 올려다보았다. 역시 주인어른이라는 말은 어색해…….

"저희의 정체를 부디 공주님께는 비밀로 해 주세요……."

아, 몰래 지켜야 하는 임무니 정체를 들키면 역시 안 되겠지?

"공주님께 호위가 있다는 걸 들키면~, 국왕 폐하가 공주님께 혼나요~."

그런 이유였던 거냐……! 흠, 딸을 믿고 보내 준 것처럼 잔뜩 멋을 부렸는데, 실은 전혀 믿고 있지 않았다는 말이 되는 거니까. 아버지 역할을 하기도 정말 힘드네…….

비밀로 하는 데에는 나도 딱히 반대하지 않는다. 일단 지금까지처럼 하기로 하고 두 사람과 헤어진 뒤, 유미나와 린제가 있는 곳으로 되돌아갔다.

코하쿠에게는 텔레파시로 사정을 설명했지만, 유미나와 린제에게는 "놓쳤어."라고 거짓말을 했다. 실제로 그 섬광탄 때문에 한 번 놓치기도 했고. 두 사람은 의아한 표정을 지었지만 간신히 얼버무리고 그날은 그만 성으로 돌아갔다.

다음 날. 벨파스트와 미스미드의 동맹에 대해 논의하기 위해 국왕끼리 회담을 하기로 했다.

정상회담인 셈인데, 누가 누구의 나라로 갈 것인지로 살짝 의견이 엇갈렸다. 결국 벨파스트 국왕이 미스미드에 오기로 하고, 이동하기 위해(그렇게 하자고 정해 둔 대로) 거울을 회의실에 설치했다.

회의실 안에는 리온 씨를 비롯해 우리와 함께 온 벨파스트의 기사들, 미스미드 측의 수왕 폐하와 재상 그라츠 씨, 늑대 수인 가른 씨가 대장인 전사단 몇 명이 들어와 있었다.

거울 앞에 【게이트】를 열자, 그 안에서 국왕 폐하와 남동생인 오르트린데 공작이 나타났다. 그리고 당연하게도 한 나라의 국왕을 정중하게 맞이했다.

"미스미드에 어서 오십시오, 벨파스트 왕이시여."

"초대해 주셔서 감사합니다, 미스미드의 왕이시여."

서로 악수를 나누었다. 여기서부터는 국가 대 국가의 논의다. 외부인인 나는 자리를 피하자.

인사를 하고 회의실 밖으로 나갔다. 이제는 회담이 순조롭게 진행되길 바랄 뿐이다.

그때 복도 저편에서 사뿟사뿟 걷는 곰 인형, 폴라를 데리고 린이 이쪽으로 다가왔다. 여전히 검은 고스로리 의상이다.

"벨파스트 국왕이 왔나 보네."

"응, 조금 전에. 지금 회담하는 중이야."

좌우에 경비병이 서 있는 문 쪽을 가리키면서 린에게 대답했다.

"그건 그렇고, 제자가 될 마음은 들었어?"

"그러니까, 그럴 생각은 없다고 했잖아."

그때부터 끈질기게 나를 제자로 삼으려고 하는 린. 끝내는 임시 제자라도 괜찮다는 말까지 꺼냈다. 뭐야 그 임시 동아리 가입 같은 말은. 애당초 그건 제자보다 더 낮은 거 아냐?

옆에 있던 폴라도 '이쪽으로 와!' 라고 말하는 듯한 몸짓으로 나를 불렀다.

"그건 그렇고 폴라는 인형인데 정말 생기가 넘치네……. 마치 살아 있는 것 같아."

"그렇게 되도록 【프로그램】을 계속 추가했으니까. 벌써 200년 가까이 다양한 반응과 상황에 스스로 대처할 수 있도록 개선해 왔어. 사람도 맞아서 아프면 울고, 놀림을 당하면 화내잖아?"

200년이나. 그 수없이 많이 축적된 【프로그램】이 이렇게 자연 스러운 움직임을 이끌어 내는 거구나.

문득 【모델링】을 이용해 사람과 똑같은 인형을 만들고 【프로그램】을 심으면 유사 안드로이드를 만들 수 있지 않을까? 하는 생각도 했지만, 200년이나 걸려서야……. 폴라의 【프로그램】을 복사, 붙여넣기 할 수 없으려나.

빤히 보고 있으니 뭔가 불안해졌는지 폴라가 살짝 뒷걸음질을 쳤다. 이런 반응도 【프로그램】되어 있는 거겠지?

"근데 폴라는 200년이나 지났는데도 전혀 낡아 보이지 않네? 다시 만든 거야?"

"아니. 내 무속성 마법 【프로텍션】이 걸려 있어서 그래. 보호 마법의 일종인데, 다양한 대상에게서 어느 정도는 보호를 해 줄 수 있어. 폴라를 더러워지지 않게 해 준다든가, 벌레가 먹지 않게 해 준다든가, 열화되지 않도록 보호를 해 주는 거지."

보호 마법이라. 근데 200년이나 지났는데도 이런 상태라니 정말 대단한걸. 옷에 걸어 두면 세탁을 하지 않아도 된다는 건가? 아니, 그 옷을 입으면 목욕을 안 해도…… 아니, 그렇게 했다간 인간으로서 완전히 끝장이다. 흙은 안 묻을지 모르지만 신진대사로 때 같은 건 나올 테니.

"린은 대체 무속성 마법을 얼마나 사용할 수 있는 거야? 【프로텍션】에 【프로그램】, 그리고 샤를로트 씨가 분명히 【트랜스퍼】도 쓸 수 있다고 했었는데?"

"요정족은 무속성 마법의 적성이 높거든. 반대로 무속성 마법을 하나도 못 쓰는 요정은 거의 없어. 물론 나조차도 네 개밖에 못 쓰지만."

하나만 사용할 수 있어도 대단하다는 소릴 듣는 무속성 마법을 네 개나? 대단하네. 앗, 내가 이런 말을 할 입장은 아닌가. 요정족이 마법에 특화된 종족이라는 말을 듣는 것도 이해가 된다. 린이 사용할 줄 아는 마지막 무속성 마법이 뭔지 신경 쓰이네.

"토야 님. 벨파스트 국왕 폐하께서 부르십니다. 이쪽으로 오시지요."

회의실의 문이 열리더니 안에서 미스미드 재상 그라츠 씨가 얼굴을 내밀었다. 뒤를 따라 회의실 안에 들어가니 국왕 두 사람이 이쪽을 바라보았다.

"여, 토야. 이야기는 큰 문제 없이 끝났네. 정말 고마워."

"잘됐네요."

벨파스트 국왕 폐하의 말을 듣고 나는 가슴을 쓸어내렸다. 이걸로 내 일은 거의 끝난 거나 마찬가지다.

"그럼 우리는 벨파스트로 돌아가지. 나머지는 잘 부탁하네, 미스미드의 왕이여. 그럼 실례."

가볍게 작별 인사를 한 뒤, 내가 몰래 열어 놓은 【게이트】를 통해 두 사람은 다시 거울 안으로 사라져 갔다. 두 사람이 사라진 뒤, 나는 미리 이야기를 해 둔 대로 행동했다. 다른 사람들이 보는 앞에서 해머를 꺼내 거울을 산산조각 낸 것이다.

"토, 토야 님?! 대체 뭘 하시는 건지……?!"

"아, 괜찮아요. 이걸 보세요."

놀라서 쩔쩔매는 그라츠 씨에게서 등을 돌린 뒤, 나는 거울 파편과 나무틀 앞에서 마력을 모았다.

"【모델링】."

깨진 거울과 부서진 나무틀이 변형되어 여러 개의 작고 가로로 긴 거울이 되었다. 세로 2센티미터, 가로 15센티미터 정도의 거울에 나무틀이 끼워진 모양이다. 그리고 그중 하나에 몰래 【게이트】를 【인챈트】해 놓았다.

"이 거울은 벨파스트와 연결되어 있어요. 이제부터는 무언가 중요한 연락이 있으면, 이곳에 편지를 넣어서 연락하시면 됩니다. 아, 물론 벨파스트 쪽도 이쪽도 진짜라는 걸 알 수 있을 만한 공적인 서류를 사용해야 하지만요."

"호, 호오. 왕복 20일이나 걸리는 연락을 순식간에 할 수 있는 것인가. 확실히 편리하겠어. 양국의 우호를 위해 적절하게 활용하지."

내가 건네준 작은 거울을 받은 수왕 폐하가 미소를 지었다. 이걸로 내 일은 완전히 마무리되었다.

자, 우리 집으로 돌아갈까. 모처럼 집을 받았는데 전혀 살지 않고 있으니까. 잠시간은 느긋하게 지내고 싶다.

리온 씨와 호위 병사들은 당분간 미스미드에 체류한다는 듯하다. 아무래도 이후의 이런저런 일들을 진행할 때 벨파스트의 사람이 없으면 작업이 잘 진행되지 않는 모양이다.

공주인 유미나를 호위하면서 벨파스트로 돌아가겠다고 하는 녀석도 있었지만, 유미나가 딱 잘라 거절했다. 유미나가 말하길, 자신이 해야 할 일이나 열심히 해라.

솔직히 말하면 우리는 【게이트】로 순식간에 돌아갈 수 있으니, 따라오면 오히려 곤란하다.

헤어질 때 리온 씨에게 편지용 게이트미러(조금 전에 명명) 세트를 건네주었다. 멀리 떨어져 있어도 이게 있으면 매일 편지를 주고받을 수 있다. 하나를 오리가 씨에게 주면 벨파스트에 돌아가서도 연락을 주고받을 수 있겠지. 게이트미러를 건네받을 때,

리온 씨의 그 들뜬 표정은 정말로 대단했다. 솔직히 말해 오싹한 느낌이 들 정도.

수왕 폐하, 재상 그라츠 씨, 오리가 씨, 대장 가른 씨에게도 작별 인사를 했다. 린과 폴라에게도 인사를 하려고 했는데, 어디 갔는지 보이지 않았다. 아쉽지만 어쩔 수 없다.

성을 나와 번화가에서 저택의 고용인들이나 스우에게 줄 선물을 산 뒤, 짐을 꾸렸다. 이젠【게이트】를 열어 벨파스트로 돌아가면 그만인데…….

"미안, 깜빡하고 사지 못한 선물이 있어서."

모두에게 양해를 구한 뒤 사람들로 붐비는 거리로 나와 지도 어플리케이션을 실행해 찾고자 하는 두 사람을 검색했다. 으~음. 이쪽 지붕인가.【부스트】로 단숨에 뛰어올라 지붕 위로 이동해 두 사람 앞에 내려섰다.

"앗?!"

"흐악?! 아, 주인어른이시군요~. 왜 사람을 놀라게 하고 그러세요~."

가면을 쓴 두 사람. 라피스 씨와 세실 씨다. 우리 집의 메이드이긴 하지만 실질적인 고용주는 유미나의 아버지인 벨파스트 국왕 폐하이다.

두 사람의 고용은 국왕 폐하가 라임 씨에게 반 강제로 부탁했다고 하니, 솔직히 내가 월급을 줄 필요는 없는 게 아닌가 생각했지만, 메이드로서의 임무도 제대로 수행하고 있으니 그 점은 그냥 눈을 감아 주기로 했다.

물론 요 열흘간의 일당은 줄 수 없지만. 그 기간 동안의 일당은 임금님에게 청구해 주었으면 한다.

　"저희는 이제 【게이트】로 벨파스트로 돌아가거든요. 그래서 그 전에 두 분을 먼저 집으로 보내 드릴까 해서요."

　계속 감시했다면 【게이트】에 대해서도 들켰겠지. 나는 두 사람에게 그렇게 말을 꺼냈다.

　"호에? 벨파스트로 가는 건가요~?"

　"분명 이대로라면 저희가 열흘 늦게 도착하게 되네요……. 그러면 공주님에게 의심을 받을지도 몰라요."

　"저도 그렇게 생각해서 두 분을 찾아온 거예요."

　쓴웃음을 지으면서 【게이트】를 열었다. 두 사람을 데리고 빛의 문을 통과하니, 그곳은 벨파스트 저택 안의 거실이었다.

　"어서 오십시오."

　그 자리에 우리 집의 집사 라임 씨가 갑자기 나타나 조금 놀라긴 했지만, 나는 바로 냉정을 되찾고 말을 걸었다.

　"다녀왔습니다, 라임 씨."

　"다녀왔습니다~."

　"죄송해요, 주인어른께 들켜 버렸어요……."

　"그렇겠지요."

　상황을 보면 누구나 알 수 있을 사실을 굳이 말해 주는 라피스 씨. 그 말을 듣고 라임 씨도 쓴웃음을 지을 수밖에 없었던 모양이었다.

　일단 두 사람은 메이드복으로 갈아입고, 계속 여기에서 일을 한

척을 해야 한다. 두 사람이 옷을 갈아입으러 방으로 들어가자 라임 씨가 고개를 숙였다.

"죄송합니다. 저 두 사람에 관해선 국왕 폐하께서 직접 부탁하신 일이라⋯⋯."

"딸을 걱정하는 마음이야 충분히 이해하고, 큰 피해도 없었으니까 괜찮습니다. 라임 씨도 말을 꺼내기가 어려우셨을 테고요."

주인을 배신하다니! 이런 소리는 할 생각이 없다. 그렇게까지 철저하게 할 생각도 없다. 만약 목숨에 관련된 일이었거나, 큰 손해를 보는 일이었다면 모르겠지만, 이번 일은 그렇게까지 화를 낼 일이 아니라고 생각한다. 반대로 말하면 경비인이 늘었다고도 할 수 있는 일이기도 하고. ⋯⋯음, 너무 확대 해석인가.

"아무튼, 일단 유미나나 다른 애들한텐 비밀로 해 둘게요."

그리고 이다음에 다 같이 다시 돌아올 때, 처음으로 집에 오는 것처럼 맞이해 주길 부탁해 두었다.

"왜~ 이~렇~게~ 늦은 거야?! 대체 뭘 했길래?"

【게이트】를 사용해 조금 전의 지붕으로 다시 돌아온 뒤, 미스미드에 있는 일행에게로 돌아가자, 에르제가 삐친 표정으로 불평을 터프렸다. 적당히 얼버무린 다음, 다 같이 아무도 없는 뒷골목으로 가서 다시 【게이트】를 열었다.

저택 거실에 우르르 한꺼번에 나타난 우리에게 미리 대기하고 있던 라임 씨가 고개를 숙였다.

"어서 오십시오."

라임 씨의 두 번째 인사를 받고 있는데, 거실의 문을 열고 메이드복을 입은 라피스 씨와 세실 씨가 나타났다.

"여러분, 어서 오세요."

"어서 오세요~."

"다녀왔습니다, 라피스 씨, 세실 씨."

나는 시치미를 뚝 떼고 인사를 했다. 여자애들은 모두 자기 방에 돌아간 뒤, 목욕을 하며 여행의 피로를 풀 예정인 듯했다. 나도 나중에 들어가 볼까.

그 전에 모두에게 선물을 나눠 주자.

라임 씨에게는 넥타이핀과 커프스 단추, 라피스 씨와 세실 씨에게는 색이 다른 티컵. 두 사람은 받을 수 없다고 했지만, 두 사람에게만 안 주는 것도 이상하다고 하면서 억지로 떠넘겼다.

훌리오 씨와 크레아 씨 부부에게는 밀짚모자와 미스미드의 요리책. 그리고 커플 밥공기. 톰과 해크, 경비원 콤비에게는 장식이 들어간 나이프를 각각 선물했다. 스우의 선물은 나중에 건네주자.

내 방의 침대에 누워 기지개를 켰다. 아, 힘들다~. 육체적인 피로는 별로 없지만, 낯선 곳이었기 때문인지 정신적인 피로가 의외로 컸다. 물론 그런 식으로 따지면 이쪽 세계 자체가 나에겐 낯선 곳이지만.

하지만 이번 여행을 통해 이것저것 머릿속에 떠오른 것도 많다. 예를 들어 【게이트】를 부여한 전신 거울을 이센에 보내 그쪽으로 가 본다든가, 【프로그램】을 부여한 자동 마차, 즉, 자동차를 만들어 본다든가. 일단 먼저 자전거부터 만들어 볼까. 자동차는 너무 눈에 띄니까. 그리고 지도 어플리케이션에 【프로그램】을 심어 자동 타깃 기능을 추가해 본다든가. 여러모로 활용할 수 있는 폭이 넓어졌다.

그 외에는 자동인형 폴라처럼 나도 비슷한 걸 만들어 볼까? 고양이나 펭귄 인형으로…… 후암……. 졸린……다…….

……어? 안 되지. 살짝 잠들었나 보네. 생각보다 많이 지쳤던 걸까. 잠옷으로 갈아입지 않고 자서 그런지 몸이 나른했다. 일단 욕조에 들어가 뜨끈한 물로 몸의 피로를 풀자.

옷장에서 갈아입을 속옷과 목욕 수건을 가지고 욕실로 갔다.

우리 집의 욕실에는 어른 대여섯 명이 들어갈 수 있을 크기의 욕조가 있다. 나름 큰 대욕탕이다. 여자애들은 자기들끼리 같이 들어가기도 하는 모양인데, 나는 그 넓은 곳을 혼자 사용한다. 남자는 나와 라임 씨뿐이기 때문에 필연적으로 그렇게 될 수밖에 없다. 라임 씨와 같이 들어갈 생각은 없다.

"나름 호화스러워서 목욕 시간이 기다려진단 말이지."

기분 좋게 욕실 바로 앞의 탈의실 문을 철컥 하고 열었다.

"""".......앗?!"""""

".....................어라?"

......어~, 눈앞에는 에르제, 린제, 야에, 유미나가 있었습니다. 그것도 모두 속옷 차림으로.

에르제와 린제는 둘 다 상하가 똑같은 한 벌 속옷으로, 서로 색이 다르긴 하지만 리본이 달린 파스텔 컬러였습니다. 에르제는 핑크고 린제는 블루. 아래쪽은 양옆을 끈으로 묶는 타입. 그 옆의 야에는 쉽게 예상할 수 있듯 위아래 모두 무명천으로 감은 속옷. 이센에서는 이게 일반적인 걸까요? 가슴을 칭칭 감았던 무명천이 느슨해진 덕분에 처음으로 알게 된 것인데, 가장 컸었군요. 마지막으로 유미나입니다만, 화려하진 않지만 프릴 레이스가 달려 비싸 보이는 흰 속옷으로, 이쪽도 에르제, 린제와 마찬가지로 양쪽 옆을 끈으로 묶는 타입이었습니다. 이쪽 세계에서는 이런 타입이 일반적인 것일지도 모릅니다.

......짧은 시간 동안 이렇게 자세한 생각을 할 수 있을 줄이야. 【액셀】을 사용한 기억은 없는데.

"""""까아————————?!!"""""

"으악————————?!!"

여자애들의 비명 소리에 정신이 번쩍 든 나는 그 비명 소리에 이끌려 똑같이 소리를 지르고 말았다. 혹시 내가 너무 빤히 쳐다본 건가?!

에르제가 눈물을 글썽이며 나에게 주먹을 날렸다. 저어, 에르제 씨, 이거 【부스트】가 걸린 건 아니죠?

옆머리에 엄청난 충격을 받은 나는 의식을 잃고 말았다.

"그래, 탈의실 문을 잠그지 않았으니, 우리가 잘못했다고도 할 수 있지만!"

"조금 더 주의를 해 줬으면 했습니다."

네 명에게 둘러싸인 채 무릎을 꿇고 있는 나. 아까부터 계속 설교를 듣는 중이다.

"다들 벌써 목욕을 끝낸 줄 알고……."

아무래도 여자애들도 방에 돌아가자마자 잠깐 잠이 든 모양이었다. 모두 눈을 뜬 뒤 서둘러 욕실에 들어가려고 모여서 옷을 벗는 순간에, 내가 들어온 거라고 한다. 참 운도 나쁘지……가 아니라, 오히려 좋았던, 걸까……?

"……반성, 하고 계시나요?"

"응? 아, 물론이지!"

린제가 빤히 노려보았다. 평소에 얌전해서 그런지 유독 더 가시가 돋힌 것 같았다.

"이런 건 제대로 순서를 밟은 뒤에 해 주셨으면 했어요……."

순서라니 뭡니까, 유미나 양. 붉은 얼굴로 쓸데없는 말은 하지 말아 주세요. 물론 조심스럽게 행동했다면 일어나지 않았을 일일지도 모르는 게 사실이기도 하고, 빤히 바라본 것도 사실이니. 변명을 할 수 있는 입장은 아니지만…….

그 뒤로도 나는 한참 설교를 듣다가, 한밤중이 되어서야 해방될 수 있었다. 그날 밤, 말할 것도 없이 나는 한숨도 자지 못했다. 눈을 감으면 절로 떠올랐으니까……. 고생스러웠지만, 나름 좋은 날이었어!

미스미드에서 돌아온 다음 날. 우리는 의뢰 보수를 받기 위해 왕도의 길드에 들렀다.

리플렛의 길드와 마찬가지로 시끌벅적한 의뢰 보드를 지나 접수처에 카드를 제출했다. 개인의 직접 의뢰이기 때문에 의뢰가 완료되었다는 확인은 왕궁에서 길드에 이미 전달했을 게 분명했다.

접수처의 누나는 우리의 카드와 의뢰서를 확인하더니 평소와 마찬가지로 퐁퐁 하고 마법 도장을 찍기 시작했다.

"수고하셨습니다. 이번 의뢰로 모두 길드 랭크가 올라갔습니다. 축하드려요."

건네받은 카드를 보니, 유미나를 제외한 모두는 파란색, 유미나는 녹색으로 랭크가 올라가 있었다. 검은색, 보라색, 녹색, 파란색, 빨간색, 은색, 금색으로 랭크가 올라가니, 마침 딱 한가운데까지 도달한 셈으로, 이제 한 랭크만 더 올라가면 일류 모험자인 빨간색이다.

"그리고 이게 보수인 백금화 열 닢입니다."

접수처의 누나가 카운터 위에 백금화 열 닢을 늘어놓았다. 이거

한 닢에 백만 엔의 가치가 있어 보이진 않는데 말야…….

그건 그렇고 1천만 엔이라……. 너무 많은 거 아닐까. 아니, 나라의 운명을 좌우하는 임무라는 점을 생각해 보면 이 정도가 딱 정당한 걸지도 모른다. 게다가 【게이트】를 사용하지 못하면 제대로 해내지도 못했을 테고. 특별 수당을 포함해 이 금액이 된 것인지도 모른다.

우리는 각각 두 닢씩 지갑에 넣은 뒤 길드 밖으로 나가려 했다.

"앗, 잠시 기다려 주세요. 왕궁에서 연락이 왔는데, 여러분이 검은 용을 토벌하신 모치즈키 토야 님 파티 맞으신가요?"

"네, 저희가 쓰러뜨렸는데요…… 증거를 내놓으라고 하셔도 그건 좀 어려워요."

용의 뿔로 만든 총은 별로 보여 주고 싶지 않았고, 만들고 남은 뿔도 저택에 놓아두었다. 게다가 이미 뿔의 형태는 남아 있지 않았기 때문에 그걸 보여 준다고 믿어 줄지 어떨지.

"아니요, 본인이 맞으신지 확인하고 싶었을 뿐이에요. 용을 토벌했다는 사실은 왕궁에서 보증해 주셨으니 아무런 문제도 없답니다. 그래서 길드에서는 용을 토벌하셨다는 증거로서 「드래곤 슬레이어」라는 칭호를 선사해 드리겠습니다."

그렇게 말을 한 접수처 누나는 유미나를 제외한 우리의 카드를 건네받더니, 다른 도장을 퐁퐁 하고 찍어 주었다. 카드를 돌려받아 보니 오른쪽 구석에 둥근 심벌이 떠올라 있었다. 동그란 용에게 꽂혀 있는 검. 이게 드래곤 슬레이어의 증거인가?

"그 카드를 제시하시면 길드와 제휴한 무기점, 방어구점, 도구점, 숙소 등에서 요금을 30% 할인받으실 수 있습니다. 부디 많이 이용해 주세요."

호오, 특전이 붙는구나. 괜찮은걸? 드래곤 슬레이어라는 칭호는 다섯 명 이내의 파티 구성원이 토벌했을 때 받을 수 있는 모양이었다. 당연히 천 명이 몰려가 토벌한 뒤 모두가 드래곤 슬레이어라는 칭호를 받는다면, 불합리한 일이겠지.

파란색 랭크가 용을 토벌하는 일은 상당히 드문 일이라는 듯하다. 현재 세계에 한 명밖에 없는 금색 랭크 보유자가 처음으로 용을 쓰러뜨린 것도 파란색 랭크일 때라고. 아무튼 간에 고맙게 받아 두기로 했다.

길드 밖으로 나온 뒤, 여자애들은 옷을 비롯해 이것저것 살 게 있다고 해서 나 혼자 먼저 집에 돌아가기로 했다. 하지만 나도 돌아가기 전에 사 두어야 할 것이 있다. 으~음, 대장간이 어디더라…….

짐이 많아서 【게이트】를 통과해 집의 마당으로 나오자, 화단을 손질하던 정원사인 훌리오 씨가 그 모습을 보고 소스라치게 놀랐다. 미안하네.

"주인어른, 그게 뭡니까?"

내가 잔뜩 들고 있는 게 신기한지 훌리오 씨가 화단 손질을 하다 말고 그렇게 물었다.

"강철과 고무, 그리고 가죽 조금이요. 이걸로 자전거를 만들 생각이거든요."

"자전거?"

"타는 거예요. 그걸 타면 꽤 빨리 이동할 수 있거든요."

"네에……."

대답은 했지만, 아무래도 잘 이해가 안 되는 듯했다. 뭐, 어쩔 수 없지.

일단은 타이어부터……. 앗, 아, 일단은 공기 펌프부터 만들어야 하는 건가? 아니지. 튜브 타이어는 이쪽 세계의 길 상태를 생각해 보면 쉽게 펑크가 날 것 같으니, 전부 고무로 만드는 게 좋으려나? 타는 느낌이 그다지 좋지는 않겠지만.

【모델링】으로 고무를 변형해 바퀴 모양을 만들고 있는데, 집사라임 씨가 오르트린데 공작 전하를 데리고 왔다.

"주인어른, 오르트린데 공작 전하께서 오셨습니다만…… 무엇을 하고 계신지요?"

"여어. 그건 뭔가?"

홀리오 씨와 비슷한 반응을 보이는 두 사람. 그 반응에 조금 전과 똑같은 대답을 하는 나. 역시나 홀리오 씨처럼 이해를 하지 못하는 두 사람.

"그런데 공작 전하는 무슨 일로 오셨나요?"

"다른 게 아니고, 이번 의뢰에 대해 감사의 인사를 하기 위해서 왔지. 그리고 그 편지를 보내는 거울을 하나 받을 수 없을까 해서 말이야."

"게이트미러를요? 어디에 쓰시게요?"

"실은 우리 아내가 멀리 있는 장모님과 편지를 자주 주고받고 싶어 해서."

공작이 살짝 쑥스러운 표정을 지으며 말했다. 여전히 뜨거우시네. 라임 씨에게 미스미드에서 만든 게이트미러 한 세트를 내 방의 책상 서랍에서 가져와 달라고 한 뒤, 【인챈트】로 【게이트】를 부여했다. 확인을 위해 종이를 하나 전송해 보니, 아무 문제 없이 종이가 이동했다.

"일단 비밀로 해 주세요. 괜히 이상한 사람이 알게 되면 귀찮아지니까요."

정말 새삼스럽지만, 일단 못을 박아 두었다.

"그래, 그 점은 걱정 말게. 아내도 장모님도 그런 약속은 반드시 지키니까."

기왕에 오셨으니 미스미드에서 스우에게 주려고 사 온 선물도 같이 건네주었다. 은으로 세공한 머리핀이었는데, 아무쪼록 마음에 들어 했으면 좋겠다.

"그런데 이 자전거(?)는 어느 정도면 완성되는 거지?"

"음~, 처음으로 만드는 거니 30분 정도일까요? 완성된 후에도 조금씩 수정하게 될지도 모르지만요."

"그렇군. 그럼 완성될 때까지 견학을 좀 해 볼까?"

이 사람, 그렇게 한가한가……. 뭐, 좋아. 일단 타이어를 만들자. 나는 바퀴를 만들기 위해 강철 잉곳을 【모델링】으로 변형시키기 시작했다.

"좋아, 일단 이 정도면 완성이려나?"

"호오, 이게 자전거인가."

완성된 자전거를 공작과 라임 씨, 그리고 훌리오 씨가 흥미롭게 바라보았다.

내가 만든 것은 기어가 없는 일반적인 자전거이다. 구조는 간단하지만, 앞에 바구니도 있고, 뒷좌석도 있다. 방범용 열쇠와 야간용 라이트는 귀찮아서 만들지 않았지만.

바로 가죽으로 만든 안장에 걸터앉아 페달을 밟아 보았다. 오오~, 하고 보고 있던 모두가 환성을 질렀다. 응, 괜찮겠어. 조금 진동이 심하긴 하지만. 정원을 한 바퀴 돈 뒤, 브레이크를 잡아 멈췄다. 좋아, 브레이크도 문제없는 듯하다.

"토야!! 나도 탈 수 있겠는가?"

"누구나 탈 수 있어요. 제 고향에서는 어린애들도 탔는걸요. 단지, 처음에는 몇 번이고 넘어지며 연습을 해야 하는데…… 타 보시게요?"

"물론이지!"

진짜로? 이 사람, 정말 쓸데없이 호기심이 강하네. 공작은 의욕적으로 나에게서 자전거를 건네받더니, 나를 흉내 내며 안장에 걸터앉아 페달을 밟았다. 하지만 아니나 다를까 금세 넘어지고 말았다. 역시나. 당황한 라임 씨가 다가가 일으켜 주었지만, 공작은 다시 페달을 밟다가 또 넘어졌다.

나도 어렸을 때, 저렇게 마구 넘어졌었지. 하지만 그렇기에 제대로 균형을 잡았을 때 무척 기뻐했었다. 나는 제대로 균형을 잡고 타기까지 얼마나 걸렸었더라? 잘 기억이 안 난다.

인터넷으로 검색을 해 보니 자전거를 하루 만에 타는 방법이라는 사이트가 있어, 그 사이트를 참고로 조언을 해 주었다. 이렇게 해서 탈 수 있게 되면 좋겠는데 말야.

넘어지고 또 넘어져도 올라타고 계속 자전거 타기를 시도하는 공작을 라임 씨와 홀리오 씨에게 맡겨 두고 나는 두 대째 자전거를 만들기 시작했다. 자전거를 탈 수 있게 되면 꼭 좀 만들어 달라고 조를 게 불을 보듯 뻔했기 때문이다.

이윽고 두 대째 자전거가 완성됐다. 하지만 스우도 분명히 가지고 싶다고 할 게 뻔했기 때문에, 보조 바퀴가 달린 어린이용도 만들기 시작했다. 일단 보조 바퀴를 떼어낼 수 있게 만들어 두었다.

그것도 완성이 되어 할 일이 없어진 내가 연습을 도우려고 했을 때, 공작이 스~으 자전거를 타고 내 앞을 지나갔다. 오, 이제 탈 수 있네.

"해냈어! 해냈다고! 하하하하하!"

웃으면서 자전거를 자유자재로 조종하는 공작 전하. 고급스러운 옷과 위엄이 넘치는 얼굴은 흙투성이였지만, 유난히 즐거운 표정으로 정원을 계속해서 빙글빙글 돌았다. 일단 한번 익숙해지면 자유롭게 조종할 수 있다는 게 자전거의 신기한 점이다.

"어? 저게 뭐야?"

"저게 무엇입니까?!"

"뭘 타고, 계시네……?"

"숙부님?!"

쇼핑을 끝내고 돌아온 네 사람이 웃으면서 계속 자전거를 타고 빙글빙글 도는 공작을 기묘한 눈으로 바라보았다. 음, 확실히 뭔가 확 깬다.

이윽고 공작이 브레이크를 잡더니, 역시나 예상했던 말을 꺼냈다.

"토야! 이 자전거를 나한테 주면 안 되겠나?!"

"그렇게 말씀하실 줄 알고 만들어 뒀어요. 스우 것도요. 아, 일단 재료비는 받을 겁니다."

그렇게 말한 뒤, 뒤에 놓아둔 자전거 두 대를 가리켰다.

"역시 토야!!"라고 말하더니, 공작 전하가 싱글벙글하며 자신의 것이 된 자전거에 올라탔다. 스우의 자전거는 공작 가문의 저택 정원에 【게이트】로 가져다주었지만, 공작 자신은 자전거를 타고 돌아가겠다고 했다.

일단 길에서 갑자기 튀어나가지 말 것, 마차나 길에서 걷는 사람들을 주의할 것, 한눈을 팔며 운전하지 말 것 등, 주의 사항을 알려 주었다. 초등학교 선생님이 된 기분이다.

공작은 잔뜩 들뜬 모습으로 자전거를 탄 채 마차와 함께 돌아가 버렸다. 이거 참, 정말 피곤해. 근데 저 공작의 성격을 생각해 보면, 아마 폐하에게도 자랑하겠지⋯⋯? 그럼 임금님도 가지고 싶다고 말할 게 분명하다. 이거야 원. 한 대 더 만들어 두는 게 좋을지도 모르겠다.

공작을 보내고 뒤를 돌아보니, 에르제가 정원에서 자전거를 타다가 호들갑스럽게 넘어지고 있었다.

"아야야⋯⋯. 의외로 어렵네."

"그럼 다음은 소인이 한번!"

"그, 그다음은 제가, 타 볼게요."

"토야 오빠, 한 대 더 만들어 주시면 안 돼요?"

잠깐, 너희도 타게? 그보다, 린제와 유미나는 스커트를 입고 있으니까 자전거를 타고 싶으면 옷 좀 갈아입고 와.

계속 공작의 서포트를 해 주던 라임 씨와 훌리오 씨가 에르제를 비롯한 여자애들을 도와주는 모습을 보면서, 결국 여자애들 네 사람분과 고용인이 탈 자전거 한 대를 더 만드는 처지가 되었다. 도중에 재료가 다 떨어져 다시 사러 나갔다 와야 했지만. 자전거 가게를 차릴 생각은 없는데 말야.

이게 있으면 메이드들이나 훌리오 씨가 장을 보러 갈 때 편해질 거라 생각한 건데……. 물론 완벽하게 탈 때까지 많이 넘어져야 할 테지만.

그날, 욕실에서는 "따가워~!" 하는 소리가 몇 번이고 울려 퍼졌다고 한다. 아, 회복 마법을 걸어 줄 걸 그랬나? 음, 그래도 작은 상처 정도야 그만큼 노력했다는 훈장이라고 생각하면 되니까, 이번엔 그냥 넘어가는 걸로.

"【스토리지 : 인】."

새로 배운 무속성 마법을 발동. 마법진이 바닥에 나타나자, 그 위에 있던 의자가 순식간에 바닥으로 가라앉아 버렸다. 응, 수납 성공.

"【스토리지 : 아웃】."

이번엔 의자를 떠올리며 마법을 발동. 마법진이 떠오르자, 의자가 바닥에서 튀어나왔다.

"아앗."

튀어 올랐다가 바닥에 떨어지려는 의자를 받아 냈다. 꺼낼 때 힘 조절이 어렵네.

무속성 마법 【스토리지】는 물건을 넣어 두는 수납 마법이다. 동물은 수납해 둘 수 없지만, 식물은 가능하다. 수납량은 마력에 비례하는데, 나는 아마도 집 한 채, 아니, 그 이상도 수납이 가능하리라 생각한다.

수납되어 있는 동안은 시간이 멈추어 버리는지, 따뜻한 수프를 수납해둔 뒤 다음 날에 꺼내도 식지 않는다는 모양이다. 편리하네.

여행을 할 때 가장 귀찮은 것이 바로 짐을 들고 다녀야 한다는 것이다. 미스미드에 가져간 전신 거울이나 중간에 손에 넣은 용의 뿔 등은…… 들고 걸어 다니기가 너무 불편했다.

얼마 전에 자전거를 만들 때도 재료를 사서 들고 오기가 무척 힘들었고.

그래서 이 마법을 배운 것이다. 이걸로 번거로운 일에서 해방이다. 이젠 얼마든지 많은 짐도 들어 줄 수 있다. 【게이트】와 함께 사용하면 농담이 아니라 택배 배달만 해도 먹고살 수 있을 것 같다.

자, 오늘은 물건을 사러 가 보자. 이 마법이 있으면 아무리 물건을 많이 사도 힘들지 않을 테니까.

한껏 고무되어 지갑을 들고 방을 나서 1층으로 내려갔다. 거실에 들어가니 구석 소파에서 코하쿠가 몸을 쭉 뻗은 채 기분 좋게 자고 있었다. 그럭저럭 지내는 사이에 완전 고양이가 다 됐네.

나는 테라스를 지나 정원으로 나갔다. 정원 구석에서는 훌리오 씨와 크레아 씨 부부가 가정 채소밭에서 채소를 돌보고 있었다.

"어때요? 잘 자라나요?"

"아, 주인어른."

"네, 순조롭습니다. 일단 오히와 토마토를 심어 봤는데 머지않아 곧 수확할 수 있을 듯합니다."

훌리오 씨가 기쁜 목소리로 말했다. 좋네. 바로 딴 채소로 채소 샐러드를 만들어 먹을 수 있다는 거니까. 참고로 오히는 오이다. 이쪽 세계에는 내가 살던 세계와 채소 이름이 완전히 똑같은 것도 있는가 하면, 이름이 완전히 다른 것도 있다. 토마토는 토마토. 엄밀하게 말하면 내가 원래 살던 세계에서 먹었던 토마토와는 다를지도 모르지만.

근데 채소를 재배할 수 있으니, 과일도 재배해 보고 싶어지네. 밤이나 감나무도 심을까? 응? 밤은 과일에 들어가나……?

"주인어른, 오늘 점심 때 드시고 싶으신 거라도 있으신가요?"

크레아 씨가 점심 메뉴를 물었다. 대체로 따로 주문은 하지 않지만, 크레아 씨가 만드는 요리는 다 맛있다.

"으음~, 오늘은 더우니까 시원한 음식을 먹고 싶어요……. 냉국수라든가⋯⋯."

"냉국수? 처음 듣는 요리이네요. 또 주인어른의 향토요리인가요?!"

크레아 씨가 기쁜 듯 눈을 반짝였다. 내가 먹고 싶어 하는 요리는 모두 크레아 씨가 처음 들어 보는 요리였던 듯, 나는 그때마다 레시피를 만들어 건네주었다. 크레아 씨는 그 별난 요리에 매우 큰 흥미를 보였다.

"면 요리예요. 차갑고 시큼한 국물에 채소와 고기, 달걀 등을 고명으로 올려 먹죠. 자세한 레시피를 드릴 테니 한번 만들어 보세요."

"네. 정말 기대가 되네요."

그렇다곤 하지만 여기는 이세계. 모든 재료를 똑같이 갖출 순 없다. 그런데도 맛있는 음식으로 완성시키는 크레아 씨는 정말 대단하다. 면은 전에 만들어 둔 게 있으니, 비슷하게는 만들 수 있겠지.

냉국수 레시피를 조사한 뒤【드로잉】으로 번역, 복사하여 크레아 씨에게 건네주었다. 점심이 기대되는걸.

자, 슬슬 나가 볼까.

【게이트】를 사용해 왕도의 외주부, 남구를 향해 갔다. 그 근처는 상업 지구로 다양한 가게가 늘어서 있는데, 서구에 가까운 곳에는 고급 방어구 가게 '베르크트' 같은 가게가, 동구에 가까운 곳에는 값싼 술집이나 극장이 있는 환락가가 펼쳐져 있다.

우리 집이 있는 서구는 부유층이 사는 주택가이지만, 반대쪽인 동구는 서민층이 사는 주택가였다.

하지만 서구에 비해 동구는 치안이 나쁘고, 일부는 슬럼가 같은 곳도 있는 모양이었다. 실업자들이나 부모님을 잃은 아이들이 무리를 이뤄 절도를 하고 다닌다는 소문이다. 큰 도시면 도시일수록 어두운 부분도 있다는 걸까.

나는 일단 남구의 뒷골목으로 나와, 시끌벅적한 큰길로 나섰다. 일단 길드에 가서 돈을 좀 빼 와야 한다.

거리에는 행상인이나 길거리 어릿광대 등이 있었다. 와, 나이프로 저글링을 하고 있어. 옛날에 할머니한테 공기를 배운 적이 있는데, 진짜 못했었지.

한눈을 팔며 그런 생각을 하다가 쿵, 하고 사람과 부딪치고 말았다. 부딪친 사람은 지저분한 빵모자를 깊게 눌러쓰고, 구깃구깃한 재킷과 바지를 입은 어린 남자아이였다.

"앗, 미안. 내가 앞을 안 보고 걸어서 부딪치고 말았네."

"한눈 좀 팔지 마. 앞으로 조심해."

남자아이는 그 말을 남긴 채 재빨리 사람들 틈 사이로 사라졌다. 스우보다도 어릴 텐데, 정말 질이 나쁜 아이네……. 부모가 누군지 정말 얼굴을 보고 싶을 정도야.

길드에 도착해 보니 오늘도 여전히 매우 붐볐다. 수많은 모험자들이 의뢰 보드 앞에서 의뢰서를 노려보고 있었다. 나는 그 앞을 그대로 지나쳐 접수 카운터 앞으로 가, 맡겨 두었던 돈을 인출해 달라고 부탁했다.

"그럼 길드 카드를 제시해 주세요."

네네⋯⋯. 응?

안주머니, 가슴주머니, 바지주머니, 뒷주머니⋯⋯ 어라? 으응?

지갑이 없다. 어? 분명히 방에서 나올 때, 챙겨 왔는데. 떨어뜨렸, 나? 아니⋯⋯ 앗!

당했다. 아마 조금 전의 그 아이다. 완벽하게 소매치기를 당한 거다. 큭!

대단한 게 들어 있는 건 아니지만⋯⋯ 길드 카드는 돌려받아야 한다.

나는 재빨리 길드 밖으로 나와 스마트폰을 꺼낸 뒤(이쪽을 도둑 맞지 않아 다행이야), 「나의 지갑」을 검색했다. 결과가 나왔다. 다행히 아직 이 근처에 있다.

응? 뭐지? 뛰고 있나? 지갑이 엄청난 속도로 이동하네? 근데 뒷골목의 막다른 길로 들어가더니 움직임이 멈췄다. 인기척이 없는 곳에서 내용물만 빼낸 뒤 지갑을 버릴 생각인가? 음, 그럴 경우엔 「나의 길드 카드」로 검색하면 그만이지만. 돈만 빼갔다면 돈은 그냥 포기하자.

일단 서둘러 검색에 잡힌 뒷골목으로 달려갔다. 현장에 도착해 보니, 질 나빠 보이는 남자 둘이 지면에 웅크리고 있는 남자아이를 마구 발로 차고 있었다.

"또 우리 구역에서 일을 하다니, 이 젠장할 꼬마가! 네놈 때문에 순찰이 강화됐단 말이다!"

"네가 자꾸 날뛰어서 우리가 얼마나 큰 손해를 보는지 알기나 하냐?! 각오는 되어 있겠지?"

한 사람이 나이프를 꺼내더니, 남자아이의 팔을 붙잡았다. 그러자 남자아이가 공포에 질린 표정을 지었다.

"하지 마! 제발!! 사과할게!! 사과할 테니까 제발 하지 마!!"

남자아이가 울면서 애원했지만 두 남자는 비웃을 뿐, 손을 놓아주려 하지 않았다.

"이제 와서 애원해 봐야 소용없다. 그래도 같은 동업자이니 손가락 하나로 너그럽게 봐주지. 두 번 다시 우리 구역엔 침범하지 마라. 다음엔 죽여 버릴 거니까."

"싫어…… 으아아아아아!"

"그쯤 해 두시면 안 될까요."

양아치 두 사람이 나를 향해 번뜩이는 눈길을 돌렸다. 팔을 붙잡힌 남자아이도 눈물을 흘리면서 눈을 휘둥그렇게 떴다.

"넌 또 뭐야? 방해하지 말고 꺼져라. 죽고 싶냐?"

"어린애를 둘러싸고 마구 때리는 데 못 본 척 지나갈 순 없잖아? 대화를 들어 보니 당신들도 소매치기인 것 같은데, 맞지?"

"그럼 어쩔 테냐?!"

"뭐, 어쩌겠다는 건 아니고. 이걸 망설이지 않고 쏠 수 있겠다고 생각했을 뿐이야."

나는 그 말이 끝나자마자 허리에서 레밍턴 뉴 모델 아미를 꺼낸 뒤, 양아치 두 사람을 향해 인정사정없이 탕, 탕, 하고 방아쇠를 당겼다.

"크헉?!"

"카학?!"

【패럴라이즈】가 부여된 고무탄을 맞고 그 자리에서 쓰러지는 두 사람. 나는 총을 홀스터에 넣고 남자아이에게 달려갔다.

"괜찮아?"

눈물로 후줄근해진 얼굴로 남자아이가 고개를 끄덕였다. 그 아이의 온몸에는 멍과 상처가 나 있었다.

"【빛이여 오너라, 평안한 치유, 큐어힐】."

회복 마법을 쓰자, 바로 작은 상처와 멍이 사라져 갔다. 남자아이는 자신의 몸에서 일어난 변화를 놀라는 눈으로 바라보았다.

다 나은 것을 확인한 나는 가지고 있던 정육면체의 강철을 꺼내 【모델링】으로 와이어를 만든 뒤, 쓰러져 있던 양아치 두 사람을 꽁꽁 묶어 움직이지 못하게 만들었다. 물론【패럴라이즈】때문에 몇 시간 동안은 움직이지 못하겠지만, 만약을 위해서다. 나중에 경비병에게 연락하자.

"내 지갑을 돌려주지 않을래?"

"아……."

그렇게 말하자 남자아이는 주섬주섬 품에서 내 지갑을 꺼내 떨리는 손으로 건네주었다. 안을 보니 원래 있던 그대로였다. 응, 길드 카드도 들어 있어.

"지갑도 되찾았으니, 이번엔 경비병에게 신고하진 않을게. 그럼 잘 가."

"저, 저기!"

떠나려는 나를 남자아이가 불러 세웠다. 뭐지?

"살려 줘서, 고마워……."

"정말 그렇게 생각한다면 앞으론 소매치기 같은 건 하지 마. 다음엔 잡힐지도."

꼬르르르르르르륵…….

몰라, 라고 내가 말하기 전에, 배에서 엄청난 소리가 났다. 순간 남자아이와 나 사이에 침묵이 흘렀다.

"……배고파?"

"3일째 아무것도 못 먹었어……."

남자아이가 그렇게 말한 뒤 고개를 푹 숙였다. 하…… 어쩔 수 없네.

나와는 관계없다, 내가 알 바 아니다, 라고 생각하며 그냥 내버려 둘 정도로 나는 냉정하지 못한 듯하다.

"이리 와. 맛있는 거 사 줄게."

"정말?!"

대사가 꼭 유괴범 같다. 그런 내 마음을 아는지 모르는지, 남자아이가 이쪽으로 달려왔다. 그때 달리기를 시작한 충격 때문인지 빵모자가 벗겨졌고, 모자 안에서 긴 머리카락이 밖으로 흘러내렸다.

그 사실을 깨달은 남자아이가 빵모자를 벗자, 순식간에 '남자아이'가 '여자아이'로 변신했다. 응?

어깨의 저 아래까지 뻗어 내린 밝은 황갈색 머리카락. 조금 전까지의 이미지가 순식간에 뒤집혀 버렸다.

"어? ……여자?!"

"……그런데?"

이제 와서 무슨 소릴 하느냐는 듯이 나를 바라보는 녹색 눈동자. 이것이 나와 소매치기 소녀 레네의 첫 만남이었다.

더러워진 얼굴을 닦아 주고 보니, 레네의 얼굴은 꽤 귀여웠다.

"저어, 오빠. 뭘 사 줄 건데?"

말투는 전혀 그렇지 않았지만.

갑자기 기름진 걸 먹으면 아무것도 먹지 않아 약해진 위가 충격을 받을 거란 생각에, 일단 길드 근처의 노점에서 생선국을 사서 컵에 담아 건네주었다.

레네는 조심스럽게 그것을 받아 들더니, 조금씩 마시기 시작했다. 아무래도 뜨거운 것에 약한 모양이다. 갑자기 허겁지겁 마시면 안 좋으니, 딱 좋다.

"여기서 잠깐만 기다려."

레네에게 그곳에서 기다리라고 해 두고, 나는 길드 안으로 들어갔다. 그리고 되찾은 지갑에서 길드 카드를 꺼내 돈 얼마를 인출했다. 지갑엔 정말로 돈이 얼마 들어 있지 않았다. 길드 밖으로 나와 레네를 데리고 걷기 시작했다. 어디 가게 안에 들어가려 했지만, 레네의 옷차림을 보니 입점 거부를 당해도 할 말이 없을 정도였다.

결국 다른 노점에 들러 꼬치구이 몇 개를 산 뒤, 광장의 벤치에 앉아 먹기로 했다.

"서두르지 않아도 되니까, 천천히 먹어."

"응."

어지간히 배가 많이 고팠는지 레네는 아득아득 꼬치구이를 씹더니, 계속해서 꿀꺽 집어삼켰다. 야에와 좋은 승부가 되겠는걸……?

"레네는 어디 살아?"

"딱히 정해진 곳은 없어. 공원에서 잘 때도 있고, 뒷골목에서 자기도 해. 전에는 아빠랑 여관에서 잠을 잤지만……."

"아빠는?"

"1년 전에 마수 토벌을 하러 간 게 마지막이었어. 아빠는 모험자였거든……."

아…… 마수한테 당했구나. 토벌 의뢰를 갔다가 모험자가 당하는 경우도 있다. 혼자서 토벌을 하러 갔다가 당하면 그냥 행방불명으로 처리되는 경우도 많다고 들었다.

"엄마는? 친척은 없어?"

"엄마는 나를 낳자마자 죽었대. 친척이 있는지는 모르겠어. 아빠가 그런 얘긴 잘 안 했으니까."

꼬치구이를 다 먹고 양념이 묻은 손을 바지에 슥슥 닦으며 레네가 그렇게 말했다.

아빠의 소식이 끊겨서 혼자가 되어 버린 거구나. 용케도 1년이나 살아왔다는 생각이 절로 들었다.

"아빠가 사라진 뒤에 길거리에서 사이가 좋아진 어떤 나그네

할머니가 소매치기 하는 법을 가르쳐 줬어. 나쁜 짓인 줄은 알았지만, 배가 고파서 어쩔 수 없었어……."

그 할머니, 쓸데없는 짓을 가르쳐 주다니. 하지만 그 덕분에 레네가 지금까지 살아남았다고 할 수도 있다.

음~, 이 아이…… 어쩌지? 부모님도 친척도 없다니. 고아원에 데려다주고 싶지만 이미 범죄자라……. 이야기를 들어보면 정말로 배가 고플 때만 훔치는 것 같지만, 어린아이라고 너그럽게 봐줄지 어떨지는 알 수 없다…….

이 근처에는 비슷한 처지의 아이들이 꽤 많은 듯했다. 도둑질이라도 하지 않는 한 그대로 굶어 죽을 뿐이다. 이 아이들도 살아남기 위해 필사적인 것이다. 그건 안다. 그렇다고 도둑질이 정당화되는 건 아니지만…….

누가 고용해 주거나…… 해 줄 리가 없지. 이대로 내버려 두면 또 소매치기를 할 게 뻔하다. 그랬다간 언젠가 또 잡힐지도…….

……너무 물러 터졌다는 소릴 듣는다고 해도 어쩔 수 없다. 그런 소릴 하고 싶다면 얼마든지 하라지. 도와줄 수 있다면, 도와주고 싶은 게 사실이니까.

"……레네, 우리 집에서 일해 볼래?"

"응?"

"사는 곳도 먹는 것도 걱정할 필요 없어. 단, 열심히 일해 줘야 해. 일한 만큼 월급도 줄게. 어때?"

"어? 정말? 날 고용해 주는 거야? 진짜로?"

깜짝 놀란 표정으로 나를 바라보는 레네. 갑자기 그런 말을 꺼낸 나에게 당혹스러움을 느끼면서도 그 눈에 희망을 가득 품고 있었다.

"단, 두 번 다시 소매치기를 하지 않는 게 조건이야. 만약 약속을 깨면 더 이상 일자리를 줄 수 없어. 지킬 수 있겠어?"

"으, 응! 두 번 다신 안 할게! 약속할게!"

힘차게 고개를 끄덕이는 레네의 머리를 가볍게 쓰다듬어 주었다. 일단 유미나의 마안으로 본질을 판단해 달라고 할 예정이지만, 레네는 분명 착한 아이라고 생각한다.

좋아, 그럼 집으로 돌아가 볼까.

【게이트】를 사용해도 괜찮지만, 장소를 알려 주기 위해 일부러 걸어가기로 했다.

"어? 저쪽으로 가야 하는 거 아니야?"

"우리 집은 이쪽. 서구야."

"서구?!"

동구 쪽을 가리키던 레네가 깜짝 놀라 돌아보았다. 그렇게 놀랄 일인가?

레네를 데리고 동구를 빠져나와 서구에 진입했다. 점점 넓어지는 주택가를 지나 높은 지대를 향해 완만한 언덕을 올랐다. 이 언덕만 없어도 좋을 텐데.

"혹시…… 토야 오빠는 귀족님이야?"

"귀족은 아니야. 될 뻔한 적은 있지만."

생경한 풍경에 불안해졌는지, 레네가 그런 질문을 했다. 귀족이라면 외주구가 아니라 내주구에 살겠지만, 꼭 그렇다고는 할 수 없었다. 지위가 낮은 귀족이나 몰락 귀족이 이쪽으로 이사 오는 경우도 있다. 또 돈이 많은 사업가도 이쪽에 산다.

언덕을 다 오르자 지붕이 붉은 우리 집에 보였다. 집을 올려다 본 레네가 멍한 표정을 지으며 나를 바라보았다.

"여, 여기가 토야 오빠네 집이야?!"

"응. 아, 톰 씨 수고가 많으세요."

"응? 주인어른이 문으로 들어오시다니 별일이군요."

문지기 톰 씨가 웃으면서 그렇게 말했다. 음, 항상 【게이트】로 이동하니 이런 말을 듣는 것도 당연한가.

문 옆의 출입구를 통해 부지 안으로 들어갔다. 그대로 정원의 작은 길을 걸어 현관으로 가 문을 열어 보니, 마침 라피스 씨와 세실 씨가 현관홀을 청소하는 중이었다.

"앗, 주인어른? 어서 오세요. 현관으로 들어오시다니 별일이네요?"

"어서 오세요~. 아라라? 이 아이는 누구예요~?"

빤히 레네를 바라보는 세실 씨. 빤히 쳐다보니 부끄러웠는지 레네가 내 뒤로 몸을 숨겼다.

"이 아이는 레네예요. 오늘부터 여기서 일할 테니 잘 부탁드립니다. 자, 레네. 인사해야지."

"우와…… 레네, 예요. 잘, 부탁드려요……."

뭐야, 밖에 나온 고양이 같네? 긴장한 건가? 갑자기 이런 데에 오게 됐으니 당연한가?

"라임 씨는 어디 계시죠?"

"유미나 님께 차를 드리려고 거실에 가셨어요."

레네를 데리고 거실로 들어간 뒤, 레네를 의자에 앉히고 라임 씨에게 사정을 설명했다.

유미나는 아무 말 없이 대화를 들으면서 가만히 레네를 바라보았다. 마안으로 보고 있는 거겠지. 이윽고 유미나가 작게 미소 지었다. 거 봐, 역시 근본은 착한 아이였어.

그 모습을 슬쩍 확인한 뒤, 라임 씨가 말했다.

"네. 사정은 잘 알겠습니다. 하지만, 어중간한 생각으로 일을 해서는 곤란합니다. 레네라고 했었죠?"

"으, 응."

"정말로 여기서 일하고 싶습니까? 실수를 하거나 우리 고용인을 힘들게 하는 것 자체는 상관없습니다. 실수에서 배우고, 도망치지 않겠다고 약속할 수 있겠습니까?"

꿰뚫을 듯한 눈초리로 바라보며 라임 씨가 레네에게 물었다. 열 살도 안 된 아이에게 너무 엄한 게 아닌가 생각했지만, 중간에 끼어들 분위기가 아니어서 그냥 아무 말도 하지 않았다.

"······응. 일하고 싶어. 토야 오빠랑 같이 있고 싶어."

라임 씨의 눈을 똑바로 바라보면서 레네가 흔들림 없는 목소리로 대답했다. 그 모습을 가만히 바라보던 우리 집의 집사는 바로 표정을 누그러뜨리더니, 미소를 지으며 자리에서 일어섰다.

"세실, 레네를 좀 씻어 주어라. 구석구석 깨끗하게."

"네~. 레네, 이리 와~. 목욕하자~."

"어? 어?"

레네가 세실 씨에게 욕실로 끌려갔다.

"라피스는 저 아이에게 어울리는 옷을 몇 벌 사오도록. 아, 메이드복도 특별히 주문해 두고."

"네. 주인어른, 자전거 좀 빌릴게요."

라피스 씨가 곧장 밖으로 나갔다. 덧붙여 말하자면, 라피스 씨와 세실 씨는 불과 몇 시간 만에 자전거를 자유롭게 조종했다. 역시 경호원.

"목욕을 끝내면 잠시 제 옷을 입힐게요. 사이즈는 맞지 않겠지만, 어차피 라피스 씨가 돌아올 때까지만이니까요."

유미나가 그렇게 말하더니 자리에서 일어섰다. 탈의실로 옷을 가져다주려는 거겠지. 유미나가 거실을 나간 뒤, 나는 의자에 몸을 푹 기대고 멍하니 생각했다. 잠시 후, 라임 씨가 눈앞 테이블에 홍차를 놓아 주었다.

"……역시 고아원에 맡기는 게 좋았을까요? 쓸데없는 참견이었으려나……?"

"그건 레네에게 달린 문제입니다. 지금은 주인어른께서 소녀 한 명을 빈곤에서 구했다는 사실만을 받아들이면 되지 않을까 합니다."

응, 그래. 너무 신경 쓰지 말자. 내가 하고 싶어서 한 일이니까. 그뿐이야. 역시 전 국왕 폐하를 시중들던 분. 말솜씨가 능수능란하다.

그래도 레네가 한 일은 범죄다. 제대로 죄를 갚아야 한다. 그런 점을 폐하와 한번 상의해 볼까.

……응?

투닥투닥 하고 복도를 뛰는 소리가 들렸다. 파앙! 하고 문이 열리더니 목욕 수건을 몸에 두른 레네가 뛰쳐 들어왔다. 레네가 손에 들고 있는 건 다름 아닌 우리의 흰 새끼 호랑이.

"토, 토야 오빠! 호랑이야! 새끼 호랑이가 있어!"

지긋지긋하다는 듯한 표정으로 나를 바라보는 코하쿠. 응, 그 마음 잘 알아.

〈주인님…… 이 소녀는 누구인지요?〉

"어?! 호랑이가 말했어——?!"

이거 참, 정말 시끄럽네. 그보다 제발 옷 좀 입어라. 창피하지도 않나. 우리 집이 점점 더 떠들썩해지겠어…… 어?

레네의 목에 무언가가 걸려 있었다. 펜던트, 인가?

"레네, 그 펜던트는 뭐야?"

"이거? 아빠가 준 엄마의 유품이야. 이것만은 계속 가지고 있었어."

"잠깐 보여 줄 수 있을까?"

레네가 나에게 펜던트를 건네주었다. 그리고 레네는 소매를 걷어붙인 세실 씨에게 다시 욕실로 끌려갔다. 정말 분주하네.

레네가 준 펜턴트를 바라보았다. 이거, 금이지……? 꽤 값이 나가는 것 같은데. 이걸 팔면 먹을 걸 살 수 있었을 텐데도 팔지 않은 걸 보면 굉장히 소중한 물건인가 보네.

날개를 펼친 듯한 디자인으로, 중앙에 역삼각형인 커다란 보석이 박혀 있었다. 에메랄드…… 아니, 마석, 바람의 마석이구나.

뒤에는…… 이거, 문장인가?

"라임 씨…… 이게 어디 문장인지 알 수 있을까요?"

"그리핀과 방패, 쌍검에 월계수…… 처음 보는 듯합니다……."

"이게 유품이라는데, 레네는 혹시 좋은 집안에서 태어난 아이이려나요?"

"뭐라고 말할 수가 없군요. 레네가 아니라 그 부모, 어쩌면 부모의 부모가 어쩌다가 손에 넣은 물건일지도 모르니까요."

아, 주운 물건이 대대로 내려왔을 가능성도 있구나. 근데 이렇게 비싸 보이는 물건을 주우면 보통은 경비대에 맡기거나 팔아 버리지 않을까? 레네의 아버지가 죽은 이상 진의는 알 수 없지만…….

"적어도 벨파스트 귀족의 문장은 아닌 걸로 보입니다. 그리핀 문장이 많은 곳은 제국 쪽입니다만……."

제국. 동쪽의 레굴루스 제국인가. 벨파스트와는 그다지 사이가 좋지 않다고 하는 나라……. 레네의 아버지는 제국의 몰락 귀족이었을지도 모른다.

아무튼 간에 공공연하게 알리지 않는 게 좋을 듯하다. 나중에 제국 사람과 만나게 되면, 슬쩍 한번 물어보자.

"응, 잘 어울려."

"저, 정말?"

새로 맞춘 메이드복의 스커트를 집어 올리고 빙글 돌아 보는 레네. 목에 건 펜던트가 그 움직임에 맞춰 크게 흔들렸다.

"그 펜던트는 일에 방해가 되니까 옷 안에 넣어 두는 게 좋겠어."

"아, 응. 그럴게, 토야 오빠."

분명 일에 방해가 된다는 점도 있었지만, 만에 하나 도둑맞을지도 모르니 사람들 눈에 띄지 않도록 하는 게 좋다.

내 옆에 서 있던 라임 씨가 레네를 똑바로 쳐다보았다.

"레네, 이제부터 너는 이 집의 고용인이다. 손님 앞에서는 '토야 오빠'가 아니라 '주인어른'이라고 부르도록."

"앗, 어어, 네. 라임 씨."

"좋아. 네가 할 일은 여기서 일하는 고용인들을 보조하는 것이다. 일단 아침 점심 저녁 식사 전에는 크레아를, 그 외에는 라피스와 세실을 도우며 일을 배우도록."

"알았…… 알겠습니다."

똑똑히 대답하는 레네. 괜찮을까……? 조금 불안하네.

"그럼 레네, 어서 가자~."

"응. 갔다 올게, 토야 오, 주인어른."

"힘내~."

세실 씨에 이끌려 레네가 식당 밖으로 나갔다. 음, 조금씩 익숙해지면 되겠지.

"걱정 안 해도 될 것 같아."

"저도 그렇게 생각해요."

아침 식사 후 차를 마시면서, 쌍둥이 자매가 격려를 해 주었다. 어제, 모두에게 레네를 고용하게 된 경위를 설명해 주었다.

"저 아이는 심지가 강해 보이기도 하고, 확실히 자신의 생각을 말할 수 있는 아이로 보입니다."

그렇게 말하면서 아침을 먹는 야에. 여전히 참 잘 먹는다. 대체 몇 개째야. 크루아상.

유미나가 철컥, 문을 열고 식당 안으로 들어왔다. 손에는 하늘하늘한 종잇조각 하나를 들고 있었다.

"아버지에게서 온 편지예요. 오늘 시간이 되면 토야 오빠가 왕궁으로 와 주었으면 한다고 하시네요."

유미나의 방에는 왕궁과 연락을 할 수 있도록 게이트미러를 설치해 두었다. 이 편지는 그걸 사용해 보내온 거겠지. 왕궁까지는 걸어서 불과 30분 거리지만, 편리한 건 편리한 거다.

"폐하께서? 무슨 일이지?"

"요즘 숙부님께서 자전거를 자랑하셨다고 하니, 그것 때문 아닐까요?"

유미나가 쓴웃음을 지으며 대답했다. 아, 역시 임금님도 가지고 싶어지셨구나…….

그럼 한 대 만들어서 가져갈까? 가는 김에 레네에 대해서도 상의해 보고 싶고.

나는 정원으로 나가 【스토리지】를 사용해, 자전거를 만드는 재료를 불러냈다. 벌써 몇 대나 만들어 본 경험이 있기 때문에 10분 만에 자전거 한 대를 뚝딱 만들어 냈다. 그리고 그걸 다시 【스토리지】로 수납해 두었다. 역시 이 마법, 엄청 편리해.

"그럼 다녀와 볼까."

"저도 같이 갈게요."

그렇게 말하며 유미나가 정원으로 나왔다. 어차피 유미나가 없으면 성안을 자유롭게 걸어 다닐 수 없으니 나도 원하던 바다.

"아, 잠깐. 나도 갈래. 장군과 승부를 겨뤄 보고 싶거든."

허리 좌우에 비대칭 곤틀릿을 걸고 에르제가 달려왔다. 국왕군 총대장 레온 장군과 에르제는 몇 번이나 승부를 겨룬 덕분인지, 지금은 사실상 스승과 제자의 관계나 마찬가지다.

그러고 보니 이 나라에는 '군'과 '기사단'이란 두 가지 조직이 있구나. 차이가 뭐지? 리플렛에서는 마을의 경비를 기사단이 담당하고 있었는데.

기사단이 경찰이고, 마수나 외국의 침략에 대항하는 게 군일까?

그런 생각을 하면서 나는 【게이트】를 열었다.

"그래, 그러네. 알…… 아니, 오르트린데 공작이 신기한 물건을 타고 다니는 모습을 보여 주었는데, 그게 토야가 직접 만든 거라고 들어서 말이야. 그러니까~, 짐에게도 하나 줄 수 없겠는가 해서 말이네……."

아무리 봐도 수상한 태도로 임금님이 말을 꺼냈다. 역시나.

우리는 왕궁의 작은 방에서 이야기를 나누고 있었다. 에르제는 장군에게로 갔고, 유미나는 왕비님에게로 갔기 때문에, 지금은 맨투맨이다. 물론 방 안에 호위 기사는 있지만.

"그렇게 말씀하실 줄 알고 하나 만들어 왔습니다."

"오오! 그거 참 고맙군! 근데 어디에 있나?!"

【스토리지】를 사용해 방 안에 마법진을 펼친 뒤, 만들어 둔 자전거를 불러냈다.

"토야는 여전히 상상을 초월하는군. 이건 【게이트】와는 다른 건가?"

"이건 수납 마법이에요. 다양한 물건을 넣어 둘 수 있어서 자주 사용하고 있지요."

임금님이 어이가 없다는 듯이 말을 하면서도 눈은 계속 자전거를 바라보았다. 그리고 이리저리 둘러보면서 손을 대어 감촉을 확인해 보았다.

"오르트린데 공작님이 좀 타게 해 주시던가요?"

"그래. 그런데 못 타겠더군. 알은 연습이 필요하다고 했는데, 얼마나 걸리지?"

"공작님은 하루 만에 타셨는데, 저희 집 메이드는 세 시간 만에 완벽하게 탔죠. 음, 아무리 늦어도 3일이면 탈 수 있으실 거예요."

폐하도 한가하지는 않을 테니, 하루 종일 자전거 연습에만 몰두할 수는 없겠지. 그래도 계속 연습하면 금방 탈 수 있을 거라 생각한다.

자, 기쁘게 안장에 걸터앉는 임금님이지만, 이번엔 내 이야기를 한번 해 보자.

"그런데, 제 쪽에서 부탁이라고 할까, 상의하고 싶은 일이 있는데……."

"호오? 토야가 상의라니, 웬일인가?"

살짝 놀란 듯한 표정을 짓는 임금님에게 레네에 대해서 이야기했다. 임금님은 가만히 내 이야기를 듣다가, 이윽고 무겁게 입을 열었다.

"죄는 죄다. 죄를 지었으면 갚아야 하지. 하나, 그 소녀의 처지를 고려했을 때, 정상참작의 여지는 있으리라 생각하네. 토야가 책임을 지고 그 소녀를 감시하고 갱생시켜 주겠다면, 이번엔 고액의 벌금과 주의만으로 끝내 주지. 하지만 두 번은 없네. 잘 타일러 주게."

나는 폐하의 말을 듣고 가슴을 쓸어내렸다. 혹시나 하고 두렵기도 했지만, 그때는 어떻게 해서든 레네를 지켜 주어야겠다고 생각했었다. 말이 통하는 임금님이라 정말 다행이다.

그런데 폐하는 가만히 생각에 잠겼다. 무슨 문제라도 있는 걸까?

"흐음……. 역시 이해가 되지 않는군."

"뭐가 말씀이세요?"

"부랑아가 많아서 하는 말이네. 왕도의 고아원에는 충분한 지원금을 주고 있을 텐데. 이건 어쩌면……."

짝짝. 임금님이 손뼉을 치자 천장 위에서 검정 일색의 차림에 흰 가면을 쓴 사람이 소리도 없이 내려왔다. 으악, 깜짝이야!

순간 우리 집의 메이드인 라피스 씨나 세실 씨가 아닌가 생각했는데, 가면의 이마에 그려진 문장이 달랐다. 라피스 씨는 육각형, 세실 씨는 타원형이었다. 그런데 이 사람은 오각형이다. 아마 두 사람이 소속되어 있는 국왕 폐하 직속의 첩보부 '에스피온'의 한 사람이겠지.

"고아원의 기금 관리는 누가 담당하고 있는가?"

"세베크 남작입니다. ……최근 몇 년, 은근히 위세가 당당해졌다는 소문입니다."

"자금의 흐름을 철저하게 조사해 횡령 사실이 드러나거든 즉시 구속하라."

"넷!"

나타났을 때와 마찬가지로 순식간에 천장 위로 사라졌다. 완전히 닌자잖아.

"미안하군. 어쩌면 토야가 보호한 아이의 처지도 우리의 잘못 때문이었는지 모르네. 부디 용서하게."

폐하는 그렇게 말을 하고 고개를 숙였다. 아, 고아원에 투자되어야 할 돈을 관리하는 사람이 횡령했을지도 모르는 거구나. 그 때문에 고아원이 원활하게 운영되지 못해, 부랑아를 받아들일 수 없었을 가능성도 있다.

역시 있구나. 이런 식으로 자기 배만 불리는 녀석들이.

그건 그렇고, 이런 일로 나에게 머리까지 숙이다니, 이 임금님은 정말 인품이 훌륭한 분이다. 공식적인 자리에서는 이렇게 할 수 없을지 모르지만, 이 나라는 이런 임금님이 다스려서 정말 다행이라는 생각이 들었다.

"국왕 폐하도 여러모로 힘드시겠어요."

"그렇지. 얼른 다른 사람에게 물려주고 은거하고 싶은 기분이네."

씩 미소를 짓는 국왕 폐하. 앗, 이거, 유미나와의 결혼을 은근히 압박하는 거 같은데. 설사 결혼을 하게 된다고 해도 난 국왕이 될 생각이 없다. 폐하를 존경하지만, 그건 그거, 이건 이거다.

어떻게 해서든 성의 요리사에게 정력에 도움이 되는 요리 레시피를 건네, 임금님이 둘째를 낳기를 바라는 수밖에. 마늘이라든가, 참마라든가, 자라……는 있으려나? 얼른 찾아 봐야겠다.

　"다녀왔습니다~."

　유미나와 함께【게이트】를 통과해 집의 현관 앞으로 나왔다. 에르제는 훈련이 끝나면 걸어서 돌아온다고 한다.

　문을 열고 현관홀로 들어가자 라임 씨가 맞이해 주었다.

　"어서 오십시오, 주인어른."

　"다녀왔습니다, 라임 씨. 레네는 어떻게든 해결하고 왔어요."

　"정말 잘됐습니다. 아, 주인어른, 손님이 와 계십니다."

　"손님?"

　문득 라임 씨 뒤쪽의 복도를 보니, 사뿟사뿟 무언가가 이쪽으로 걸어오고 있었다.

　키 50센티미터. 목에는 붉은 리본. 둥근 눈동자를 지닌 곰 인형.

　"폴라?!"

　이름을 부르자 곰은 번쩍 오른손을 들고 인사했다. 나는 사뿟사뿟 걸어온 폴라를 잡아 번쩍 안아 올렸다.

　"너, 설마 미스미드에서 혼자 걸어온 거야?"

　"그럴 리가 없잖아? 나하고 같이 왔어."

　트윈테일에 흰머리, 검은 고스로리 의상을 입은 소녀가 응접실의 문을 열고 모습을 드러냈다.

　"린?! 여기엔 어쩐 일이야?!"

아니, 폴라가 있으니 그 주인인 린이 있는 거야 전혀 신기한 일이 아니지만.

"좀 조사할 게 있어서. 그리고 샤를로트에게 벌을 주러 왔다고 할까. 벌써 한 방 때려 주고 오는 참이야."

상당히 꽁한 성격이네……. 600살이 넘었는데 어른스럽지 못하게…….

어이가 없다는 듯이 린을 바라보고 있는데, 유미나가 쭉쭉 소매를 잡아당겼다.

"토야 오빠? 이쪽 분은 누구세요?"

"아, 유미나는 처음 보는구나. 이 사람은 미스미드의 요정족 족장으로, 이름은 린이야. 이렇게 보여도 우리보다 훨씬 나이가 많아."

"요정족……? 하지만……."

유미나는 의심스러운 눈으로 린을 바라보았다. 어? 그리고 보니 등에 돋아나 있었던 요정의 날개가 없네? 설마 잘라 버린 건 아니겠지?

"아, 날개는 광마법으로 안 보이게 해 뒀어. 이쪽 나라에서는 너무 눈에 띄니까."

마법을 해제해서인지 점점 등에서 반투명한 날개가 보이기 시작했다. 날개가 창문에서 비치는 태양 빛에 반짝반짝 빛났다. 별 상관은 없는 거지만, 요정족이나 유익족은 잠을 잘 때 날개가 방해되지 않을까?

"근데 왜 우리 집에 온 거야? 여긴 어떻게 알고 왔어?"

"샤를로트한테 들었어. 그리고 너한테 묻고 싶은 게 있거든. 지금으로부터 몇 개월 전, 네가 쓰러뜨렸다는 '수정 마물'에 대해서."

"……뭐라고?"

수정 마물, 이라고 하면 그 녀석밖에 없다. 옛 왕도의 지하 유적에 나타난 그 녀석. 검도 통하지 않고, 마법을 흡수하는 데다, 재생 능력까지 갖춘 수수께끼의 괴물.

"미스미드에도 나타났어. 그 수정 마물이 말이야."

린의 그 말을 들은 나는 놀라움과 함께 말로 형용할 수 없는 한기를 느꼈다.

"너희가 돌아가기 전날에, 미스미드의 서쪽에 있는 레레스라는 마을에서 급한 심부름꾼이 왔어. 며칠 전부터 기묘한 현상이 일어나고 있다고 하면서."

"기묘한 현상?"

거실 의자에 걸터앉은 린이 홍차를 한 모금 마셨다. 맞은편에는 나와 유미나, 좌우에는 린제와 야에가 앉았고, 폴라는 린의 옆에 오도카니 앉아 있었다.

"그걸 발견한 사람은 레레스 마을의 아이들이었어. 숲 안의 아무것도 없는 공간에서 공중에 떠 있는 작은 균열을 발견한 거지. 만질 수는 없는데 확실히 그곳에 존재하는 기묘한 균열을 말이야."

공간에 균열……? 그게 뭐야. 무슨 마법인 걸까?

"이윽고 아이들은 하루하루 그 균열이 커져 간다는 사실을 깨달았어. 그래서 급히 어른들에게 알렸고, 마을의 장로는 왕도에 심부름꾼을 보냈지."

린이 홍차 컵을 접시에 되돌려 놓았다. 그 심부름꾼이 우리가 벨파스트로 돌아가기 전날에 도착했구나.

"이야기를 듣고 흥미가 생긴 나는 전사단 소대 하나와 함께 그 마을에 가 봤어. 하지만 그곳에서 내가 본 것은 괴멸되어 가는 마을이었지. 수정 마물이 마을 사람들을 죽이고 한껏 유린하는 현장이었던 거야. 나와 함께 갔던 전사 소대도 싸웠지만, 도저히 당해낼 수가 없었어. 검도 안 통하고, 마법은 흡수되며, 부서져도 다시 재생되었으니까……. 그야말로 악몽. 전사들은 반 이상이 재기 불능에 빠졌고, 마을은 완전히 멸망하고 말았어."

"우리가 싸웠던 녀석이랑 똑같아……. 그래서, 쓰러뜨렸어?"

"간신히. 물리적인 대미지를 주는 마법이라면 통한다는 사실을 알고, 그 녀석의 머리 위에 흙 마법으로 무게 수 톤에 달하는 돌을 떨어뜨렸거든. 몸 안에 있던 핵이 부서지자 두 번 다시 재생되지 않았어."

붉은 핵이라. 그게 부서졌기 때문에 활동이 정지된 거겠지. 역시 우리가 싸웠던 녀석과 같은 마물이구나.

"이 괴물을 조사하기 위해 샤를로트에게 협력을 요청하려고 했는데, 벨파스트에도 비슷한 게 있다지 않겠어? 게다가 쓰러뜨린 사람이 너라는 이야기를 듣고 얼마나 놀랐는지."

린은 뭔가 흉흉한 웃음을 지으며 나를 똑바로 바라보았다. 뭐지? 이 옴짝달싹 못 할 것 같은 시선은? 기분 나쁜 땀이 배어 나오는데.

"들었어. 너, 모든 무속성 마법을 사용할 수 있다며? 【프로그램】을 사용할 수 있었던 것도 이제야 이해가 가."

"아…… 뭐라고 할까요, 부디 소문을 내지 말아 줬으면 하는데요."

샤를로트 씨, 이걸 말하다니. 앗, 어쩔 수 없이 자백을 해야 했었던 건지도 모르겠구나. 악마 같은 스승이 압박을 하면 뭐.

"살아남은 사람들의 얘기론 공간에 펼쳐져 있던 균열이 파괴되더니, 그 안에서 수정 마물이 나왔다고 했어."

파괴된 공간에서……? 우리 때처럼 고대 유적에서 부활한 게 아니고?

린이 주머니에서 종이 한 장을 꺼내 테이블 위에 펼쳐 놓았다. 그곳에는 우리가 쓰러뜨렸던 수정 마물이 아니라 다른 형태의 마물이 그려져 있었다.

우리가 마주친 마물은 아몬드형 몸체에 가늘고 긴 다리가 여섯 개 붙어, 귀뚜라미 같은 모습이었다. 하지만 린이 내민 종이에 그려진 마물은 아몬드 형태의 머리는 똑같았지만, 다리가 없었고, 몸이 길쭉했다.

우리가 싸운 녀석을 귀뚜라미라고 한다면, 이쪽은 뱀이다. 일본도를 마구 꺾어 구부린 듯한 몸체를 지닌 수정 뱀.

"우리가 싸운 녀석과는 형태가 달라. 우리가 본 건 귀뚜라미 같은 형태였어. 다리를 뻗어 공격해 왔거든."

"이쪽은 꼬리 부분을 뻗어 찌르거나, 휘둘러서 공격했어. 마치 날카로운 칼날 같았지."

형태는 다르다. 하지만 두 가지는 같은 것이란 확신이 들었다. 예를 들자면, 나비와 사마귀는 전혀 다르지만 '곤충'이라는 점에서는 같다. 아마 이것도 그런 관점에서 본다면 같은 종이겠지.

"……옛날, 내가 아직 어렸을 때, 일족의 장로에게 들은 이야기가 있어. 어디에서 나타났는지 모를 '프레이즈'라는 이름의 악마가 이 세계를 멸망시켰다는 얘기……. 그 악마는 수정 같은 몸을 지닌 불사신 악마였대. 결국 그 악마는 나타났을 때와 똑같이 사라져 갔고, 세계는 아무 일도 없었다는 듯이 원래대로 돌아온 모양이지만……."

"그 '프레이즈'라는 게 수정 마물이라고?"

"그건 알 수 없어. 이미 장로도 죽었고, 장로 자신도 어릴 때 들었던 동화였다고 말했으니까. 게다가 요정족이 외부 부족과 교류하게 된 건 최근 백수십 년 사이의 일이야."

만약 그 괴물이 '프레이즈'라면 대체 어디에서 온 것일까. 소환수처럼 누군가가 조종하고 있는 걸까. 왜 사람을 습격하는 걸까. 아무리 생각해도 답이 나올 리가 없는 질문들이었다.

위협적이긴 하지만 쓰러뜨리지 못하는 것도 아니다. 또 나타나면 또 쓰러뜨릴 수밖에. 만약 흑막이 있다면 밖으로 끌어내 역시 쓰러뜨리면 된다.

"음, 우리끼리 아무리 생각해 봐야 소용없으려나? 될 수 있는 한 두 번 다시 만나고 싶지 않은 녀석들이지만, 또 나타나면 또 쓰러뜨릴 수밖에."

"맞아. 그런데 이번엔 내가 오리가를 대신해 미스미드의 대사로서 이 나라에 머물게 됐어."

어? 그렇구나. 샤를로트 씨, 가여워라…….

"앞으로는 이따금 놀러 올 테니까 잘 부탁해. 그리고 토야, 너,

【게이트】를 쓸 수 있다며?"

앗, 이럴 수가. 들켰어. 일부러 연기까지 해 가며 【게이트】를 쓸 수 있다는 걸 비밀로 해 뒀는데, 이래서는 미스미드가 경계하거나 의심을 품을 수도 있겠어.

그런 내 마음을 읽었는지 린은 작게 미소를 지었다.

"그런 표정 지을 필요 없어. 수왕이나 다른 일족의 족장에게 말하지는 않을 테니 걱정 마. 난 같은 동료에게는 다정하거든."

"동료?"

"내 제자가 되어 줄 거잖아?"

싱글거리며 린이 이쪽을 바라보았다. 크으으. 이게 협박이 아니면 대체 뭘까. 내가 대답을 망설이자 린이 웃음을 터뜨렸다.

"후후, 농담이야. 다른 사람이 싫어하는 걸 억지로 시키다니, 별로 좋아하지 않으니까."

거짓말. 반쯤은 진심이었으면서. 내가 린을 노려보고 있는데, 홍차 포트와 과자를 올린 쟁반을 들고 세실 씨와 레네가 거실 안으로 들어왔다.

"홍차를, 더, 가지고 왔습니다."

레네가 잔뜩 긴장한 모습으로 말했다. 그리고 어색한 움직임으로 테이블 중앙에 과자가 든 접시를 놓고, 비어 있는 티컵에 차를 따랐다. 그 모습을 뒤에서 생글생글 웃으며 지켜보는 세실 씨.

"실례합무다."

앗, 말이 헛 나갔다. 두 사람이 인사를 하고 거실 밖으로 나갔다. 그럭저럭 괜찮으려나. 처음치고는 아주 잘 했다고 생각한다.

"아주 어린아이를 고용했네? 그다지 접객에 익숙하지 못한 것 같은데, 신인이야?"

"최근에 고용한 애야. 좀 서툴러도 용서해 주면 좋겠어."

그렇게 말을 하면서 컵에 담긴 홍차를 마셨다. 음, 조금 뜨겁고, 맛이 진하다. 역시 갑자기 라피스 씨나 세실 씨처럼은 안 되는구나. 그렇게 신경 쓰일 정도는 아니지만.

"그건 그렇고 조금 전 이야기 말인데. 【게이트】는 사용할 수 있는 거지?"

"응. 최소한 한 번은 가 본 적이 있는 곳밖에 못 간다는 게 단점이지만."

"무속성 마법 【리콜】이라고 알아? 다른 사람의 마음을 읽어 기억을 회수하는 마법인데, 이것과 같이 사용하면 읽어 들인 다른 사람의 기억에 남아 있는 장소에도 갈 수 있을 거야."

그런 마법도 있었구나……. 근데 정말 잘 아네. 요정족은 대부분 무속성 마법을 지니고 태어난다니, 당연한 이야기일까.

"그 마법과 【게이트】를 사용해, 좀 데려가 줬으면 하는 곳이 있어. 그 나라에 있다는 고대 유적을 조사해 보고 싶어서."

"무슨 말인진 잘 모르겠지만…… 그러니까 어딘가로 데려가 달라는 말이지?"

"머나먼 동방, 동쪽의 끝. 신국(神國) 이셴으로."

"이셴?"

나는 무심코 야에 쪽을 바라보았다. 내 시선을 본 야에도 깜짝 놀라 했다.

원래 있던 세계의 일본과 많이 비슷한 나라, 이셴. 이쪽 세계에 온 뒤로 계속 신경이 쓰였던 나라였다. 그 나라에 갈 수 있는 건가.

"이 아이는 이셴 출신이지? 이 아이의 마음을 읽으면 【게이트】를 사용해 이셴에 갈 수 있어."

"자, 잠깐만 기다려 주십시오! 마음을 읽는다니, 소인의 마음을 말입니까?!"

"걱정 마. 제대로 의식을 유지한다면, 【리콜】은 기억을 전해 주는 사람이 허가한 기억만을 회수할 수 있으니까. 그러니 보여 주고 싶지 않은 기억까지 읽을 수는 없어."

야에는 뭐라고 형용하기 힘든 얼굴로 고민하기 시작했다. 사람이라면 누구나 다른 사람에게 보여 주고 싶지 않은 부분이 있으니까. 아무리 괜찮다고 해도 불안할 수밖에 없다. 입장이 반대라면 나도 야에와 마찬가지 반응을 보이리라 생각한다.

그래도 한참을 망설인 끝에 야에는 겨우 고개를 끄덕여 주었다.

"무속성 마법 【리콜】은 상대에게 접촉함으로써 마음을 엿본 뒤, 그 기억을 자신 안으로 회수하는 마법이야. 접촉할 때는 역시 입맞춤이 최고지."

""""아아앗?!""""

"농담이야."

린의 그 말을 듣고 모두가 축 늘어졌다. 싱글거리지 마. 이 고스로리 초절 S 꼬마 아가씨야! 이 녀석, 우리를 갖고 놀고 있어!

"자자, 두 사람은 이쪽으로 와서 서로 마주 봐 줘. 그리고 양손을 잡아."

나는 린이 이끄는 대로 야에와 마주 보고 섰다. 다른 방법도 있다는 듯하지만, 익숙해질 때까지는 이렇게 하는 게 가장 성공하기 쉽다고 한다.

　린이 손을 잡아끌며 야에와 양손을 붙잡게 했다. 와, 부드러워……. 항상 칼을 휘두르는 손인데 이렇게 부드러울 수가. 이러면 안 되는데, 엄청 긴장했어?!

　"아……."

　"하읏……!"

　고개를 들자 야에와 눈이 마주쳤다. 야에가 새빨간 얼굴로 이쪽을 보고 있다. 제발 그러지 마! 이쪽도 점점 부끄러워지잖아!

　"자, 둘 다 눈을 감아. 야에는 머릿속에 이셴의 풍경을 떠올리고. 될 수 있으면 선명히 떠올릴 수 있는 장소가 좋아. 애매한 곳일 경우, 가능성은 낮지만 비슷한 장소로 【게이트】가 열릴 수도 있으니까. 그럼 토야는 야에와 이마를 맞대고 【리콜】을 발동시켜."

　린이 하라는 대로 마력을 모은 뒤, 야에와 자신의 이마를 서로 맞댔다. 확 풍겨 오는 좋은 향기에 순간 집중이 흐트러질 뻔했지만, 간신히 버티며 마법을 발동시켰다.

　"【리콜】."

　머릿속으로 멍하게 무언가가 흘러들어 왔다. 큰 나무…… 녹나무인가? 그 나무 밑부분에 뭔가가 있는데…… 이거, *토리이인가? 작은 사당이 보였다. 그리고 좌우에는 코마이누라는 개의 조각상 같은 것도 보였다. 숲 안의 작은 사당인가. 여기가 야에의

─────────────

* 토리이(鳥居) : 일본의 신사 입구에 세운 기둥 문.

마음속에 있는 이셴의 기억이구나.

"보였어."

눈을 뜨고 정면의 야에와 마주 보았다. 다른 사람과 기억을 공유하다니, 뭔가 이상한 기분이다. 마치 자신도 그 장소에 몇 번이나 가 본 듯한 기분이라고 할까.

"으음!"

"앗!"

유미나의 헛기침에 정신이 번쩍 든 나는 야에의 손을 놓았다. 계속 손을 잡고 마주 보았다는 쑥스러움 때문에 우리 둘은 무심코 서로 고개를 돌리고 말았다.

"이셴이 보였다면 【게이트】를 열어 줬으면 하는데. 괜찮을까?"

큭, 그러니까 그렇게 웃지 좀 말라니까!

조금 전 뇌리에 떠오른 이셴을 다시 떠올리며 【게이트】를 열었다.

떠오른 빛의 문을 통과해 보니, 그곳은 숲 안이었다. 커다란 녹나무, 그리고 코마이누가 지키고 있는 토리이와 사당이 보였다. 조금 전 야에의 기억에서 본 경치와 같은 풍경이다.

"틀림없습니다. 이곳은 소인이 태어난 고향, 이셴입니다. 저희 집이 있는 하시바의 외곽, 진수(鎭守)의 숲 안입니다."

마찬가지로 【게이트】를 통과해 온 야에가 주변을 둘러보며 그렇게 단언했다.

동쪽 끝, 극동의 나라. 신국 이셴. 우리는 그곳에 발을 내디딘 것이다.

ᴤᴵᴵ 막간극1 미스미드에서의 휴일

"여기가 미스미드인가! 참으로 시끌벅적하구나!"

자전거를 만든 지 며칠 후. 나는 약속대로 【게이트】를 사용해 스우를 데리고 미스미드의 왕도인 베르주에 와 있었다.

물론 단둘이서 온 건 아니고, 유미나와 코하쿠, 우리 집의 집사 라임 씨의 남동생인 오르트린데 공작의 집사 레임 씨, 그리고 남녀 혼성 호위 기사 몇 명이 우리를 따라왔다.

왕족인 유미나와 스우의 안전을 위해서다. 어차피 두세 시간 정도의 짧은 여행이니 큰 문제는 없을 거라 생각하지만, 만약을 위해서이겠지.

기사들도 레임 씨도 눈에 띄지 않는 옷을 입었지만, 무기만큼은 몸에 지니고 있었다.

"신기한 걸 팔고 있구먼! 아버지와 어머니에게 선물을 사 가야겠어! 토야, 저쪽으로 가 보자!"

"네네. 하고 싶으신 대로 하세요."

나는 스우가 천진난만하게 손을 잡아끄는 대로 미스미드의 거리를 걸었다.

벨파스트에 비하면 미스미드는 치안이 그렇게 좋다고 할 수는 없었다. (내가 원래 있던 세계와 비교하면 어느 쪽이든 안 좋긴 마찬가지지만).

범죄가 많다기보다는 모든 게 거칠었다. 이건 아인들, 특히 수인들의 기질 탓이 크다고 생각한다.

국왕의 영향을 받은 것은 아니겠지만, 수인, 특히 맹수 계열 종족이 호전적이다.

지금도 거리 구석에서는 싸움이 시작되고 있다. 하지만 무기를 들고 서로 죽이려고 한다기보다는 치고받는 평범한 싸움이다. 일상다반사인지 주변 사람들도 말릴 생각은 하지 않고 태연하게 바라보기만 했다.

그것도 완전히 모르는 사람끼리 싸우는 게 아니라, 친한 사람끼리 싸우는 듯이 보였다.

요즘 들어 우리에게는 '싸움' 처럼 보이지만, 수인들에게는 '장난' 일지도 모른다는 생각이 들기 시작했다. 그것도 수인들의 천성이겠지.

물론 말려들어선 큰일이다. 나는 스우를 놓치지 않도록 손을 꼭 붙잡은 채 베르주의 거리를 걸었다.

스우에게 이끌려 우리는 고급스러워 보이는 소품 가게에 들어갔다. 이런 가게를 아무렇지도 않게 선택하는 모습을 보니, 스우가 얼마나 좋은 집안 출신인지 새삼스럽게 느껴졌다.

"아버지에게는 이 파이프가 좋으려나? 호랑이 조각이 아주 멋지구먼. 어머니에게는 무엇이 좋을고……?"

스우가 은으로 만든 호랑이가 박혀 있는 파이프를 레임 씨에게 건넸다. 이어서 액세서리가 늘어서 있는 진열대 앞에서 무엇을 고를까 고민하기 시작했다. 그사이에 레임 씨가 벌써 돈을 냈는지 가게 주인이 파이프를 포장하고 있었다.

가게를 둘러보면서 나도 우리 집 사람들에게 뭐라도 사 갈까 생각하고 있는데, 유미나가 쭉쭉 하고 코트의 옷자락을 잡아당겼다.

"토야 오빠, 저기에 아루마가 있어요."

"응?"

유미나가 가리키는 곳을 보니 가게 창문 밖으로 소녀 한 명이 걷고 있었다. 쫑긋쫑긋한 여우 귀, 폭신폭신한 꼬리. 틀림없다. 미스미드의 대사였던 오리가 씨의 여동생 아루마다.

내가 가게의 커다란 유리를 두드리자 걷고 있던 아루마가 이쪽을 눈치채고 꼬리를 흔들며 달려왔다. 그리고 가게 입구 쪽으로 돌아오더니, 안으로 들어왔다.

"안녕, 아루마. 이런 우연이 다 있네."

"네! 두 분 다 미스미드에 와 계셨군요!"

활기차게 인사하는 아루마에게 손을 들어 인사해 주었다. 유미나와 아루마는 서로 손을 잡고 반갑게 인사했다. 아루마는 유미나가 공주라는 걸 알면서도 평소와 다름없이 대해 주었다.

"아루마도 물건을 사러 나왔나요?"

"네. 유미나도요?"

유미나가 스우를 소개해 주자, 세 사람은 화기애애하게 서로 대화를 나누었다.

여자아이들의 대화에는 끼어들기가 어렵겠다고 느낀 나는 가게 내의 액세서리를 둘러보기로 했다. 여자애들한테 뭐라도 좀 사 줄까?

'주인님, 저 사람은 오리가 님과 리온 님이 아닌가요?'

"응?"

갑작스럽게 코하쿠가 텔레파시를 날렸다.

코하쿠의 시선을 따라 창문 너머 가게 밖의 길거리를 보니, 남녀 두 사람이 웃으면서 걷고 있었다.

확실히 저 두 사람은 미스미드의 대사였던 여우 수인 오리가 씨와 벨파스트의 기사 리온 씨였다.

리온 씨, 아직도 미스미드에 있었구나. 쉬는 날인지 사복을 입고 오리가 씨와 즐거운 모습으로 걷고 있다.

"토야 오빠, 왜 그러세요?"

"앗, 저기 봐."

내가 가게 밖을 가리키자 유미나와 아루마도 눈치를 챘는지, 창문에 모여들어 두 사람의 모습을 눈으로 좇았다.

"데이트, 일까요?"

"아마도 그렇겠지."

"언니가?!"

의외였는지 아루마가 눈을 동그랗게 뜨며 놀랐다. 그렇게 놀랄 일이야? 오리가 씨는 인기가 많을 것 같은데.

너무 반듯해서 융통성이 없는 것처럼 보이려나? 게다가 미인이니까 사람들이 접근하기에는 조금 차갑게 느껴질지도 모른다.

조금 얘기해 보면 꼭 그렇지도 않은데 말이야.

"쫓아가야 해!"

아루마가 서둘러 가게 밖으로 나갔다. 어?! 미행하게?!

"재미있겠구먼. 우리도 가세!"

"앗, 스우! 뭐야?!"

아루마에 이어 스우와 유미나도 가게 밖으로 나갔다. 당연히 두 사람을 호위하기 위해 따라온 레임 씨와 기사들도 그 뒤를 쫓았다.

게다가 나도 그냥 남아 있을 수 없었기 때문에, 코하쿠를 데리고 역시 그 뒤를 쫓았다. 이거야 원…….

길을 걷는 두 사람에게서 너무 멀리 떨어지지도 너무 붙지도 않게, 슬금슬금 뒤를 쫓았다. 리온 씨야 어쨌든 수인인 오리가 씨에게는 들키지 않을까 걱정했는데, 아루마가 눈치채지 못할 아슬아슬한 거리를 유지했기 때문인지 아직까지는 들키지 않은 듯했다.

"어딘가 모르게 순수하네요."

유미나가 건물 뒤에서 두 사람을 바라보며 그렇게 중얼거렸다.

리온 씨가 걸으면서 어떻게 해서든 오리가 씨와 손을 잡으려고 손을 뻗었다가 빼는 동작을 계속 반복했다. 확실히 순수하다고 할까 뭐라고 할까.

"아앙, 답답해!"

"리온 이 자식, 정말 한심해!"

"이건 놓칠 수 없겠어."

이거야 원. 우리보다 호위 기사들이 두 사람에게 더 관심이 많았다. 동료의 데이트 현장을 목격했기 때문인지 그 누구보다 흥미진진해하는 모습이다.

"대체 뭐 하는 거야?"

"손을 잡고 싶지만, 잡아도 되나 안 되나 고민하는 거잖아."

"손 정도야 그냥 확 잡으면 될걸."

그 말 그대로지만, 그게 쉽지 않은 게 사랑이다. ……내가 할 말은 아니지만.

근데 두 사람 모두 적령기인데 그런 쪽으로는 소심하구나. 분명 리온 씨는 스물한 살, 오리가 씨는 열아홉이었는데.

이쪽 세계에서는 조혼이 보통이라, 일반 시민인 경우에는 10대 후반이면 반 이상이 결혼하는 듯하다. 이른바 성인식이라는 것도 없고(부족에 따라서는 성인 의식이라는 게 있는 듯하지만), 양쪽이 모두 독립했다면 결혼할 때 부모의 허가도 딱히 필요 없는 모양이다.

물론 귀족일 경우에는 좀 다르지만. 리온 씨는 남작 가문 출신이고, 오리가 씨도 미스미드에서는 꽤 큰 사업가의 딸이니, 멋대로 결혼할 수는 없겠지.

태어나기 전에 미리 약혼자를 정해 놓은 경우도 있을 테고. 저 두 사람은 없는 것 같으니 다행이지만.

아무튼 간에 두 사람은 일단 손을 잡는 게 먼저다.

"앗, 가게에 들어갔어요!"

두 사람이 근처에 있던 카페 안으로 들어갔다. 아무래도 같이 카페 안에 들어가면 들키겠지? 모두 아는 사이기 때문에 변장이라도 하지 않는 한 따라 들어가기는 어렵다.

"토야, 어떻게 안 되겠는가?"

"어떻게든 할 수야 있겠지만…….."

스우의 말을 듣고 나는 난색을 표했다. 역시 두 사람의 프라이버시 문제도 있으니까.

"언니 인생의 중대한 고비일지도 몰라요! 여동생으로서 꼭 확인해 두는 게 좋지 않을까요?!"

아무리 가족이라지만 무슨 말도 안 되는 소릴. 정말로.

하지만 레임 씨를 제외한 다른 사람들에게서도 '얼른 해!' 라는 듯한 압박을 받은 나는 어쩔 수 없이 품에서 스마트폰을 꺼내【롱센스】를 부여해 둔 카메라 어플리케이션을 실행했다.

스마트폰 화면에 가게 안의 모습이 비쳐졌다. 이건【롱센스】로 본 내 시야가 표시된 것이다. 역시 귀로 포착한 소리도 흘러나왔다.

〈처음으로 들어와 본 가게라 입에 맞으실지 어떨지 모르겠네요…….〉

〈아뇨아뇨아뇨! 신경 쓰지 마세요! 와, 멋진 가게인걸요!〉

내 뒤에서 호위 기사들이 "풋!" 하고 웃음을 터뜨렸다. 엄청 긴장했나 봐, 리온 씨. 음, 어쩔 수 없는 일이겠지만.

〈이제 며칠이면 리온 님도 벨파스트로 돌아가시는군요.〉

〈아, 네……. 하, 하지만 앞으로 벨파스트와 미스미드는 우호 관계를 맺을 테니, 이쪽에 올 기회가 많아지리라 생각합니다! 자, 장기 휴가를 받으면 또 올 생각이에요!〉

〈후후, 그때는 저에게 알려 주세요. 더 좋은 가게로 안내할 테니까요.〉

분위기 좋은데? 오리가 씨도 딱히 싫어하지 않는 눈치고.

〈아, 그, 그렇지! 이, 이거 말인데요.〉

〈이건…… 거울, 이네요? 근데 뭔가 좀…….〉

리온 씨가 주머니에서 나무틀이 끼워져 있는 가늘고 긴 거울을 꺼냈다. 아, 저건 내가 준 게이트미러잖아. 아직도 안 줬단 말이야?

〈이건 토야 님께 받은 마도구인데…… 이거 보십시오. 이렇게 물건을 넣으면…….〉

〈앗, 다른 쪽 거울에서 나왔어요……!〉

〈멀리 있어도 편지를 순식간에 주고받을 수 있습니다. 오, 오늘은 이걸 오리가 씨에게 드리고 싶어서…….〉

〈……감사합니다. 소중하게 사용할게요.〉

게이트미러를 받아 들고 오리가 씨가 미소 지었다. 오오, 받아 준 건가. 최소한 리온 씨에게 호의를 품고 있는 건 확실해 보인다. 폭신폭신한 꼬리도 기쁘다는 듯이 마구 흔들리고 있으니까.

"언니, 기뻐 보여……."

"이건 상당히 분위기가 좋아 보이는데요?"

스마트폰 화면을 보면서 아루마와 유미나가 그렇게 중얼거렸다.

확실히 한 발만 더 앞으로 내디디면 서로의 거리가 상당히 좁혀질 듯하다.

두 사람은 카페에서 가볍게 식사를 한 뒤, 다시 어딘가를 향해 걷기 시작했다. 이 안에서 왕도 베르주에 대해 가장 잘 아는(당연한 얘기지만) 아루마에게 물었다.

"이 앞에는 중앙 광장이 있어요. 굉장히 노점이 많은데, 외국에서 수입한 진기한 물건이나 싸지만 뜻밖에 좋은 물건이 아주 많아요. 거기로 가는 게 아닐까요.”

식사 뒤에는 쇼핑인가. 응, 딱 정석 코스라고 할 수 있으려나?

“딱 하고 반지를 사서 주면 좋을 텐데.”

“아니, 지금 반지를 주다니 말도 안 되지. 너무 부담스럽잖아.”

“좋아하는 사람에게 반지를 받으면 기쁜 거 아냐?”

“그러니까 좋아하는지 아닌지 아직 잘 모르잖아. 자칫 타이밍을 잘못 잡았다간 그야말로 비극이 일어나고 말아.”

등 뒤에서 기사분들이 자기 나름의 생각을 하나씩 늘어놓았다. 완전히 재미있어 죽겠다는 표정들이네? 아, 나도 재미없는 건 아니지만.

두 사람은 중앙 광장에 도착하자, 쭉 늘어서 있는 노점을 구경하기 시작했다. 확실히 노점에서는 여러 진귀한 물건들을 팔고 있었다.

솔직히 말하면 나도 느긋하게 구경을 하고 싶었지만, 두 사람을 뒤쫓는 아루마를 그냥 내버려 둘 수는 없으니 원.

“할아범! 이 가면을 사가세! 아버지와 어머니께 드릴 선물이야!”

“알겠습니다.”

그 옆에서 스우가 여우와 고양이 가면을 샀다. 와, 자유롭구나! 정말 부럽다.

앞을 보니 리온 씨가 가족에게 선물을 사려고 하는데, 오리가 씨가 옆에서 골라 주고 있는 듯했다.

역시 노점이 많아서 그런지, 사람들이 워낙에 많아 두 사람을 놓쳐 버릴 것만 같았다.

물론 놓친다고 해도 스마트폰으로 검색하면 금방 찾을 수 있으니 딱히 초조해할 필요는 없지만.

근데 그 사실을 모르는 아루마가 마구 서두르다, 눈앞에 있는 사람과 정면으로 부딪치고 말았다.

"아으으……!"

후드를 쓴 거구와 부딪쳐 아루마가 엉덩방아를 찧었다.

"어이구, 미안하다. 안 다쳤나?"

"아, 네, 네에. 죄송합니다. 앞을 제대로 안 보고 걷다가……."

후드를 쓴 사람이 아루마의 손을 잡고 일으켜 세워 주었다.

"아루마, 괜찮아?"

"네. 괜찮아요."

"죄송합니다. 좀 서두르다 보니……."

눈앞의 후드를 쓴 사람에게 사과를 하려고 정면을 바라본 순간, 나는 깜짝 놀라 눈을 휘둥그렇게 뜨며 그대로 얼어 버리고 말았다. 상대편도 마찬가지로 눈을 동그랗게 뜨며 움직이지 못했다.

""아앗?!""

우리는 서로를 가리켰다가 바로 서로의 입을 막았다. 목소리가 커요! 리온 씨와 오리가 씨한테 들키면 어쩔 거예요?!

"왜 이런 곳에 계신 거죠?!"

"그건 내가 할 말이다! 벨파스트에 돌아간 게 아니었나?"

아니아니, 내가 여기에 있는 것보다, 아무리 생각해도 경호도 없이 국왕이 제멋대로 돌아다니는 게 더 부자연스럽거든요?!

눈앞에 있는 미스미드의 수왕 폐하가 목소리를 낮추며 말했다.

"기분 전환을 위해 성 밖을 걷는 건 내 취미다. 요즘 질 나쁜 양아치들이 온 마을을 휘젓고 다닌다고 해서, 벌을 내려 주러 왔지."

벌하러 왔다고 하면 다인 줄 아나? 왕이 돼서 뭐하는 건지…….
재상 그라츠 씨가 화를 내는 것도 당연하다. 정말 이 임금님은.
너무 자유로워.

"앗?!"

아루마도 수왕 폐하라는 사실을 눈치챈 듯했다. 그러고 보니 두 사람 모두 파티에 나왔었지?

수왕 폐하기 쉿~ 하고 입 앞에 검지를 대자, 아루마가 재빨리 자신의 입을 양손으로 가렸다.

뒤에서 쫓아오던 유미나도 눈치를 챘지만, 스우, 레임 씨, 호위 기사들은 본 적이 없기 때문에 그냥 나와 아는 사이라고 생각한 모양이었다.

"그보다 자네들은 뭘 하는 건가?"

"뭘 하냐면…… 미행?"

보시는 대로. 고개를 갸웃하는 수왕 폐하는 아랑곳하지 않고 나는 스마트폰 검색으로 두 사람의 위치를 찾아냈다. 바로 앞에 있는 공원이구나. 아무래도 벤치에 앉아 있는 듯했다.

그 벤치 뒤쪽으로 돌아가 모두 건물 사이에 숨었다. 이곳이라면 두 사람의 위치가 아주 잘 보인다.

"저들은…… 오리가와 벨파스트의 젊은 기사인가. 하하하, 그렇군. 그랬던 건가?"

"그런 거예요."

나는 굳이 따라온 수왕 폐하에게 목소리를 낮추라고 지시를 내렸다.

상대가 임금님인 만큼 실례일지도 모르지만, 한번 싸웠던 상대이기 때문인지 상당히 허물없이 대할 수 있는 관계가 되어 버렸다. 내가 유미나와 약혼한 사이라 그런 걸지도 모르지만.

원래는 더 공손하게 대해야 할지도 모른다. 하지만 원래 시원스러운 성격인 것 같기도 하고, 뇌도 근육이라 단순…… 아니, 직감적으로 행동하는 성격이라, 그런 점을 신경 쓰지 않는 타입이라 생각했다.

눈앞의 벤치에 앉아 있어 뒷모습만 보이는 리온 씨가 옆에 앉은 오리가 씨의 어깨를 감싸 안을까 말까 하며 수상한 행동을 반복하고 있다. 음, 저건 난이도가 높아 보이는데. 손도 못 잡는 주제에.

"아이고."

"도저히 눈 뜨고 못 보겠구만……."

"허당 같은 자식."

"리온답다면 리온답지만."

등 뒤에서 들려오는 동료 기사들의 투덜거리는 소리에 무심코 쓴웃음을 지었다.

"한심하군. 내가 젊었을 때는 더 남자가 주도적으로 이렇게 하고……."

수왕 폐하가 자기 얘길 시작했을 때, 리온 씨와 오리가 씨가 앉아 있는 벤치 앞에서 무슨 소동이 일어나기 시작했다.

잘 보니 몇 명의 남자들이 노점을 부수고 있었다. 점원으로 보이는 남자가 질 나빠 보이는 남자들에게 마구 발로 차이며 폭행당하는 모습이 보였다.

사소한 다툼 정도의 수준이 아니었다. 일방적인 폭력이었다.

"그만해!"

리온 씨가 그 녀석들이 있는 곳으로 달려갔다. 역시 벨파스트의 기사, 눈앞의 폭력을 가만히 보고 있을 수 없었던 듯하다.

정의감이 강하구나. 물론 아버지가 아버지니까. 잘못된 짓을 하면 철권 체벌이 기다리고 있었을 게 틀림없다.

"넌 또 뭐야?"

"그 사람을 놔줘라. 무슨 일이 있었는지는 모르지만 사람 한 명에게 몰려들어 폭행을 하다니, 부끄럽지도 않나?"

오오, 멋지다. 조금 전까지의 허당과 동일 인물이라는 게 믿겨지지 않는다.

리온 씨는 휴일이기 때문에 기사 복장을 입고 있지 않다. 양아치들도 정의감에 넘치는 남자가 잘난 척을 하며 나선 것으로밖에 안 보이겠지.

게다가 수적으로 우세하다. 양아치들이 뒤로 물러설 리가 없었다.

"……조금 전에 말한 질 나쁜 양아치들이란 게……."

"흐음, 분명히 저 녀석들이겠지."

모두 수인으로 스무 명이 넘는다. 아무리 강해도 무기도 없는 리온 씨가 혼자 상대하기는 힘들다. 상대는 검과 나이프를 들고 있기도 하고.

"이 자식! 사람 주제에 우리 문제에 끼어들지 마라! 어서 꺼져!"

"사람이든 수인이든 무슨 상관이지?! 너희의 그 행동은 비열하고 어리석은 짓이다!"

"뭐라고, 이 자식이!"

남자 한 명이 리온 씨에게 달려들었다. 리온 씨는 그 공격을 상반신만 움직여 피한 뒤, 상대의 몸통에 주먹을 날렸다.

쓰러지는 남자 뒤에서 양아치들이 무기를 다잡았다.

"이 자식이! 야, 해치워라!"

리온 씨를 향해 양아치들이 한꺼번에 달려들었다.

역시 위험하다. 혼자서 상대하기엔 수가 너무 많다.

"스우! 조금 전에 샀던 가면 좀 빌려 줘!"

레임 씨에게서 여우 가면을 빌린 뒤, 그것을 얼굴에 썼다. 이렇게 하면 안 들키겠지.

문득 옆을 보니 수왕 폐하가 없었다. 어?!

"크아악?!"

"너, 너는 누구냐?! 대체 뭐야?!"

"후후후, 이쪽 젊은이의 동료다. 각오해라, 이 양아치들아."

"누구신지는 모르겠지만, 도와주셔서 감사합니다!"

이미 고양이 가면을 쓴 수왕 폐하가 눈앞의 양아치 한 명을 멀리 날려 버렸다. 앗, 【액셀】을 썼구나?!

나도 여우 가면을 쓴 채 건물 뒤에서 뛰쳐나가 양아치의 등에다 발차기를 날렸다.

"또, 또 이상한 게 늘었다!!"

이상한 거라 미안하네. 그 마음을 모르는 건 아니지만.

나는 주먹을 날리려고 하던 양아치 수인의 팔을 잡은 뒤, 힘을 역이용해 상대를 멀리 내던져 버렸다. 그리고 쓰러진 그 녀석의 명치에 주먹을 꽂으면서 다른 양아치의 나이프 공격을 피했다.

확실히 난투가 벌어질 때에는 상대가 등 뒤에 오지 못하도록 주의하면서, 시야에 되도록 많은 사람이 들어오도록 움직여야, 했었지?

야에에게 배운 것을 이런 곳에서 활용하는 처지가 될 줄이야. 하지만 가면을 쓰고 있어서 그런지 시야가 그다지 넓지 못했다.

옆을 보니 고양이 가면을 쓴 수왕 폐하가 자기 세상을 만난 듯 양아치들을 마구 때려눕히고 있었다. 시야의 불리함이 전혀 느껴지지 않을 정도로, 싸우는 모습이 마치 스트레스를 해소하기 위한 것처럼도 보였다. ……그냥 가만히 놔두자.

맞은편을 보니 리온 씨도 분투하고 있었다. 벨파스트의 기사답게 역시 맨손이지만 강했다.

【패럴라이즈】를 사용하면 편할 텐데. 사용하면 분명 의심을 할 테니 쓰지 말자. 【슬립】도 안 되려나?

겨우 이 정도 사람들에게는 쓸 필요도 없겠지만.

이쪽을 향해 뻗어 오는 나이프를 오른손으로 쳐서 떨어뜨린 뒤, 왼손의 손등으로 상대의 얼굴을 때렸다. 기껏해야 양아치. 모험자나 기사의 상대가 아니었다. 결국 이 녀석들은 약한 사람을 괴롭히는 것밖에는 할 줄 아는 게 없는 쓰레기였다.

눈 깜빡할 새에 우리 세 사람은 양아치들을 쓰러뜨려 갔고, 이윽고 마지막으로 남은 사람을 리온 씨가 때려눕혔다.

"너무 심했던 걸까요?"

"상관없다. 게다가 이 녀석들에게는 아마도 전과가 있겠지. 우리에겐 아무 잘못도 없다."

수왕 폐하의 말대로 분명 먼저 공격을 시작한 건 저쪽이지만. 이 나라의 제일 높은 사람이 하는 말이니 역시 아무 문제 없겠지?

문득 리온 씨를 보니 이쪽을 가만히 쳐다보고 있었다. 응? 뭐지?

"……토야 님이시죠?"

"헉?! 어떻게 저인지……?!"

입을 막았지만 이미 늦었다. 어? 왜 들킨 거지……?

"그야 이런 코트를 입고 계신 분은 토야 님밖에 없으니까요. 그리고 목소리도 똑같고요."

아차…… 근본적인 실수를……. 분명 이 코트는 '베르크트'에서 딱 하나 취급하던 것으로, 기성복이 아니다. 하다못해 코트를 벗고 끼어들었어야 했어…….

"리온 씨! 괜찮으세요?!"

오리가 씨가 리온 씨 곁으로 달려왔다. 오리가 씨가 손을 잡자 얼굴이 새빨개진 리온 씨가 횡설수설하며 괜찮다고, 괜찮다고 같은 말을 반복했다.

오리가 씨도 당황했는지 '리온 님'이 아니라, '리온 씨'라고 불렀다.

"빨리 경비병을 불러 이 녀석들을 넘기는 게 좋겠군. 이미 누가 불렀을지도 모르지만……."

오리가 씨가 살짝 고개를 기울이며 이쪽을 바라보았다. 이쪽이라기보다는 방금 말을 꺼낸 사람 쪽을.

"……수왕, 폐하?"

고양이 가면을 쓴 아저씨의 움직임이 딱, 하고 멈췄다. 아, 그렇구나. 리온 씨는 속일 수 있어도 오리가 씨는 수인이니 후각 같은 것 때문에 속일 수 없는 건가?

에구에구에구에구, 고양이 가면 아래에서 땀이 폭포처럼 쏟아지고 있거든요! 물론 이젠 이 일이 재상에게 알려질 게 뻔하니, 그 초조한 마음을 모르는 건 아니지만.

"………………【액셀】."

피융! 가속 마법을 발동시킨 수왕 폐하가, 순식간에 눈앞에서 사라졌다. 앗! 도망쳤다! 치사하게 혼자 도망치다니!

나도 【액셀】을 사용해 도망치려 했는데, 리온 씨가 꽉 잡고 놓아 주지 않았다.

"토야 님? 잠깐 할 얘기가 있습니다만."

"어~, 이건 그냥 우연이라고 할까요 뭐라고 할까요 리온 씨가 안고 있는 뜨거운 마음을 어떻게 응원해 줄 수 없을까 하다가 살짝 폭주를 했지만 아파아파아파 어깨 아파요 오리가 씨 헬프미~!"

한계에 가깝게 손에 힘을 주는 리온 씨에게서 빠져나와 오리가 씨의 등 뒤에 숨었다. 오리가 씨를 사이에 두고 나와 리온 씨가 대치했다.

"애초에 리온 씨가 어물어물하는 게 문제인 거잖아요! 확실히 말을 하지 않으면 상대에게 전해지지 않아요! 오리가 씨를 진심으로 좋아하진 않나 보죠?!"

"아니?! 그럴 리가요! 진심입니다! 이렇게 멋진 여성은 없다고 진심으로 생각하고 있습니다!"

"진심으로 교제하고 싶다는 말씀이시죠?!"

"물론입니다!"

리온 씨가 단호하게 외쳤다.

그 말을 듣고 싶었다.

"……라고 리온 씨가 말씀하시는데요?"

"아…….."

리온 씨의 시선이 나에게서 떠나 옆에 있던 오리가 씨를 향했다.

오리가 씨의 얼굴은 이미 새빨개져 있었다.

이걸로 리온 씨의 마음은 전해졌다. 이제는 오리가 씨의 마음에 달려 있는데…….

꼼지락거리며 무슨 말을 해야 할까 고민하고 있는 듯한 오리가 씨 앞에서 리온 씨는 불안한 듯 꼼짝도 하지 않았다.

나는 등 뒤에서 오리가 씨에게 작게 속삭였다.

"애매하게 대답하면 안 돼요. 대답은 '잘 부탁드립니다.' 나 '죄송합니다.' 로 부탁드려요."

오리가 씨가 여우 귀를 꿈질거리더니, 새빨간 얼굴로 리온 씨를 똑바로 바라보며 고백에 대한 답을 해 주었다.

"자, 잘 부탁드립니다……."

"어……? 저, 저어…… 교, 교제해 주시는……."

"네."

오리가 씨가 수줍은 듯이 미소 지었다.

그 말을 들은 리온 씨의 얼굴이 불안한 표정에서 점점 기쁨에 가득 찬 얼굴로 변하더니, 이윽고 자신의 감정을 폭발시켰다.

"해…… 해냈어————!"

리온 씨가 너무 기쁜 나머지 그 자리에서 하늘을 향해 주먹을 날렸다.

오리가 씨도 그 모습을 보고 웃었다.

후후후, 계획대로. ……죄송합니다, 거짓말이에요. 하지만 결과가 좋으니 만사 오케이가 아닐까. 어차피 이 두 사람은 어떤 계기가 없으면 관계에 진전이 없었을 것 같으니까.

"리온, 해냈구나!"

"고마워!"

"크윽, 아주 잘했다!"

"아니 뭘, 하하하!"

"와~, 부럽다, 부러워, 이 자식아!"

"하하…… 잠깐만. 너희 언제부터 여기에 있었지?"

리온 씨가 어느새인가 어깨를 팍팍 두드려 주는 동료들을 바라보았다.

무심코 뛰어나온 동료 기사들이 "아차!" 하는 표정으로 시선을 피했다.

"언니, 축하해!"

"아, 아루마?! 왜 여기에 있는 거야?!"

아무래도 언니를 축하해 주고 싶은 천진난만한 여동생도 뛰쳐나온 듯했다. 사람들을 따라서 유미나와 스우, 코하쿠에 레임 씨까지 두 사람 앞에 나타났다.

어느새 자신들의 데이트가 미행당했다는 사실을 깨달은 두 사람이 번뜩이는 눈빛으로 나를 바라보았다.

""토야 님! 대체 이게 어떻게 된 거죠?!""

두 사람이 새빨개진 얼굴로 나를 추궁하기 시작했다. 잠깐!! 왜 나를 주모자라고 생각하는 거야?!

겸연쩍어서 그런진 모르겠는데, 그 뒤로 리온 씨와 오리가 씨는 나만 붙들고 마구 설교를 늘어놓았다. 이런 말도 안 되는 일이!

나는 두 사람의 큐피드잖아? 감사의 말을 들어도 이상할 게 없는 거 아닌가?

―――――아무튼, 이렇게 해서 두 사람은 사귀게 되었다. 평소에는 게이트미러로 편지를 주고받았지만, 휴일에는 리온 씨의 부탁으로 내가 가끔 미스미드까지 【게이트】를 열어 주기도 했다.

물론 그때마다 리온 씨는 절대 미행하지 말라고 나에게 다짐을 받아 두었다.

얼마 후, 미스미드의 수왕 폐하가 그라츠 재상에게 따끔하게 혼이 났다는 사실을 오리가 씨가 리온 씨를 통해 알려 주었다.

그 설교에 질려서 무단 외출을 삼갔으면 좋겠는데 말이야. 아마 불가능하겠지.

재상님, 정말 고생이 많으십니다.

"슬라임의 성?"

그 노인. 제릴 마을의 촌장은 아리송한 표정으로 분명히 그렇게 말했다.

왕도로 이사한 뒤 우리는 몇 개인가의 의뢰를 맡아서 처리했다. 솔직히 말해 돈은 꽤 많았지만, 일을 하지 않는 것도 좀 그렇다는 생각에, 며칠마다 한 번씩 적당한 의뢰를 맡아서 처리했다.

이번 의뢰도 그중 하나였다. 마수를 조사하는 건데, 왕도 북부에 있는 이 마을에 에르제, 린제, 야에, 유미나, 그리고 코하쿠와 함께 이틀이나 걸려 도착한 뒤, 촌장에게 자세한 이야기를 듣고 있는 중이다.

촌장의 이야기를 요약하면 이렇다.

이 마을 근처에는 예부터 성채가 하나 있었다. 천 년 전부터 세워져 있던 그 성채에 어느새인가 마법사가 살기 시작한 듯하다.

그 마법사는 마물을 연구했는데, 특히 슬라임 연구가 전문이었다고 한다.

마을 사람들은 이 수상한 사람을 기분 나쁘게 생각했기 때문에 거의 접촉을 하지 않았지만, 그 마법사는 때때로 마을을 찾아와 음식이나 연구에 필요한 소품들을 사 갔다.

그런데 10년 정도 전부터 마법사는 모습을 드러내지 않고 있다고 한다. 마을에는 병으로 죽었다, 슬라임에게 뼈까지 다 먹혔다, 저주 때문에 그가 슬라임이 되었다 등, 수많은 소문이 떠돌았다.

불안해진 마을 사람들은 모험자를 고용해 가까이에 있는 그 성을 조사해 달라고 의뢰를 했다.

그런데 성에서 돌아온 모험자는 너덜너덜한 모습으로 돌아와 자신은 도저히 감당할 수 없었다며 조사 실패 사실을 알려 주더니, 자세한 이야기는 하지도 않은 채 도망치듯이 마을을 떠났다고 한다…….

"그때 그 모험자는 뭐라고 말했죠?"

"그 성에 사는 마법사는 본성이 썩었다고 씁쓸하게 중얼거릴 뿐 더 자세한 말은…….."

그 말을 들은 마을 사람들은 점점 더 불안해했고, 결국 숲 안에서 슬라임을 봤을 뿐인데도 공황 증세를 일으키는 사람들까지 나오기 시작한 모양이었다.

분명 길드 마수 도감에는 슬라임이 사람을 습격하는 일은 거의 없다고 적혀 있었다. 물론 개중에는 살을 녹이는 슬라임이나 독을 가진 슬라임, 열을 나게 만드는 슬라임 등, 위험한 녀석들도 있는 듯하지만.

아무튼 슬라임은 종류가 많아 모든 종류를 파악하는 건 매우 어렵다. 위험한 종은 대부분 색이 화려해서 딱 봐도 안다고 하지만, 꼭 그런 것도 아니다.

"그래서 여러분이 다시 한 번 성을 조사해 주셨으면 합니다……."

"그렇군요."

힐끔. 여자애들을 보니 유미나를 포함해 모두 거절 의사를 내비쳤다.

아무튼 여자들은 슬라임이 싫은가 보다. 이건 슬라임의 성질 때문이다. 조금 전에 살을 녹일 만큼 위험한 슬라임을 소개했는데, 대부분의 슬라임은 그렇게까지 위험하진 않고 옷을 녹이는 게 고작이다.

그런 슬라임은 살보다 대체로 옷을 더 좋아한다.

대표적인 게 그린 슬라임이다. 이 녀석은 특히 식물 섬유로 된 옷을 좋아해서, 옷 비슷한 거라면 뭐든지 녹여서 먹어 버린다. 그 외에도 식물 섬유로 만든 종이 등도 녹여서 먹는 듯하지만, 가공한 목재나 식물 그 자체는 먹지 않는 편식가다.

그린 슬라임은 무기나 갑옷은 그대로 두고 옷만 녹여 버리기 때문에 여성 모험자가 습격당할 경우 정말 멋, 어흠, 정말 엄청나게 굴욕적인 모습이 되고 만다. 물론 남자도 똑같이 굴욕적인 모습이 되지만.

그런 성가신 슬라임을 그냥 내버려 둬도 될까?! 아니, 절대 안 된다!

"알겠습니다. 저희가 그 의뢰를 받아들이겠습니다!"

""""뭐어~……?!""""

여자아이들이 불만스럽다는 듯이 외쳤다. 이것도 이미 예상한 일이다!

"매일 불안에 떠는 마을 사람들을 내버려 두게?! 그래서는 어엿한 모험자라고 할 수 없잖아! 안 그래?!"

"하지만…… 굳이 우리가 갈 필요는…….'

에르제가 입을 삐죽이며 반론했다. 나는 그 말이 다 끝나기도 전에 손을 내밀며 진지한 얼굴로 말했다.

"만약 내일 성에 있는 위험한 슬라임이 이 마을을 습격하면 우리는 분명히 후회하게 될 거야. 그렇지?"

"그건 그렇습니다만…….'

야에도 으으음, 하고 팔짱을 낀 채 별로 내키지 않아 했다. 린제는 별로 동요하지 않았다. 슬라임은 검 같은 참격 무기, 창 같은 찌르기 무기, 해머 같은 타격 무기 등에는 강하지만, 마법 공격에는 매우 약하다.

즉, 마법을 사용하지 못하는 에르제나 야에와는 달리 린제에게는 대처법이 있다는 말이다. 그럼에도 슬라임이 우글거리는 곳엔 가기 싫은 듯하지만.

역시 마법을 사용할 줄 아는 유미나도 당황하지는 않았지만, 조금 전부터 이쪽을 잔뜩 째려보았다.

"……토야 오빠. 설마 음흉한 생각을 하시는 건 아니겠죠?"

"무, 무슨 소리야! 난 그런 생각은 눈곱만큼도 안 하고 있어!"

80% 정도는. 20% 정도는 그런 생각을 하기도 하지만, 마을 사람들을 위해 그냥 내버려 둘 수 없다는 생각은 진심이었다.

유미나의 시선에 식은땀이 마구 흘렀지만, 이윽고 한숨을 내쉬면서 유미나가 고개를 숙였다.

"어쩔 수 없네요. 분명히 그냥 내버려 둘 수 없는 일이기도 하고, 만에 하나 토야 오빠의 말대로 무슨 일이 벌어지면 큰일이에요. 그렇게 되면 아버지의 얼굴에 먹칠하는 셈이 되는 거니까요."

한 나라의 공주가 자신의 보신을 위해 마을 사람들의 애원을 무시한 탓에 마을이 괴멸되었다……라고 중상을 하는 사람들이 나오지 않는다는 보장이 없다.

유미나가 이 나라의 공주라는 건 우리 외에 아무도 모르지만, 확실히 만에 하나라도 들키면 변명할 여지가 없다.

그 이전에 정말로 그런 일이 벌어지면, 유미나 스스로가 자신을 용서하지 못하겠지. 긍지 높고 성실한 여자아이니까.

"으음~, 어쩔 수 없군요……."

"으으, 정말 싫다……."

야에와 에르제도 가장 나이가 어린 유미나가 저렇게 말하니, 자기들만 빠진다고 하기 어려웠던 듯, 마지못해 허락했다. 좋아!

"토야 씨?"

"아무것도 아냐."

"네에……?"

의아해 하는 린제에게 태연한 얼굴로 대답했다.

하지만 위험한 슬라임이 없다고 단언할 수는 없다. 처음 보는 슬라임에는 충분히 주의를 기울여야 한다.

……그린 슬라임만큼은 웬만하면 그냥 넘어가는 걸로.

그 성은 마을에서 한나절 정도 걸어 올라가야 하는 언덕 위에 세워져 있었다.

작은 성채였지만 간신히 주거용으로는 사용할 수 있을 듯했다. 물론 성벽이 무너져 내려 요새로서의 역할은 하지 못할 듯했지만.

우리는 작은 성문을 지나 안뜰로 들어갔다.

오른편에는 베르크프리트라고 불리는 탑이 있었는데, 그 탑의 아래쪽은 저택과 연결되어 있었다. 사람이 살고 있는 곳은 저택 쪽으로, 탑의 위쪽은 전망대, 아래쪽은 지하 감옥으로 사용되고 있을 것이었다. ……보통이라면.

"굉장히 으스스한 곳이야……."

에르제가 두리번두리번 주변을 돌아보며 작게 중얼거렸다.

확실히 눅눅하고 기분이 썩 좋지 않았다. 잡초가 무성한 안뜰에는 이곳저곳에 물웅덩이가 가득했다.

그런 식으로 주변을 관찰하고 있는데, 물웅덩이가 형태를 바꾸며 갑자기 움직이기 시작했다.

"으악?!"

내가 깜짝 놀라 소리를 지르자, 그 물은 순식간에 풀숲으로 도망쳐 버렸다.

"물이 움직이고 있습니다……."

"그건 물이 아냐. 슬라임이야."

워터 슬라임. 물로 변신해 있다가 다가온 먹이를 포획하는 슬라임이다. 무서운 슬라임이지만 겁쟁이라 자신보다 큰 동물은 습격하지 않는다. 바로 도망가 버리기 때문에 사람에게는 그다지 위협이 되지 않는 슬라임이다.

"역시 슬라임이, 많네요."

"조심해서 앞으로 나가죠. 뭐가 있을지 알 수 없으니까요."

등 뒤에서 들려오는 린제와 유미나의 말을 들으면서, 나는 눅눅한 지면을 밟고 현관 아치 아래를 지나갔다.

커다란 양문 앞에 도착한 나는 조용히 문을 밀어 살짝 틈새를 만들었다.

슬쩍 안을 들여다보니, 창문에서 비쳐 들어온 태양 빛 덕분에 현관홀이 밝게 보였다. 낡은 양탄자가 깔려 있었고, 좌우 벽 쪽에는 2층으로 이어지는 긴 계단이 있었다. 아무래도 이곳에는 슬라임이 없는 듯했다.

나는 혼자서 현관홀 안으로 들어갔다.

"괜찮은 것 같아. 들어와도."

돼, 하고 말하려고 했을 때, 내 머리에 큰 충격이 닥쳤고, 현관홀에 카아아아아아아앙! 하는 커다란 소리가 울려 퍼졌다.

"으아앗?!"

소리에 비해선 그다지 아프지 않았지만, 아프다는 사실엔 변함이 없었다. 무언가가 위에서 떨어져 내 머리를 직격한 것이다.

내 머리를 직격한 물건이 홀의 양탄자 위에 가랑가랑 하고 회전하고 있었다. '철제 대야' 였다.

커다란 철제 대야가 내 머리 위로 바로 떨어진 것이다. 대체 왜?! 개그 프로냐?!

"괘, 괜찮으세요, 토야 씨?"

"아, 응응. 괜찮고말고. 좀 아프긴 하지만."

걱정스러워하는 린제에게 손짓을 섞으며 괜찮다고 어필했다. 아프긴 아프지만 그렇게 심하진 않다.

옛날 개그 프로에서 벌칙을 줄 때는, 출연자에게 강철이 들어간 가발을 쓰게 했을 뿐만 아니라, 철제 대야도 그다지 단단하지 않았고, 너무 높은 곳에서 대야를 떨어뜨리지 않았기 때문에 비교적 안전했다.

하지만 요즘엔 철제 대야가 단단해서 위험하니 조심해야 한다고 거물 개그맨이 인터넷을 통해 주의를 환기시켰던 적이 있었다. 이세계에서도 아픈 건 아픈 거다.

판타지 세계에 그런 식의 개그 프로가 있을 거라고는 생각하긴 어려운데, 대체 왜 철제 대야가…….

"토야 오빠! 대야가……!"

"응?"

유미나가 가리키는 곳을 보니 철제 대야가 형태를 바꾸더니, 납빛 슬라임이 되어 사사사삭! 하고 현관홀에서 도망쳤다.

"저것도 슬라임이야……?"

"본 적도, 들은 적도 없는 슬라임, 이에요. 혹시 신종이 아닐까요?"

린제의 그 말을 듣고 나는 여기에 사는 마법사가 만들어 낸 건가? 하고 생각했지만, 저 슬라임, 대체 무슨 도움이 된다는 거야?

슬라임을 자신에게 복종시키는 마법사도 있는데, 설마 마법사가 지금 어딘가에서 슬라임을 조종하고 있는 건가?

스마트폰을 꺼내 검색해 봤지만, 우리 이외에 이 근처에는 사람이 없었다. 역시 마법사는 이미 이 성에 없는 듯했다. 죽었는지 이곳을 떠난 건지는 모르겠지만.

홀의 오른쪽에 있는 문을 열고 복도에 쭉 늘어서 있는 방을 서로 분담해 하나씩 확인해 갔다. 대부분의 방이 다 썩어 버려 그야말로 말이 아니었다.

"책도 가죽 표지 이외에는 아무것도 없어요. 슬라임이 다 먹어 버린 걸까요?"

유미나가 서재였을 방에서 먼지가 쌓인 채 마구 흐트러져 있던 가죽 표지 하나를 집어 올렸다. 종이도 식물 섬유로 만들어진 거니 그럴지도. 그린 슬라임이 근처에 있는 걸까.

"이건, 안 녹아 있어, 요."

린제가 책장의 잔해 속에서 책 한 권……이라기보다는, 노트 한 권을 발굴했다. 양피지처럼 보이는 곳에 둥글둥글한 글자가 적혀 있다. 이건…… 고대 마법 언어인가?

"현대의 마법사가 고대 마법 언어를 쓰기도 해?"

"비밀로 해 두고 싶은 연구를 하거나, 그 성과를 기록하기 위해 일기를 쓸 때는, 사용하는 사람도 있다고 들었, 어요."

쉽게 연구 성과를 도둑맞지 않기 위해서이려나? 읽지 못하는 사람에겐 아무런 가치도 없는 것일 테니까.

린제가 허리의 파우치에서 내가 준 번역 안경을 꺼냈다. 저 안경에는 번역 마법 【리딩】이 부여되어 있어 고대 마법 언어라면 확실히 읽을 수 있다.

"이건……. 역시 연구 성과를 기록, 한 거예요. 여러 슬라임의 성질에 관해 적혀 있는데, 조금 전 그 슬라임에 관한 내용도 적혀 있네요."

"위에서 떨어진 그거구나. 뭐라고 적혀 있어?"

"으음…… 「철제 대야 슬라임. 대야 모양으로 단단하게 변한 뒤, 높은 곳에서 떨어져 사람에게 충격을 준다. 실패작」……."

아까 본 그대로잖아! 정말 성가신 슬라임이네!!

다양한 슬라임에 관해 기록되어 있는 듯, 린제가 흥미롭게 노트를 읽어 내려갔다. 때때로 얼굴을 찌푸리는데, 아마도 기분 나쁜 슬라임에 관해 적혀 있었기 때문이겠지.

"일단 그 노트는 가지고 가자. 혹시 도움이 될지도 모르니까."

"그러네요."

이 방은 모두 조사를 끝냈기 때문에 일단 복도로 나가려 했는데, 옆방에서 무언가가 넘어지는 소리가 들려왔다.

옆방을 조사하러 간 야에와 일행에게 무슨 일이 생긴 줄 알고 서둘러 복도로 나와 보니, 에르제와 야에가 얼굴을 손으로 누르며 방에서 복도로 나오고 있었다. 코하쿠도 그 뒤에서 겸연쩍은 표정을 짓고 있었다.

"당했습니다……."

"……무슨 일을 당했는데?"

"바닥에…… 슬라임이 둔갑해 있었어. 그걸 밟았더니……."

"끈끈이처럼 다리에 달라붙어 머리부터 땅에 넘어졌습니다. 그야말로 안면을 강타당한 겁니다."

새빨개진 코를 문지르면서 야에가 설명해 주었다. 또? 이 슬라임들, 아주 정통으로 기분 나쁜 공격을 걸어오네?

이전에 조사를 위해 찾아온 모험자가 너덜너덜해져서 돌아온 이유가 이거구나.

"여기 나와 있어요. 「끈끈이 슬라임. 둔갑 능력과 강한 접착성을 지녔다. 자아가 강해 마음대로 부릴 수 없다. 실패작」."

……그 마법사, 일부러 실패한 거 아냐?

일단 이쪽에는 아무것도 없는 것 같아 홀 쪽으로 돌아가기로 했다.

홀 쪽의 문을 열고 한 발을 내디딘 순간, 카아아아아아아아아! 하고 시끄러운 충격과 새로운 통증이 내 머리를 덮쳤다.

"아아아얏?!"

무심코 머리를 감싸 쥐며 웅크려 앉았다. 순간, 눈앞에 있던 대야가 슬라임으로 되돌아가더니, 사사사삭 하고 도망쳤다.

"기다려, 이 자식이!"

화가 잔뜩 난 내가 총검 브륀힐드를 빼내 철제 대야 슬라임을 향해 마구 난사했지만, 녀석은 재빠르게 움직이며 총알을 모두 피한 뒤, 반대편 통로를 향해 도망쳤다.

젠장. 금속 계열 슬라임이 이렇게 빠르다니. 게임도 아닌데 왜 이러는 거야!

"토야, 괜찮아? 소리가 엄청 컸는데."

"으~……. 응, 그럭저럭……."

두 번째가 더 아팠다. 젠장, 그 녀석은 절대 용서 못 해.

머리를 쓰다듬으면서 일어섰다.

그때 정면 현관홀 안쪽에서 그린 슬라임이 보였다.

　오, 역시 있었구나. 책의 종이가 모두 다 사라진 걸 보면 어딘가에는 있을 거라고 생각했는데.

　"저기에 슬라임이 있으니까 다들 조심해."

　"으엑, 그린 슬라임이잖아. 죽진 않겠지만 정말 최악이야……."

　에르제가 기분 나쁘다는 듯이 말했다. 그린 슬라임은 옷만 녹여버리니 죽지는 않겠지만, 여자에게 있어선 최악의 슬라임 그 자체다.

　"토야 오빠의 코트는 안 녹나요?"

　"응. 일단 이건 마물 공격에 대한 방어 능력도 부여되어 있으니까. 아, 안의 옷은 녹겠지만."

　나도 조심해야겠어. 코트 아래는 완전 알몸이라니, 변태도 그런 변태가 따로 없다.

　자, 이제는 위층을 조사하는 게 좋으려나?

　"저어…… 그린 슬라임이……."

　내가 생각하는 중에 린제가 내 코트를 잡아당겼다.

　그린 슬라임이 있는 홀 안쪽을 보니, 그곳에는 수많은 그린 슬라임이 잔뜩 모여 있었다.

　"으악?! 저게 뭐야?!"

　그린 슬라임 수십 마리가 모여 있으니 살짝 공포가 느껴졌다.

　"【불꽃이여 폭발하라, 홍련의 폭발, 익스플로……】."

　"린제, 잠깐만! 여기서 폭발 계열 마법을 쓰는 건 너무 위험해!"

　폭발 마법 【익스플로전】을 쓰려는 린제를 말렸다. 안 그래도 낡은 성이니, 자칫하면 무너지고 만다.

하지만 이러는 사이에도 그린 슬라임은 우르르 이쪽을 향해 다가왔다.

"【불꽃이여 오너라, 붉은 연탄, 파이어애로우】!"

린제가 발사한 불꽃 화살이 정확하게 명중해, 그린 슬라임이 불덩어리가 되어 버렸다. 하지만 다른 그린 슬라임은 그 동료를 피하며 이쪽으로 계속 다가왔다.

나와 유미나도 총을 쏘며 응전했지만, 실탄으로는 아무런 효과도 없었다. 에르제와 야에는 도움이 안 되니, 생명의 위기는 아니지만 나름 위험한 순간이다.

"코하쿠!"

〈맡겨 주십시오!〉

원래의 호랑이 사이즈로 돌아간 코하쿠가 입을 크게 벌려 슬라임을 향해 충격파를 날렸다. 그린 슬라임들이 멀리 날아갔지만, 성채의 벽도 무너질 듯이 크게 흔들렸다. 안 되겠어. 이것도 너무 위험해.

하지만 슬라임들은 그다지 대미지를 입지 않은 듯, 다시 모이더니 녹색 늪 모양으로 이쪽을 향해 또 다가오기 시작했다.

"으, 으악! 이쪽으로 계속 다가오잖아!"

"일단 2층으로 도망치자!"

우리는 현관홀 벽 쪽에 있는 계단을 오르기 시작했다. 그러자 뒤를 쫓아오던 그린 슬라임들은 무슨 이유에선지 계단을 올라오지 않은 채, 계단 아래에서 마구 꾸무럭거리며 멈춰 있었다.

"……대체 왜 저러는 걸까요?"

"어쩌면 이 성채 안에는 자기들만의 영역이 있을지도 몰라요."

"이유가 뭐든 무슨 상관이야. 하아, 살았다~."

하지만 2층으로 올라가는 계단의 층계참에서 살짝 마음을 놓고 있던 우리에게, 녀석은 천천히 다가오고 있었다.

내가 그것을 눈치챘을 때는 이미 늦었다. 1층이 그린 슬라임의 영역이라면, 이 계단을 영역으로 삼고 있는 슬라임이 있을 것이라고 진즉에 눈치를 챘어야 했다.

"일단 2층으로 올라가자. 저런 슬라임한테서는 최대한 멀리 떨어지는 게…… 꺅!!"

2층으로 올라가려던 에르제가 엉덩방아를 찧었다. 무슨 일인가 싶어 에르제 쪽을 봤을 때, 계단에 깔려 있던 부드러운 양탄자가 뭔가 눅눅하다는 사실을 깨달았다.

"이, 이게 뭐야!! 미끌미끌거려~!"

양탄자에 손을 댔던 에르제가 자신의 손을 우리를 향해 펼쳐 보였다. 정체를 알 수 없는 끈적한 액체가 손에 흠뻑 묻어 있었다.

"앗, 저쪽입니다!"

야에가 가리킨 계단 가장 위쪽을 보니, 반투명한 갈분떡 같은 슬라임이 있었다.

특이한 점이라면 그 슬라임이 액체 비슷한 것을 계단 아래쪽으로 줄줄 흘리고 있다는 것이었다. 양탄자가 눅눅한 건 저것 때문인가?!

"린제, 저 슬라임은……."

"「로션 슬라임. 위험을 감지하면 윤활유 같은 체액을 분비한다. 인체에 해는 없다. 실패작」."

린제가 매우 언짢은 목소리로 노트를 읽었다. ……그 마음은 충분히 이해해.

"꺅!"

"윽!"

일어서려던 에르제가 또 미끄러져 넘어졌다. 그사이에 에르제가 내 코트를 붙잡아 나도 같이 넘어졌다.

"토, 토야 오빠, 괘, 괜찮으세, 꺅!"

"으아앙!"

"앗, 이게 뭡니까!"

나에게 달려오려던 유미나가 넘어지고, 이어서 린제가 야에와 함께 넘어졌다. 그리고 결국 코하쿠마저 휩쓸리고 말았다. 우리는 그 넘어질 때의 충격으로 층계참 밖으로 튀어나갔다.

"으갸아아아아아아아?!"

미끄러운 계단에서 굴러떨어지는 우리를 기다리고 있는 것은 사악한 녹색 풀장.

미끄르르! 하고 우리는 그린 슬라임 무리 안에 처박히고 말았다.

"크학!"

"꺅!"

"꺄, 아, 아아아악!"

"이게 뭡니까아아아!"

"으아아아아아앙!"

〈크으으!〉

일단 미끌미끌 질퍽질퍽한 기분 나쁜 감촉의 바다에서 나와 코하쿠가 가장 먼저 빠져나왔다.

코하쿠는 내 목덜미를 물고 단숨에 계단 층계참으로 뛰어올라 멋지게 착지하려 했지만, 로션에 미끄러져 호들갑스럽게 넘어지고 말았다.

〈크허억?!〉

"으아악?!"

코하쿠에게 내팽개쳐진 나는 층계참에 강하게 등을 부딪쳤다.

〈죄, 죄송합니다, 주인님.〉

"아, 아냐. 난 괜찮아."

휘청이는 머리를 흔들면서 일어서려고 했지만, 다리가 미끄러져 또 넘어졌다. 한심한 모습이지만 엉금엉금 기어 계단 난간을 잡고서야 겨우 일어설 수 있었다. 으에엑, 엄청 미끌거려.

"꺄아아악, 사람 살려!"

"토, 토야 오빠아!"

"기다려, 지금 구해줄게!"

근데 어쩌면 좋지? 잠깐, 그린 슬라임이 계단 위로 올라오지 못한다면…….

"【게이트】!"

나는 여자아이들 발아래에 바닥과 평행하게 【게이트】를 열었다. 그린 슬라임과 함께 구멍으로 떨어진 여자아이들은 층계참 1미터 위의 공간으로 이동해 떨어졌다.

강제적으로 층계참으로 이동된 슬라임들은 썰물이 빠지듯이 계단 아래쪽의 현관홀로 되돌아갔다.

　역시 이 녀석들에게는 각각의 영역이 있는가 보다.

　"얘들아, 괜찮……."

　아, 라고, 나는 도저히 끝까지 말할 수 없었다.

　그린 슬라임이 먹어 버린 거겠지. 여자아이들은 옷이 녹아 모두 망측한 모습이었다.

　로션으로 미끌거려 반짝거리는 요염한 살결이, 이곳저곳에서 엿보였다. 속옷이 보일 정도로 녹아내린 모양이었다. 거의 알몸이나 마찬가지였다.

　"꺄아아아아아아?! 보지 마!!"

　"크헉?!"

　퍼억! 얼굴이 새빨개진 에르제가 곤틀릿을 장착한 주먹으로 나를 때렸다. 아파!

　에르제는 나를 때리지 않은 손으로는 가슴을 가리고 있었다. 순간적으로 얇은 파스텔 레드 브래지어가 보였지만, 그 뒤로는 빙글빙글 도는 별만이 보일 뿐이었다. 어질어질하다.

　그런 가운데에서도 나는 왜 속옷은 녹지 않았을까 하고 불순한 생각을 했는데, 실크는 식물 섬유가 아니라는 사실을 깨닫고, 혼자서 고개를 끄덕였다.

　값싼 속옷이었으면 녹았을 텐데, 아쉽다……가 아니라. 살짝 원하던 전개라고는 하지만, 이래선 눈을 둘 곳이 없어진다.

　나는 여자애들에게서 등을 돌린 다음, 아직도 계단 위에서 미끌

미끌한 액체를 분비하고 있는 슬라임을 노려보았다.

"【불꽃이여 오너라, 붉은 연탄, 파이어애로우】!"

불꽃 화살이 로션 슬라임을 꿰뚫었다. 슬라임이 폭발해 몸체가 사방으로 흩어지더니, 증발하듯이 연기를 피우며 사라져 갔다.

좋아. 이젠 어떻게 해서든 이 층계참에서 2층으로 올라가기만 하면 돼.

슬금슬금, 미끄러지지 않도록 계단을 네발로 기어 올라갔다. 신중하고, 아주 신중하게……. 괜한 힘이 들어가자 또 미끄러지고 말았다.

젠장. 【슬립】이 이렇게 기분 나쁜 마법이었구나. 미끄러져서 넘어져 보고서야 겨우 그 사실을 깨달았다.

냉정하고 신중하게, 한 발, 한 발 계단을 올랐다. 서두르지 말자. ……이 긴장감은 뭐지?

그런 내 뒤에서 여자애들의 목소리가 들려왔다.

"하아아, 마음에 드는 옷이었는데 너무 아까워요……."

"우에에엥, 스커트, 가 반 이상, 녹아 버렸어요……."

"소, 소인은 무명천이 녹아서, 저, 정말 큰일입니다."

"앗, 이 미끌거리는 것 때문에 속옷까지 비쳐 보이잖아! 이젠 정말 싫어!"

"앗?!"

등 뒤에서 들려오는 목소리에 마음이 흔들린 나는 무릎을 헛디뎌 순식간에 층계참까지 미끄러져 떨어졌다. 그런 소릴 듣고도 신중하게 올라가는 건 무리야!

"우아아아아아아아."

떨어지는 속도를 줄이지 못한 나는 층계참에서 멈추지 못하고 (미끄러져 내려가는 나를 모두 피해 버렸다), 그린 슬라임이 있는 제일 아래쪽까지 순식간에 굴러떨어졌다. 그리고 또 녹색 늪지. 젠장! 이래선 정말로 그냥 개그 프로일 뿐이잖아!

아무튼 탈출을 해야 해…… 앗.

"【게이트】!"

나는 조금 전과 똑같은 방식으로 그린 슬라임과 함께 계단의 가장 높은 곳으로 이동했다. 처음부터 이렇게 했어야 하는 건데…….

그린 슬라임은 또 썰물이 빠지듯이 계단 제일 아래쪽으로 되돌아갔다.

다행, 이라고 할까. 나는 바지가 반바지처럼 되고, 셔츠가 배꼽 티처럼 변해 버린 정도에 그쳤다.

나는 층계참에 있는 여자애들한테까지 불과 수 미터에 불과한 【게이트】를 열어 모두 2층으로 오게 했다. 이렇게 우리는 겨우 미끌거리는 지옥에서 탈출하는 데 성공했다.

네 사람은 곧장 근처의 방으로 뛰어들어 갔다. 아마 옷을 어떻게든 하려는 거겠지. 물론 나는 밖에서 기다렸다.

안에서는 천을 찢는 소리가 들려오는데, 아마도 커튼을 찢어 몸에 두르고 있는 게 아닐까 생각한다. 【게이트】로 집에 돌아가면 옷을 갈아입을 수 있지만, 또 녹아 버리면 너무 아까우니까.

나는 기다리는 사이에 계단 위에서 【파이어애로우】를 이용해 그린 슬라임을 하나하나 해치워 갔다. 【파이어스톰】으로 한 방에 해치울 수도 있었지만, 아무래도 실내에서는 피하는 게 좋을 거라 생각했기 때문이다.

이윽고 방에서 나온 네 사람은 역시라고 해야 하나 뭐라고 해야 하나, 커튼을 찢어서 상반신과 하반신에 둘러 겨우 자유롭게 움직일 수 있는 모습이었다.

"……다음에 그런 슬라임이 나타나면 확실하게 해치운 다음에 움직이겠어."

에르제가 그렇게 말하자 모두 동시에 고개를 끄덕였다. 음, 그 마음을 모르는 건 아니다. 개인적으로는 좀 아쉽다는 생각이 들기도 했지만, 지금은 그냥 조용히 그 말에 따르기로 했다.

그 후, 2층 방을 조사했는데, 아, 이게 다 뭔지, 정말 신기한 슬라임이 잇달아 튀어나왔다.

터무니없이 쭉 늘어나는 고무 슬라임.

바늘처럼 뾰족해 만질 수 없는 니들 슬라임.

흐릿한 빛을 발할 뿐인 라이트 슬라임.

약한 전기를 뿜어내는 쇼크 슬라임.

별로 위험하진 않지만, 역시 사람에게 해를 입히는 마수임에는 틀림없었다. 이 녀석들이 서로 들러붙으면 어떤 변종이 갑자기 생겨날 지 알 수 없는 일이다.

"여기에 있던 마법사는 어떤 특수한 슬라임을 만들어 내려고 하다가 실패작만 양산한 모양이네."

"맞아, 요. 아무래도 신종 슬라임은 새로 생겨나기 전까지는 그 특성을 알 수 없기 때문에 운에 맡겨야 하는 부분도 있었던 듯, 해요."

린제가 연구 노트를 읽으면서 내 의문에 대답해 주었다.

슬라임은 마법 생물이다. 마법에 의해 탄생하는 인공 생명체라고도 할 수 있다.

그렇기에 위험한 것이 만들어지지 않는다는 보장이 없다. 나는 이 녀석들이 어떻게 번식하는지 모르지만, 슬라임이 슬라임을 흡수해 새로운 슬라임으로 변화하기도 한다는 모양이다.

이 성은 미지의 생물을 만들어 낼 수도 있는 위험한 곳이다. 어쩌면 벌써 마법사가 만든 슬라임이 아니라 스스로 진화를 이룬 새로운 슬라임이 탄생해 있을지도 모른다.

"이 성은 태우는 게 좋을 것 같아……. 정화, 그래 정화하는 거야."

"그건 소인도 찬성입니다만, 허락도 없이 그런 짓을 해도 괜찮을까요?"

"이미 아무도 돌보지 않는 방치된 성이니까, 아버지도 아무 말씀 안 하시리라 생각하는데요……."

아무래도 뒤에서는 흉흉한 계획을 세우기 시작한 듯했다.

음, 이렇게까지 슬라임이 가득하다는 걸 알았으니, 그냥 방치해 두는 것도 좋지 않겠지. 우리가 하지 않더라도 나라에서 기사단이나 군의 소대를 파견하여 슬라임을 토벌할 거란 사실은 불 보듯 뻔하다.

성의 2층 부분의 수색도 끝났으니 이제는 제일 위층만 남은 상태다. 3층으로 가는 계단을 조심스럽게 올랐다. 또 함정 같은 슬라임이 나올지도 모르니까. 조심해서 올라가자.

3층의 넓은 복도로 올라가 보니, 좌우로 석고상이 몇몇 늘어서 있었다. 근데 그 석고상들은 모두 나체 여성이었다. 게다가 모두 가슴 크기에 대한 집념이 느껴지는 것들뿐이었다.

"이건 대체 뭘까요⋯⋯?"

"글쎄, 나한테 물어봐야 알 수 있을 리가."

알몸 부인상을 향한 유미나의 차갑고도 어이없는 목소리를 들으면서, 나는 힐끔힐끔 조각상을 바라보았다. 아무리 안 보려고 해도 절로 눈이 가 버리는데, 남자의 슬픈 천성이라 그런 걸까.

모두 가슴이 매우 컸는데, 딱 하나, 폭유라는 말을 써도 이상하지 않을 만큼 가슴이 큰 조각상도 있었다.

"으응?"

"왜 그러십니까?"

"아니, 지금 가슴이 움직인 것 같아서⋯⋯."

뭐? 여자아이들 입에서 '무슨 소리야? 이래서 남자는.' 이라는 뉘앙스의 목소리가 새어 나왔다.

앗, 진짜야! 조금 전에 저 큰 가슴이 흔들, 하고.

나는 확인을 해 보기 위해 알몸 부인상의 풍만한 가슴을 향해 손을 뻗었다.

"토야 오빠, 지금 대체⋯⋯."

"크, 큰 걸 좋아하시는군, 요."

"요, 욕구불만입니까⋯⋯?"

"으악, 좀 소름 끼친다⋯⋯."

다들 말이 참 너무하다⋯⋯. 물론 제3자가 보면 변태로밖에 보이지 않을지도 모르지만.

나는 오른손으로 알몸 부인상의 왼쪽 가슴을 만졌다.

물컹.

"부드러워?!"
""""뭐어?!""""

물컹물컹물텅물텅텅텅텅텅.

어? 이 감촉은 대체 뭐지?! 엄청나잖아!
　열중해서 마구 쓰다듬자, 그 부드러운 가슴이 뚜욱 하고 바닥에
떨어졌다.
"히이익?!"
　내 입에서 이상한 소리가 새어 나왔다. 깜짝이야!
　석고상과 똑같은 색이었던 흰 가슴이 금세 피부색의 슬라임으
로 변했다. 둔갑해 있었던 건가.
　슬라임이 떨어져 나간 석고상은 다른 석고상과 비교해 조금 가
슴의 크기가 작아졌다.
　"「……바스트 슬라임. 여성의 가슴으로 둔갑해 들러붙는다.
다른 가슴과 비교해 더 작은 가슴에 들러붙는 습성이 있다. 성공
할 수 있었는데, 아깝다. 실패작」."
　얼마나 어이가 없었으면, 노트를 읽는 린제의 목소리에서 아예
감정이 사라져 버렸다. 그야 그렇겠지.

그 바스트 슬라임은 느릿느릿하게 유미나 쪽으로 다가갔다. 어? 설마 이건…….

"……【바람이여 베어라, 천의 바람 칼날, 사이클론엣지】."

유미나가 발사한 바람의 칼날이 눈앞의 슬라임을 너덜너덜하게 찢어 놓았다. 우오오…….

"성장기……."

"응?"

"전 아직 성장기예요."

"응, 그러네……."

유미나가 작게 중얼거렸다. 정말 서먹서먹하다. 유미나의 말처럼 나이를 봤을 때 그건 어쩔 수 없는 일이니 신경 쓸 필요는 없다고 생각하는데 말이야.

다른 석고상도 확인해 봤지만, 바스트 슬라임은 조금 전 그 한 마리뿐이었다.

우리는 마음을 다잡고 3층 복도를 끝까지 걸어 나가, 그곳에 있던 커다란 문을 열어 보았다.

안은 어둑어둑했다. 성의 주인이 사용했던 곳이었는지 매우 큰 방이었지만, 나는 그 방에 발을 내딛기 전에 문에서 천장 쪽을 주의 깊이 관찰해 보았다. 철제 대야 슬라임은…… 없구나, 좋아.

먼지 냄새가 나는 방 안에 들어가 보니 긴 소파 위에 백골화된 시체가 하나 놓여 있었다.

그리고 소파 아래엔 마법사가 입었던 것 같은 로브가 벗겨져 있었다. 여기는 영역이 아닌지 그린 슬라임도 없네. 이 녀석이 슬라임을 연구했던 마법사인가.

아니, 그보다 대체 왜 바지는 그렇다 치고, 팬티까지 다 벗겨져 있는 거야? 목욕이라도 하려고 했었나?

"여기에서 슬라임 연구를 했다던 마법사일까요?"

"아마 그렇겠지."

자연사인지, 아니면 슬라임에게 습격을 당해서 죽은 건지, 그게 신경 쓰였다.

슬라임에게 습격을 당한 거라면 사람을 녹여 버리는 종이 벌써 만들어졌다는 건데.

……실은 만들 필요도 없이 이미 세상에 존재하지만. 던전 같은 곳에 꽤 있다는 듯하니까. 그런 슬라임은 뭐든지 먹어서 '던전의 청소부' 라고 불리고 있다.

소파 옆에 있는 테이블 위에는 린제가 발견한 것과 똑같아 보이는 노트가 놓여 있었다.

안은 역시 고대 마법 언어로 적혀 있었지만, 마지막 부분만큼은 세계 공통어로 적혀 있었다.

"으음…… 「완성이다. 드디어 나의, 아니, 남자의 꿈이 이루어졌다. 이제 더 이상 여한이 없다. 아아, 천국이 보이는구나…….」 ……이게 뭐야?"

"토야 오빠, 저기 보세요!"

유미나가 가리킨 방 안쪽을 보니 피부색 슬라임 네 마리가 굼실거리고 있었다. 꽤 큰 종으로, 사람 한 명 정도 크기는 되어 보였다. 설마 저게 완성체 슬라임인가?!

"무언가로 형태가 변하고 있습니다!"

조금 전 바스트 슬라임처럼 몸을 변형할 수 있는 특성이 있는 건가? 혹시 그건가? 많은 슬라임이 모여 더 큰 슬라임을 만든다, 든가?

하지만 예상과는 달리 슬라임 네 마리는 합체하지 않았고, 각각 사람의 형태로 모습을 바꾸어 갔다.

설마…… 인간으로 변하는 슬라임, 이라든가?

그렇다면 정말 큰일일지도 모른다. 사람으로 변하면 기습하기도 쉽겠지. 이런 것들이 밖에 나돌아 다니며 번식이라도 했다가는 터무니없는 사태가 벌어진다.

역시 여기서 토벌할 수밖에…… 응? 으응?!

"푸웁?!"

""""꺄━━━━━━━━━━━━━━━!!!""""

유미나를 비롯한 여자아이들의 비명이 동시에 울려 퍼지는 가운데, 나는 눈앞의 슬라임에게서 눈을 떼지 못했다.

아마 이 슬라임은 만난 사람, 그것도 여자로 변하는 특성을 지니고 있는 거겠지.

눈앞에는 유미나, 에르제, 린제, 야에, 이렇게 네 사람과 똑같은 모습으로 변한 슬라임이 있었다. 피부색은 물론, 머리카락이나 눈동자도 색이 똑같다.

물론 말을 못하니 가짜라는 걸 쉽게 알 수 있겠지만, 말없이 가만히 있으면 구별하기 힘들지 않을까. 나조차도 확실히 구별할 자신이 없다.

……알몸이 아니라면.

"앗, 토야 오빠, 뭘 보는 거예요?!"

"아, 안 돼! 안, 돼요!"

"토, 토야 님! 눈을 돌려 주십시오!"

"보지 먀————————!"

네 사람이 얼굴을 새빨갛게 물들이며 나에게 소리쳤다. 근데, 어쨌든 토벌을 해야 하잖아⋯⋯. 헉, 스스로도 자신의 얼굴이 빨개져 있다는 사실을 알 수가 있을 정도였다! 커헉, 어쩌지?!

하지만 저건 슬라임이다. 자기 자신이 아니다. 의식하는 사람이 더 이상하다. 응, 평정심을 잃지 말자. 근데 대체 왜 옷은 재현하지 못하는 거야?!

힐끔, 하고 네 사람의 얼굴을 본 뒤, 슬라임을 바라보았다.

알몸⋯⋯. 안 돼, 얼굴에 절로 미소가 퍼진다.

"급소 지르기!"

"크헉?!"

야에의 손날이 목덜미에 작렬해, 나는 순식간에 의식을 잃고 말았다.

아아, 그 마법사가 말한 남자의 꿈이 이거였던 건가. 아름다운 알몸 여자들의 시중을 받으며 우하우하 하렘 라이프를 즐기고 싶었던 거구나. 그것을 위해 오랜 기간 슬라임을 연구하여 결국 만들어 냈다는 말이었어.

별 시답잖은⋯⋯.

내가 정신을 차려 보니, 눈앞에서 성이 불타고 있었다. 아마도 모든 슬라임도 불타고 있겠지. 어마어마한 불길 속에서.

"이건 정화야."

"이건 정화, 예요."

"이건 정화입니다."

"네, 이건 정화예요."

네 사람 모두 가면을 쓴 것처럼 아무런 표정도 없이 그렇게 중얼거리며 불타는 성을 바라보았다.

한 마법사의 야망은 이렇게 끝을 맞이했다. 아니, 그는 이미 야망을 달성했으니 만족한 가운데 죽었겠지.

그 마법사의 사인은 혹시…… 아니, 말하지 않겠다. 최소한의 동정이다. 모든 정기를 빨렸다 하더라도 그것 또한 그가 바라던 것임에 틀림없다.

이렇게 우리는 마을 사람들의 의뢰를 무사히 달성해 주었지만, 한동안 서로의 얼굴을 제대로 보지 못했다.

왜냐하면 그때의 그 모습이 뇌리에 자꾸만 떠올라서……. 지금도 얼굴이 절로 빨개졌다.

그때마다 내가 마음속으로 그 마법사에게 감사의 말을 하고 있다는 사실은 비밀이다.

후기

안녕하세요. 후유하라 파토라입니다.

1권 발매로부터 3개월. 순식간에 2권이 발매되었습니다. 감사합니다.

으으음. 겨우 2권인데 후기에 쓸 말이 없다니, 이것도 참 문제네요. 어~어, 뭘 쓰면 좋을까.

개인적으로는 이 작품을 가볍게 읽을 수 있는 코미디에 가까운 작품이라 생각하고 있기 때문에, 개그 장면을 나름대로 집어넣었습니다. 작품 안에서 웃음을 위해 자주 등장하는 【슬립】. 그와 관련해 살짝 생각나는 게 있군요.

제가 처음으로 야마가타 현 야마가타 시에 갔을 때의 이야기입니다. 그때가 한겨울이었는데, "여기가 야마가타구나~." 하는 생각을 하면서 역의 계단을 내려가 야마가타에 첫발을 내디딘 순간, 몸개그를 하듯 크게 넘어졌습니다.

땅에 내린 눈이 얼어붙어 있었던 거죠. 저는 "이게 뭐야?!" 하고 깜짝 놀랐는데, 그런 제 앞에서 야마가타 사람들이 얼음 위를 아무렇지도 않게 터덜터덜 걸어가더군요. 그 모습을 보고 저는 진심으로 '야마가타 사람들 대박!'이라고 생각했습니다. 지금 생각해 보니 그 체험이 【슬립】을 만들게 된 계기가 아닌가 하는 생각이……

　아차. 발매일이 여름인데 겨울 이야기를 해 버리다니.

　이번에도 감사의 말씀을 드립니다. 우사츠카 에이지 님. 옷 갈아입는 장면을 멋지게 그려 주셔서 감사합니다. 러프화를 보았을 때 저도 모르게 승리 포즈를 취할 정도였습니다.

　담당 편집자이신 K 님. 이번에도 여러모로 배려를 해 주셔서 감사합니다.

　하비 재팬 편집부 여러분, 1권에 이어 이 책이 출판되는 데 힘써 주신 모든 분들, 항상 감사합니다.

　그리고 '소설가가 되자'와 이 책을 읽어 주신 모든 독자 여러분께 감사의 인사 올립니다.

후유하라 파토라

하지만 그곳에서 아에의 아버지와 오빠가 어떤 **전투**에
참가하고 있다는 사실을 알게 된 토야는
아에의 가족을 구하기 위해 **전쟁터**로 가게 되는데······.

이세계는 스마트

후유하라 파토라 illustration▪**우사츠카 에이지**

린의 요청으로 동쪽 끝에 있는 나라
이센에 도착한 토야 일행.
드디어 야에의 고향집인 **코코노에** 가문을 방문하게 된다.

폰과 함께.3

2016년 발매 예정

이세계는 스마트폰과 함께. 2

2016년 03월 15일 제1판 인쇄
2021년 03월 20일 7쇄 발행

지음 후유하라 파토라 | 일러스트 우사츠카 에이지

옮김 문기업

발행 영상출판미디어(주)
등록번호 제 2002-000003호
주소 21311 인천광역시 부평구 평천로 132 (청천동)
전화 032-505-2973(代) | FAX 032-505-2982

ISBN 979-11-319-4110-2
ISBN 979-11-319-3897-3 (세트)

異世界はスマートフォンとともに2
ⓒ2015 Patora Fuyuhara
Originally published in Japan in 2015 by HOBBY JAPAN Co., Ltd.

구매 시 파손된 도서는 구매처에서 교환하실 수 있습니다.
기타 불편사항, 문의사항이 있으신 독자님께서는 노블엔진 홈페이지
[http://novelengine.com] 에서 Q&A 게시판을 이용해 주시기 바랍니다.

오버로드
1~9

"이 세계를 그대에게───."

'오버로드' 모몬가가 이끄는 길드 '아인즈 울 고운' 의 전설이 펼쳐진다!

'게임' 위그드라실의 서비스 종료를 앞둔 밤. '아인즈 울 고운' 의 길드장이자 '나자릭 지하대분묘' 의 주인인 언데드 매직 캐스터 '모몬가' 는, 게임의 종료와 동시에 길드 아지트인 나자릭 지하대분묘 전체가 이세계로 전이한 것에 깨닫게 된다. NPC들은 자신만의 개성을 얻어 살아 움직이고, 모몬가는 더 이상 이것이 '게임' 이 아니라 '또 다른 세상' 이라는 사실을 깨닫게 된다. 강력한 힘을 지녔음에도 불구하고 한 치 앞도 짐작하기 힘든 상황 속에서 자신의 '무지' 와 신중하게 싸워 나가며 모몬가는 한발한발을 내딛는다.

마루야마 쿠가네 지음 / so-bin 일러스트 / 김완 옮김

영상출판
미디어(주)

유녀전기(幼女戰記) 1~4

세계를 상대로 싸우는 제국의 전쟁 영웅은 열 살 소녀!?
일본 웹소설 연재 사이트 Arcadia를 뜨겁게 달군 화제작!

전쟁의 영웅, 그녀는…… 나이 어린 소녀의 탈을 뒤집어쓴 괴물. 전장의 최전선에 있는 어린 소녀. 금발, 벽안, 그리고 투영하리만치 새하얀 피부를 지닌 소녀가 하늘을 날며 사정없이 적을 격추한다. 소녀답게 혀 짧은 말로 군을 지휘하는 그녀의 이름은 타냐 데그레챠프. 하지만 그 안에 든 것은 신의 폭주 탓에 여자로 다시 태어난 엘리트 샐러리맨. 일의 효율과 자신의 출세를 무엇보다 중시하는 데그레챠프는 제국군 마도사 중에서도 가장 위험한 존재가 되어가고, 시대는 바야흐로 '세계대전'에 돌입하는데——.

카를로 젠 지음 / 시노츠키 시노부 일러스트 / 한신남 옮김

영상출판
미디어(주)

이 세계가 게임이란 사실은 나만이 알고 있다
1~5

"흘러들어온 곳은
버그로 가득한 게임 세계!!"
제작자의 악의로 가득 찬 버그에 맞서 싸우는 신개념 이세계 생존기!

방 안에 틀어박혀 오프라인 VR 게임만 즐기던 솔로 게이머 사가라 소마는 부주의 한 소원에 의해 자신이 평소 즐기던 게임, '뉴 커뮤니케이트 온라인'의 세계에 레벨 1 상태로 전이되고 만다. 문제가 있다면, 그 세계의 기반이 된 게임이 터무니없는 망게임이라는 것. 신선한 이세계 라이프고 뭐고 당장 목숨이 위험하게 된 소마는 자신이 파고든 게임의 버그를 역이용해 상상도 할 수 없는 방식으로 위기들을헤쳐 나가며 현실로 돌아가려 한다. 지금까지의 작품들과는 다른, 게임세계의 부조리를 파헤치는 유쾌한이야기. 한국에서도 빠르게 증쇄되며 인기몰이 중!

Illustration:Ichizen
ⓒ 2014 Usber
/PUBLISHED BY KADOKAWA CORPORATION ENTERBRAIN

우스바 지음 / 이치젠 일러스트 / 김완 옮김

영상출판
미디어(주)

류세린이 돌아왔다! 화제의 인터넷 연재작이 고급 단행본화!

당신과 나의 어사일럼
1~3

어느 날 이세계로 소환된 주인공. 소환자는 마법을 사용하는 가녀린 미소녀.
그러나 그곳에서 기다리고 있던 것은 꿈과 희망이 넘치는 영웅담이 아니었다.

"혹시 내가 이 세계를 구할 용사의 핏줄이기라도 한 거야?"
"뗑! 아닙니다. 오답! 당신은, 고문용 장난감입니다!!
조금 위험한 너를, 조금 이상한 내가, 조금 외로운 장소에서 만나게 된 이야기.

〈엔딩 이후의 세계〉의 작가 류세린과 〈노벨 배틀러〉의 일러스트레이터 SALT의
화려한 콤비가 그려내는 신감각 이세계 전기.
원작을 충실히 개고했을 뿐 아니라 매권 마다 새로운 단편이 수록되어
이미 내용을 아는 독자들에게도 새로운 느낌으로 다가간다!

류세린 지음 / SALT 일러스트

영상출판
미디어(주)

앨리스 드라이브
1~4

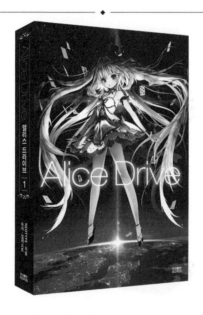

네이버 웹소설 연재작! 연재본에서 보강된 내용 추가!
영상출판미디어 첫 국내작, 정식 출간!

"눈을 감지 마. 네가 계약한 남자가 어떤 존재인지 잘 봐라!"

마도를 걷는 신비한 소녀 앨리스.
마법 문명이 발달한 에리어 에인스벨의 소녀마법사 안제.
흑간(黑緊)──── 검은 구속복을 입은 채 무저갱 저편에 봉인된 소년 하눈.

비단길(SILKROAD)의 서쪽으로 향하며 세계를 뒤엎는 이야기.

NEOTYPE 지음 / 숙자 일러스트

영상출판
미디어(주)

대인기 왕도 라이트노벨, 〈영웅휘광의 크로스포인트〉──의 외전 발간?!

마검마탄의 사이드스토리
1~4

「제7회 노블엔진 대상」 장려상 수상작.
클리셰들이 중첩되고 왜곡된 기묘한 모험담, 개막.

【이세계전이 판타지】에 휘말려 온갖 험한 꼴을 겪고 다시 원래 세계로 귀환한, 평범하지 않은
고등학생 김현수. 그 대가로 알게 된 진실은── '나' 는 단순한 '조역' 이라는 것뿐.
하지만 돌아오고 채 석 달도 지나기 전에 또 다른 이야기에 휘말린다.
그것은 다름 아닌, 【이능력 배틀물】.
그리고 이전과 마찬가지로 그의 배역은 '주인공의 친구' 라는 '조역' 이었다.
"또 이런 거냐. 망할."
어디서 많이 본 모습의 괴물. 그 괴물에 맞서기 위해 얻은 힘은 이미 예전부터 익숙한 것.
이미 터무니없는 경험이 있기에 비일상에의 적응은 생각보다 훨씬 쉬웠다.
하지만──그때 그의 앞에 나타난 것은 이세계에서부터 찾아온 악연이었다.

4FOUR 지음 / kylin 일러스트

영상출판
미디어㈜